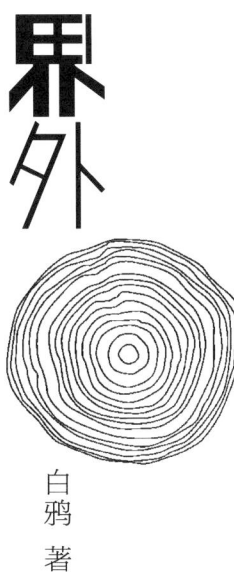

白鸦 著

时代出版传媒股份有限公司
安徽教育出版社

图书在版编目（CIP）数据

界外 / 白鸦著. —合肥：安徽教育出版社，2014
ISBN 978-7-5336-6368-1

Ⅰ.①界… Ⅱ.①白… Ⅲ.①文学评论—文集 Ⅳ.①I06-53

中国版本图书馆 CIP 数据核字（2014）第 101735 号

界外
JIEWAI

出 版 人：郑　可
质量总监：张丹飞
策划编辑：何　客
责任编辑：何换生　汪　琳
封扉设计：刘运来
美术编辑：吴亢宗
责任印制：何惠菊

出版发行：时代出版传媒股份有限公司　安徽教育出版社
地　　址：合肥市经开区繁华大道西路 398 号　邮编：230601
网　　址：http://www.ahep.com.cn
营销电话：(0551)63683012，63683013
排　　版：安徽创艺彩色制版有限责任公司
印　　刷：合肥创新印务有限公司

开　　本：787×1092　1/16
印　　张：16
字　　数：230 千字
版　　次：2014 年 6 月第 1 版　2014 年 6 月第 1 次印刷
定　　价：36.00 元

（如发现印装质量问题，影响阅读，请与本社营销部联系调换）

目 录

自　序		1
辑　一	赌诗笔记	1
	——诗的可能性	
	有界无限	3
	靠不住的法则	6
	猛然想起各自的遮蔽之物	9
	日用而不知	13
	存活于衍义中的诗歌史	16
	"共活"的棋	20
	无人写信的时代	24
	与万物同心	27
	谁与我互相回忆	30
	诗直觉与禅顿悟	33
辑　二	赌诗笔记	37
	——诗歌趣味与草根写作批判	
	"穷趣"或"解味"	39
	什么样的眼睛看出什么样的结果	43
	《唐璜》的阶层趣味	48

中国诗人需要重读惠特曼 52
玩一场"四角游戏" 57
公民趣味、汉语性情及乐趣原则 61
掀开"中国性"的红盖头 68
"硬伤"与诗的内核 73
放"传统"一条生路 78
新诗百年"盘点"纲要 83

辑 三 赌诗笔记 87
——汉诗传统与直接抒写

直接的艺术 89
《诗经》、《楚辞》与两条论纲 92
乐府直说 95
汉史诗上的两波赋论 98
"兴"简史 100
古文运动即直接抒写运动 103
唐诗直说 106
宋诗纠风 111
"妙悟"三部曲 113
宋词直说 116
"黄雀在后"与明诗复古 121
清词直说 124
"语语都在目前" 129
"性灵说"的变数 132
"神韵"之误 136

辑 四 诨说山海经 139

忽悠学 141
绝症 145
天下之中 149

"经"的口吻	152
神模鬼样	155
吃人	159
笑	163
凤凰露出的马脚	167
谋子	170
女儿国	174
君子	180
制衡	184
"鬼门"安在?	188
丑女神	192
整容	195
变性	199
克隆法	202
无史可录	206

辑五 小人国   209

引子	211
东方女人,西方小人?	213
妖精味	216
"无狐魅,不成村"	219
三部英国小说和一把猴毛	222
童子功	226
小鬼当家	230
侏儒的法界	234
斯威夫特、纪晓岚与邋遢书生	241
从红榴娃到小官人	244
尾声	247

自　序

除诗外,我将自己的各种文字敷衍成书,谓之《界外》。

文集《界外》所录篇目,皆成文于2008年后,以大随笔和诗话为主。来日,或有杂文童话小说等也未可知。大随笔,即由若干篇随笔组成一个主题,信手拈来,随性为文,或曰伪学术,但是真文学。其中诗话,分三辑,总标题曰《赌诗笔记》,内容围绕"过程、公民、叙述、直接、可能"五个诗学关键词展开。另两辑为《诨说山海经》和《小人国》。集中诸篇皆私人心得,恣意流淌,话或浅谬,言成一家。

《界外》书名,纯属偶得。若强说旨趣,可谓文学界外谈文学,蹦出三界看三界。门外汉论诗,狂禅客说法,或妄或乱,愿读者怀着正直的悲伤,见仁见智,随取随舍。

白鸦

2013年4月15日于芜湖

辑一：赌诗笔记
——诗的可能性

有界无限

靠不住的法则

猛然想起各自的遮蔽之物

日用而不知

存活于衍义中的诗歌史

"共活"的棋

无人写信的时代

与万物同心

谁与我互相回忆

诗直觉与禅顿悟

有界无限

每一个诗歌文本都是"有界无限"的。

有界,是指诗歌文本的现实性,这往往是诗人写出来的部分;无限,是指诗歌文本的可能性,这往往是读者读出来的部分。"有界现实性"与"无限可能性"对立统一于诗歌文本中,两者是互动的不可割裂的关系。基于这种关系,诗歌文本得以无限地趋近事物存在本身。在一个优秀的诗歌文本中,"无限可能性"对"有界现实性"起着积极的建构作用,这使得诗歌文本不陷入虚构。

亚里士多德很早就论述过潜能与现实性的关系,他说的"潜能"即是可能性。后来的黑格尔、马克思也都论述过可能性与现实性的关系。在讨论两者之间的互相转化时,黑格尔将可能性区分为现实的可能性与抽象(形式)的可能性。马克思的区分更详细。我们讨论诗歌文本的可能性问题,可以暂不纠缠于这些哲学范畴的论述,但所有这些哲学范畴的论述都明示了一个简单道理:现实,是现实性与可能性的对立统一。忽视了可能性的现实,不是现实的全部。这个道理也完全适用于诗。

现实生活中的"有界无限"之物,其实很常见,只是很容易被我们忽视。

比如一根一米长的木棍，它是一件实实在在的东西，我们一般只看到它的有界性，很少去想过它的无限性。那么，我们能否把这根木棍均分为三小段呢？答案当然是肯定的。但是，把一米长的木棍均分为三小段之后，每一段是多长呢？用一除以三，数学上是除不尽的，结果是无限循环小数。在现实生活中，一段长度为无限循环小数的木棍怎么可能存在？但它的确存在了，或许正握在你的手中，它是一件实实在在的东西。

这一段长度为无限循环小数的木棍，既是有界的，又是无限的，它是现实性与可能性的对立统一。诗歌要想呈现出这一段现实性的木棍也许不难，但要想呈现出它充满可能性的长度往往很难。

长度为无限循环小数的木棍就好比诗歌文本，它是"有界无限"的，不是凭空想象出来的，而是实际存在的东西。同样的道理还如数学上的某种函数曲线，这根曲线无限地趋近于Y轴，但就是不会和Y轴相交于一点。这个Y轴就好比诗歌文本的现实性，它是"有界"的；函数曲线就好比诗歌文本的可能性，它是"无限"的。一首诗，要想呈现出那个现实性的Y轴也许不难，但要想呈现出那个可能性的函数曲线往往很难。

以上是从诗歌文本内部去看现实性与可能性的对立统一，如果从外部看，也一样。

事物的存在本身就是充满无限可能的，当我们用诗把事物的存在本身写出来，就变得有界了。比如我们用来喝水的那个东西，它究竟是什么？它的存在本身充满无限可能性，诗无论怎样描绘它，都逃避不了在"有界现实性"里转圈子。有的诗人描绘它为"杯子"，有的描绘它为"瓷器"，有的描绘它为"圆形器皿"，有的描绘它为"喝水的工具"，但无论怎样描绘，都只能趋近于它的存在本身，而不可能等同于它的存在本身，即使把一万个诗人的不同描绘相加起来，也不等同于它的存在本身。

同样的道理还如瞎子摸象。大象的存在本身就好比诗歌文本的"无限可能性"，瞎子摸象就如同诗人写诗，每一个瞎子所摸出来的大象的某个部分，就好比诗歌文本的"有界现实性"，无论增加多少个瞎子去摸，即使把一万个瞎子摸出来的部分相加起来，也不等同于大象的存在本身。由此不难理解：

诗歌文本中的"有界现实性"往往是诗人写出来的部分,"无限可能性"往往是读者读出来的部分。

按照接受主义美学的划分,一首诗作为"文本"和作为"作品",含义是不同的。文本是诗人写出来的、未曾与读者发生关系的存在物,是以文字符号为主要组成的硬载体。作品是读者阅读之后、融会了读者的经验和情感的审美对象,是诗人与读者共同创造的软载体。从这个意义出发可以看出:文本具有静态的永久性,作品则是动态的,因为它被不同的读者即不同的审美主体不断地再创造。如果借用接受主义美学的这种划分,我们也可以把文本看作诗歌的"有界现实性"部分,即诗人写出来的部分;把作品看作诗歌的"无限可能性"部分,即读者读出来的部分。

诗歌文本的"有界无限",很像佛教里讲的"性空缘起"或"性空实有"。事物存在本身的无限可能性好比"性空",诗歌文本的有界现实性好比"缘起"或"实有"。华严宗高僧法藏曾写过一本小书《华严金狮子章》,专门向武则天解释性空缘起的道理,他说:"金无自性,随工巧匠缘,遂有狮子相起,起但是缘,故名缘起。"这里说的金子即"性空",可以看作事物存在本身的无限可能性;工匠可以看作诗人;狮子即"缘起"之物,可以看作诗歌文本;工匠把金子做成狮子的创作过程,就相当于诗人把"无限可能性"写成"有界现实性"的过程。

正因为事物的存在本身充满无限可能性,所以诗歌文本的"可能性"既呈现出事物自由的一面,也呈现出事物本质的一面。诗歌是有界无限的,真理也是有界无限的,诗人的主体性也是有界无限的。从宏观上讲,诗歌文本的"可能性"意味着真理的不确定性、开放性、模糊性。甚至可以说,在对真理的无限趋近中,"可能性"意味着对社会远景和人类远景的信心。

2009 年 4 月 15 日,芜湖

靠不住的法则

诗中的"有界现实性"与"无限可能性",是对立统一、不可分割的互动关系。如果从一首诗中只能读出"有界现实性",而读不出"无限可能性",我们可以把它扔进废纸篓。反之亦然。两者的互动关系是:在一个优秀的诗歌文本中,"无限可能性"对"有界现实性"起着积极的建构作用。

传统的诗歌文本往往过于注重有界的现实性,现代主义的诗歌文本往往过于注重无限的可能性,两者都走向了困境,原因就是对"有界现实性"与"无限可能性"两者的割裂。后现代主义对现代主义的拯救或修正,最终也不得要领,走向了纯粹文本形式实验、盲目解构或大众化娱乐化,究其实质,都因为没有动态地认识诗歌文本的"有界无限"。

众所周知,文学创作遵循的"法则"大致经历了三个较大的演变阶段。

第一阶段,是传统文学理论影响下的"摹仿"与"反映"法则,这种法则源于亚里士多德的理论。第二阶段,是文艺复兴以来理性主义影响下的"真实"与"再现"法则,这种法则源于科学主义、实证主义、自然主义、现实主义等思潮,这种法则必须建立在三个预设的前提条件下,一是能够做到"再现"的统一性主体,二是能够被真实"再现"的客体,三是理性的分析性语言能够作为

"再现"的工具,这三个条件缺一不可。第三阶段,是 19 世纪末以来非理性主义影响下的"直觉"与"可能"法则,这种法则直接源于弗洛伊德精神分析学对主体统一性的打破,同时也源于尼采、伯格森、胡塞尔、索绪尔等思想家的学说。

到了第三阶段,大家发现之前的"真实"与"再现"法则根本就靠不住。首先是再现的主体靠不住了,因为弗洛伊德发现了无意识,将主体的统一性打破了,谁能想到人格原来是分裂的呢?其次是再现的客体也靠不住,现实原来很难被真实地"再现"出来,有时候甚至不得不把现实悬置起来。最后发现,作为再现工具的理性分析性语言也靠不住,因为索绪尔发现语言的能指与所指之间、语言符号与指称对象之间没有必然或自然联系,而且语言的意义也不是主体或客体给定的,而是由语言结构系统的内部差异所造成的。到了这个时候,"直觉"与"可能"自然就渐渐成了新法则。

但是,新法则也未必靠得住。

在第三阶段,无意识显然成了写作的新大陆,正如弗洛伊德所说,那是一块"黑暗的大陆",要想照亮这块黑暗大陆,理性的分析性语言显然已经力不从心,必须依赖"直觉"与"可能",但很多写作因此走向了另一个极端,甚至将现实与意识活动划等号,比如意识流小说从无意识出发提出的"内心独白",实质上就是将现实性完全悬置起来,将可能性孤立起来。

如果说此前的"真实"与"再现"法则导致了诗歌文本的"有界有限",那么,现在的"直觉"与"可能"法则又导致了诗歌文本的"无界无限",这两种结果都带来了虚构。这两种困境之所以出现,一是将现实性与可能性割裂开来,一是将现实性与可能性等同起来。

从诗的角度看,如果在纯粹的"直觉"与"可能"支配下,诗歌文本即会出现虚构的经验、时间和空间,这当然也是一种真实,但这种真实依赖于可能性与现实性的对立统一,如果将这种源于无意识的真实孤立起来,它其实就不真实了,可以说此路不通。

就像胡塞尔,他曾从现象学出发,提出通过"纯粹主体性"去认识世界,这种"纯粹主体性"是抽掉了时间、空间、经验的纯粹意识,最后他意识到此路不通,晚年的胡塞尔又提出"主体际性",这种理论不是强调主体与客体之间的关系,而是强调主体与其他主体之间的关系。胡塞尔的这个认识与海德格尔一样,就是认为人的存在是与他人的"共在"。由此不难看出,在非理性主义影响下的"直觉"与"可能"法则,容易导致无意识的孤立抒写,陷入一种与现实性相割裂的可能性,即陷入虚构。

"可能性"是重要的诗歌美学标准之一。倡导诗歌文本的可能性,是倡导一种建构性的可能性,反对虚构。也就是说,在一个有界无限的诗歌文本中,"无限可能性"对"有界现实性"起着积极的建构作用。所谓现实,包括现实性的现实与可能性的现实,两者是不可割裂的、对立统一的互动关系,如果割裂开来,两者就分别陷入虚构。

换句话说,"可能性"既不相信现实能够被准确描述,也不会将现实完全悬置起来,而是要通过(甚至可以说依赖)"无限可能性"对"有界现实性"进行积极建构,使得"有界现实性"更加趋近于真实,趋近于事物的存在本身。

2009 年 4 月 16 日,芜湖

猛然想起各自的遮蔽之物

一首好诗,能让读者猛然想起他自己的遮蔽之物。

何谓遮蔽之物?即是常态生活中尚未被照亮的暗角,即是生命真相中被忽略了的细小而有力的存在。或者,它是往事中被遗忘了的、一直等候我们找回来的真实感觉。不论对于诗人还是对于读者而言,那些被猛然想起来的遮蔽之物往往就是自己的某个部分,甚至就是自己真实的全部——本来面目。

诗,并非另外加给了读者什么,读者想起自己的遮蔽之物,就是想起自己本来就有的东西。正如费尔巴哈曾这样谈论音乐:"当音乐抓住了你,究竟是什么东西抓住了你呢?……难道你听到的不是你自己的声音吗?"把这句话中的音乐换成诗歌,意思一样。

本来面目被遮蔽在何处呢?这个问题很复杂。佛家讲缘力,讲业力,讲愿力,我想那里必然是遮蔽之物的居所。如果说的现实一点,诗歌让人猛然想起来的遮蔽之物,最主要的居所有两处:一是从诗人或读者的外部客体看,类似于梁小斌先生说的"伟大河流"——遮蔽本来面目的观念之河;二是从诗人或读者的主体性内部看,类似于弗洛伊德所谓的"黑暗大陆"——隐藏本来面目的本我之地。

诗歌让人"猛然想起",这句话对于今天的中国新诗而言,显得格外意味深长。近百年来,中国新诗一直被困在"观念—观念"的笼子里,像一头习惯了笼子生活的野兽,它偶尔也嚎叫几声,算是革命或先锋。中国新诗一直漂流在那条观念化了的"伟大河流"里,像一具尚未断气的身体,它偶尔也冒出一下脑袋,算是反叛或解构。观念笼子里或伟大河流里的新诗,已经基本丧失了让人"猛然想起"的功能。这是迫切需要恢复的功能。

听起来,百年新诗似乎也在不断地撞钟,不断地给人以警醒,响声传出很远,但它始终是在撞响广场上集会的大钟。撞大钟,或许也能让人想起一点什么,但想起来的往往是整齐的崇拜、敌视或和谐。这一切,都是远离了生活常态和生命真相的假想,这一切,都不是源自对往事的回忆或对"黑暗大陆"的猛然想起,而是源自那条"伟大河流"。

一首好诗,让人猛然想起来的东西一定是各自不同的,它不仅属于富有主体性的诗人,更属于每一个富有主体性的读者,它不可能整齐。这种整齐一旦在读者中出现,必然来自诗人对读者的愚弄。诗歌若要让人猛然想起什么,不是靠撞响广场上的大钟,它或许更像禅宗临济派的棒喝,棒喝的目的是"声声敲醒主人梦",或"声声唤醒主人翁",这里所谓的"主人",就是指常人的本来面目——生命真相,这个比喻用在诗歌上,就是指常人的无史可录的常态生活。

猛然想起,是对无史可录的常态生活和生命真相的回忆,是对弗洛伊德所谓"黑暗大陆"的发现。那些长期听着广场集会大钟的人,也许某一天也会忽然怀疑自己的耳朵,也会猛然想起他自己的遮蔽之物,那他就觉醒了,他必然也如梁小斌先生所体会的那样:"我在一条伟大河流里喊过救命!"

所以,诗歌要想让读者"猛然想起",诗人介入生活的姿态很重要。

也就是说,生活常态进入诗的时候,不能被诗的观念抒写所遮蔽,这是让读者"猛然想起"的前提。诗人介入生活不应以观念的姿态介入,而应以词语的姿态介入,这样的介入姿态才能使得生活常态不被遮蔽。诗歌介入常态生活,当然会对生活产生某种干预,但那是词语的干预,而非观念的干预。诗歌介入常态生活,当然也会使生活事件化,但那是词语事件,而非观念事件。

华兹华斯说:"诗歌是在宁静中回忆起来的情感。"这句话实质上道出了"猛然想起"的诗歌真谛,他说的回忆即是"猛然想起"。这句话的关键词既不是"回忆"也不是"情感",而是"宁静"。"宁静"作为回忆(猛然想起)的前提,实质上就是没有被诗的观念抒写所遮蔽的常态生活。

面对一首好诗,读者猛然想起来的东西,与诗人猛然想起来的东西是不相同的。不仅如此,不同的读者之间,猛然想起来的东西也不相同。诗人若以观念的姿态介入常态生活,读者能否会"猛然想起"将是个疑问,即使能想起来什么,也是在观念的惯性河流里想起一些整齐的东西。整齐即遮蔽。

比如诗人抒写北京奥运会,诗的作用并不是鼓励人们集体去做运动员,或集体去做啦啦队,诗应该基于人的常态情感和自觉性去抒写奥运,使读者在关注奥运的过程中获得各自不同的感受和发现。袁伟民当年率领中国女排夺得五连冠,如果就此事比作袁伟民写一首诗,这首诗就是将"体育胜利"观念化为"国家胜利"或"民族胜利"了,读者在这种观念的惯性中不自觉地变成了整齐的啦啦队,"诗人"袁伟民自然就成了观念祭坛上的英雄。其结果是:我们只看见当时的诗人,只看见当时整齐的读者,就是看不见当时的诗。同样的道理还如抒写抗震救灾等。

上述这些事情或许属于"国家大事",其实更多的"民间小事"也一样。比如写陈冠希艳照这件事,就足以让诗人与读者都猛然想起一些自己的遮蔽之物,但诗歌的意义不在于将陈冠希艳照这件事压榨成艳照门事件,这其实是将常态的生活事件压榨成整齐的观念事件,这是强加给生活常态的事件,这种畸形的强加必然导致生活常态的畸形。同样的道理还如某个画家用自己女儿做裸体模特的事情,等等。

在这些例子中,当下的很多诗人究竟持什么样的姿态在抒写?诗歌文本在读者中究竟起了什么样的作用?我们不难发现,很多诗歌除了呈现整齐化了的单位表情或国家表情,已经很难找到个人表情。当然,整齐表情不仅是指歌颂表情,也包括谩骂表情、和谐表情,在那些貌似先锋或反叛的谩骂中,在那些貌似找到了中间道路的和谐中,其实也很难找到个人表情。当年,巴黎街头曾响起一句著名的反战口号:"要做爱,不要作战。"撇开这句口号的政治意味和理想主义情绪不谈,如果把这句口号倒过来,"要作战,不要做爱",这似乎正是当下很多诗人站在观念祭坛上的反生活口号。

所以说,诗歌要让读者"猛然想起",必须避免观念化对生活常态和生命真相的遮蔽。在一首诗中,无史可录的常人生活一旦陷入了史话干扰,"无心为善、无心为恶"的常人心态一旦在观念驱动下变成了"有心为善、有心为恶",整齐就出现了,遮蔽随之而来,"猛然想起"也就没有了可能。

2009年4月17日,芜湖

日用而不知

诗歌如何让读者"猛然想起"？从内容上讲，要避免观念化对生活常态和生命真相的遮蔽。从艺术形式上讲，要依靠诗歌创造出可能性的空间。这个可能性的空间在哪里呢？一方面，在叙述产生的陌生化之间；另一方面，在诗歌文本的本义与衍义之间。

诗的可能性，就阅读层面的读者而言，其阅读互动效果就像Wiki百科，读者的参与度很高。就创作层面的诗人而言，其艺术形式并非依赖言志、留白、造境、立象等传统手法，而是产生于诗的结构，也就是产生于复式、立体、多元的策略叙述。简言之可以这样概括：诗歌叙述需要策略，叙述策略的核心是直接抒写，直接抒写的叙述产生"结构陌生化"的诗意和可能性的空间，继而让读者猛然想起。

什么叫直接抒写？作为叙述策略的核心，直接抒写并不是直白地叙事，也不是所谓的"赋"，而是"一切词语，诗意本具"。也就是说，每一个词语皆可以入诗，因为每一个词语本来就是诗意具足的。以直接抒写为核心的诗歌叙述，让诗歌归于结构探索的正途。诗，通过直接抒写的叙述策略产生诗歌结构，诗歌结构让词语自己呈现它本来具足的诗意，而不是依赖对词语意义的扭曲、变形或暴力干预。如果编成口诀大约就是：诗意本来有，日常即陌生，叙述成结构，结构出诗意。

什么叫结构陌生化？古今中外所有的陌生化理论，不管它讲的是什么具体内容，宏观上都可以划分为两个层次：一是词语层次的陌生化，这是"术"；二是结构层次的陌生化，这是"道"。这两个层次本来是不可分割的，理解到什么层次完全看诗人的悟性高低。

诗歌让读者"猛然想起"，可以理解为一种瞬间体验，它不仅是现场的体验，更是过程的体验。现场与过程的区别是很大的，诗之所以产生阅读互动，并不是让读者卷入现场、模拟角色、制造情感共鸣那么简单的事。卷入现场制造情感共鸣，其实是很传统的艺术观念，亚里士多德所讲的就是这些东西。

诗，是有情有理的，但必须是情大于理、形式大于内容的诗，才是好诗。要注意，这个"情"不仅仅是指表现情感，而是相当于诗的无限可能性，或者说是艺术形式。"理"相当于诗的有界现实性，或者说是内容。

高超的诗歌叙述，基本都是将情感悬置起来的，是超越同情的，情感在叙述中并不是目的，只是材料而已。所谓悬置情感，当然不是不要情感，一个叙述高手，他总是一只手否定了表现的情感，另一只手在悬置的情感上大做文章。这个道理，就像布莱希特在论述戏剧陌生化时提到的"横断面"。高超的诗歌叙述就是在"横断面"上停留的、去中心的、去目的的、互动的过程叙述，它以"结构陌生化"的方式产生诗意，继而带来可能性阅读。

诗的叙述，就好比一棵大树的生长，它不是平行式的或漫游式的，而是向上的构筑。所谓"向上"，并不是在树干上直接往上爬，而是在部分枝条上扩展出新枝条，在新枝条上再扩展出新枝条。但是，不能在所有的枝条上去扩展，那样就成了一模一样的树了，不仅不好看，更关键的是没有在叙述的"横断面"停留，导致可能性叙述沦为目的性叙事，过程体验就丧失了，猛然想起就困难了。

所以，一首诗的叙述结果，应该是枝条茂盛的、奇形怪状的大树。枝条，就是诗的无限可能性，就是诗的艺术形式，就是"情"。树干和树根就是诗的结构。如果没有"情"或形式的枝条，剩下的树干树根也就不是结构了，只是光秃秃的"理",不是诗,一根死木头而已。

诗人通过直接抒写的叙述策略,创造出可能性空间,产生结构陌生化的诗意,为读者提供互动体验,这就是读者产生"猛然想起"的地方,就好比读者和诗人下出的一盘"共活的棋"。如果叙述不力,诗的结构就出不来,叙述的陌生化效果就出不来,可能性的互动空间就很小,猛然想起就不易产生。

有人会追问,读者猛然想起的究竟是什么东西呢?前文说了,不是另外有个什么东西被读者想起了,而是读者自己本来就有的东西以新颖的形式突然再现,只是那东西读者太熟悉了所以不知道而已,就像黑格尔说的:"熟知的东西之所以不是真正知道了的东西,就是因为它是熟知的。"

什克洛夫斯基也说:"陌生化的东西其实是读者真正熟悉的东西。"说的最简单也最透彻的,还是《易经》所谓的"百姓日用而不知"。《庄子》里面有个"相忘于江湖"的故事:"泉涸,鱼相与处于陆,相呴以湿,相濡以沫,不如相忘于江湖。与其誉尧而非桀也,不如两忘而化其道。"这句话可以有两重理解,其中之一的理解是说,鱼天天生活在水里,久而久之忘记了自己生活在水里,就像我们天天生活在空气中但并不刻意去注意空气,这就是"日用而不知"。

日用而不知,意味着陌生化的真正内涵并不是内容上的搞怪或猎奇,而是创新的艺术形式带来的"意料之外"和"情理之中"。可能很多人会说,他所体验到的陌生化就是奇怪内容的刺激,其实错了,当你觉得受到奇怪内容刺激时,那其实是艺术形式的创新让你认同了奇怪的内容。

诗的叙述也是一样,读者可以不明白自己为什么会产生陌生感,他们只要获得阅读互动并产生"猛然想起"那样的可能性,就满足了,他们一般都会认为自己是被诗的叙述内容吸引了,但诗人自己应该心里明白,这背后的奥秘在于诗的语言艺术形式,并非诗人写的内容打动了读者,而是内容让读者想起了自己的遮蔽之物然后被他自己打动了。

2009 年 4 月 18 日,芜湖

存活于衍义中的诗歌史

诗歌如何让读者"猛然想起"？前文说了，内容上要避免观念化对生活常态和生命真相的遮蔽，形式上要依靠诗创造出的可能性空间。但要知道，诗的可能性空间不是诗人单方面创造的，而是诗人与读者互相创造的。这就涉及到一首诗所表达的"意义"的问题。也就是说，一首诗所表达的"意义"，是诗人与读者两方面理解的"意义"合成的。

从释义学角度讲，我们可以把一个诗歌文本的意义分析成两个概念：本义与衍义。诗歌文本的意义不是诗人写完了就定型了，在诗人那里定型的意义只是诗的"本义"，还需要通过读者的阅读延伸出来"衍义"，两者合成，才是诗的真正意义。

本义，是诗人通过自身体验所发现的某种真相，是诗人自己"猛然想起"来的生命中的遮蔽之物。一首诗写完了，诗的意义还不算完成，必须再由读者去行使体验的选择权，这也是读者命名世界的权利。当读者借助诗人的暗示、启发或呈现的真相，在阅读中也"猛然想起"了属于读者自己生命中的遮蔽之物，诗的意义才算真正完成。这其实是读者对诗歌文本的再创造，意味着诗歌文本的"可能性"产生于诗人与读者在互动中的再创造，产生于诗歌文本的本义与衍义之间。事实上,这才是诗歌史存活的地方。

刺猬

晚上,刺猬爬过的地方落叶翻起来
有一小片湿土
它们留下自己独有的气味
但我嗅不到
直到昨天下午,一个小学四年级的男生捉住它
把它投到沸水里
它婴儿一样的叫声让我突然想起
我就住在它的附近
已经三十多年了
校园后面的树林子,我走过很多次
那些小洞穴
一直住着与我有关的东西
昨天下午,这个小镇上很沉闷
有一场阵雨
帮我忘记了很多事情
晚上的时候,月光十分浑浊
落叶松动
我想刺猬已经缓缓地爬出了洞穴
有细微的喘息
肯定还有一些冰凉的想法
只是我听不见

这是我2006年写的一首诗。梁小斌先生认为,"突然想起"是这首诗的诗眼,他实际上说出了这个诗歌文本的意义在于让人"猛然想起";蓝棣之教授

认为,这首诗的意义不在于诗人对刺猬的种种发现,而在于诗人对自己的发现,他实际上说出了我的"本义",即诗人自己猛然想起来的遮蔽之物。

诗人如是认为,这首诗的意义在于"唤醒集体失聪的时代",因为人之所以"听不见"刺猬的声音,是因为人"集体失聪",也就是本来面目被遮蔽。如是所说的,正是这首诗的可能性部分,即让读者去"听见"的部分,让读者猛然想起及再创造的部分。我的另一首诗《王雀轩》,也是基于同样的创作理念。

有时候,诗人就像禅师。当禅师说出"塞上桃花几度春"这句诗的时候,或许在他心中存在一个"本义",不同的弟子听到禅师吟诵的桃花诗,可能都会言下顿悟,但弟子们所悟的途径其实是各不相同的"衍义"。弟子就像读者,读到"塞上桃花几度春"这句诗之所以能够悟出东西,是因为他们都猛然想起了属于自己的、各自不同的遮蔽之物。

以禅师与弟子为例,或许有人误以为诗人属于教育或引导读者的角色,其实这是对"诗人—读者"关系的误解。即使诗人有时候去教育或引导了读者,那也如巴西人保罗·弗莱雷所说,教育不是"储存式的",而是让"每个人又重新赢得了说出自己的话,也即命名世界的权利"。他认为教育的目的就是促使人觉醒,让每个人看到自己的价值,承担自己的责任。保罗·弗莱雷所说的觉醒,即是"猛然想起"。

有一则禅宗语录故事,说一个和尚去菜市场买菜,听到旁边一个买猪肉的妇女反复挑剔地说"我要瘦肉,不要肥肉",屠夫很不耐烦地回答她:"你看看,我这里哪一块不是瘦肉?!"和尚听到屠夫此言,忽然大悟。屠夫说的话就像诗人的文本,和尚就像读者,和尚未必完全理解了屠夫此话中的"本义",但听了屠夫之言,和尚产生了属于自己的"衍义"并忽然大悟,即"猛然想起"了属于和尚自己的遮蔽之物。至此,屠夫之言(文本)的意义才算真正完成。在这个故事中,屠夫根本就不是教育或引导和尚的角色,他们的关系只能说是互动的关系,诗人与读者的关系也是如此。

罗兰·巴特在《作者之死》一文中,把文本划分为"可读性文本"和"可写性文本"两类。可读性文本,是指有明确的作者本义、只供读者被动阅读但不可再次写作的文本;可写性文本,是指作者本义不确定的、能够不断地被读者重新写作的文本。罗兰·巴特也许并不是强调一个文本中存在上述两种部分,他主要是强调古典文本与现代文本的区别,但我们在思考诗歌问题的时候,则完全可以将"可读性"和"可写性"视为同一个诗歌文本的两个部分,这显然也是将诗歌文本看作"本义"与"衍义"的组合体。罗兰·巴特很重视"可写性文本",他称这类文本有一种"无诗歌的诗意",此即是留给读者的部分,即是诗歌文本中的"可能性"部分。

所以,诗人不要指望自己的"本义"完全被读者读懂,这甚至不可能被准确读懂。诗人也不能让自己的"本义"完全读不懂。在完全读懂或完全读不懂的"本义"面前,读者很难产生属于自己的"衍义"。如果读者在阅读过程中无法产生自己所理解的"衍义",说明文本的可能性已经丧失,再创造也就无从谈起。

读者阅读诗歌的意义在于:他借助了与诗人"本义"相关的暗示或启示,产生了属于读者自己的各种各样的"衍义",共鸣由此产生,"猛然想起"由此产生。就像鲁迅说的,一千个人看哈姆雷特就有一千个哈姆雷特。这一千个哈姆雷特就是一千个"衍义",它使一千个读者"猛然发现"了一千个各不相同的遮蔽之物。这种发现,不是借助于对莎士比亚"本义"的完全读懂,而是借助于莎士比亚的暗示或启示。这就暗合了法国批评家圣伯夫的话:"最伟大的诗人并不是创作得最多的诗人,而是启发得最多的诗人。"

一首好诗,应该让读者猛然想起那些遮蔽之物,这并非依赖诗人单方面创造的可能性空间,或对读者的教育,而是依赖两者之间的互动关系产生的再创造,或者说,依赖诗人与读者之间的平等对话。而当读者一次次从诗歌里猛然想起了生命中的遮蔽之物,真实而动态的诗歌史即存活于其中。

2009 年 4 月 18 日,芜湖

"共活"的棋

诗歌文本就像一局围棋。

基于对诗歌文本"有界无限"的认识,我们可以把静态的棋盘看作诗歌文本的"有界现实性",把动态的棋子看作诗歌文本的"无限可能性"。下围棋也叫"手谈",就像诗人与读者的对话。诗人与读者下棋,未必要分出输赢,也未必要下出和局,实质上,这局棋是下不出最终结果的,或者说结果并不重要,意义只在于下棋的过程。而过程中最关键的是:诗人与读者能够在棋盘上下出一块块"共活"的棋。棋盘上每出现一块"共活"的棋,即意味着诗人与读者的一次成功互动,即意味着一次"猛然想起"。

下围棋的比喻,不仅说明诗歌文本是诗人与读者的共同创作,更说明诗人与读者是平等的对话关系。在对局中,诗人作为主体存在是毫无疑问的,但是,读者并非客体,读者也是主体,只不过有一条预设的游戏规则:每一局棋都是由诗人执黑棋先走,读者执白棋后走。换句话说,在文本这个棋盘上,诗人与读者的关系不过是"先后手"的关系而已,最终谁胜谁负还是和局都不重要,重要的是在下棋的过程中出现"共活"。而要出现"共活",前提是建立起"诗人-读者"的平等关系。

尽管有人认为哈贝马斯的"主体间性"理论具有乌托邦性质,但用来形容诗人与读者的关系还是非常恰当的。哈贝马斯将现实社会中的人际关系分为工具行为和交往行为,工具行为是从主客体关系出发的行为,交往行为则是"主体间性"行为。他提倡交往行为,以建立起互动的交往理性,达到他所期望的社会和谐。哈贝马斯的"主体间性"理论是属于社会学与伦理学范畴的。海德格尔后期也建立了"主体间性"理论,但他的理论是属于本体论范畴的,海德格尔不仅论述了"主体－主体"之间的交往与理解关系,还涉及到自由何以可能、认识何以可能等外延更大的问题。

把"主体间性"理论借用到诗歌视域,可以看出,诗人对读者的作用不是"给予与接受"的单向度的关系,而是相互作用的关系。诗歌从诗人那里写出来是直接的,从读者那里读起来是互动的。"可能性"表现在诗歌文本上,意味着诗歌的多重阅读旨向,意味着写作主体与阅读主体的真正互动。

也就是说,主体的诗人不要把读者当作客体来看待,读者也是主体,读者是诗人这个主体之外的主体群。在一个"有界无限"的诗歌文本中,"无限可能性"是动态的,"有界现实性"相对于"无限可能性"而言是静态的。要指望读者去完成诗歌文本中可能性的、再创造的部分,前提是要建立起诗人与读者的平等关系,即棋局中的"共活"关系。

如今的诗歌读者,都是些什么样的人呢?

首先,他们绝大多数是成年人,具有成年人的辩证思维特征。用皮亚杰的话说,他们的道德认知发展都已进入"公正阶段"。在这些成年人中,大学生又是诗歌读者最明显的主体之一,后皮亚杰主义者威廉·佩里专门研究过大学生的思维,他把大学生思维概括为如下三种水平:二元论水平、相对论水平、约定性水平。无论心理学家们怎么分析,都说明了这样一点:以成年人为主的诗歌读者,道德认知发展一般都已进入公正阶段,具有倾向于"公正"的道德观念。

基于此,诗人将文本体验的选择权归还给读者,就是将诗人所发现的"真相"呈现给读者,让读者从自己的生活与道德判断出发,在"真相"中获得关于他自己的回忆、共鸣或其他自由体验,这意味着诗人将不再独占体验的选择权与对世界的命名权,这种权利本来就是读者的,应该还给读者。这是对读者公正的道德观念的信任,也体现出诗人的公正。

读者倾向于公正的道德观念是怎么产生的?皮亚杰认为,当可逆的道德观念从利他主义角度去考虑时,就产生了关于"公正"的观念。也就是说,公正观念不是一种判断是或非的单纯的规则关系,而是一种出于关心与同情的真正的道德关系。

由此我们可以知道:一个优秀的诗歌文本中往往具有两种极其珍贵的东西;一是读者在读诗的时候所倾向的公正道德观念;一是诗人在写诗的时候所基于的道德底牌与民生本位。当这两种珍贵的东西在文本的棋局中相遇,即产生了可能性,出现了"共活"(这当然不是产生可能性与共活的唯一条件,更重要的还有艺术形式上的陌生化)。如果换一种表达就是:"可能性"正是基于道德底牌与民生本位的诗歌写作所应该具有的一种姿态。

如今的诗歌读者,脑子里充斥的信息远远多于此前的任何一个时代,他们需要不断地进行信息加工,一方面产生新的认知,一方面避开杂乱信息对自身传统的遮蔽。读者从诗歌中获得自由体验的过程,从心理学的角度看,也可以视为一种学习过程,学习是主体与环境相互作用的结果,诗歌不是直接提供给读者的学习课本,诗歌从某种意义上是给读者提供了信息加工的环境,或者说提供了记忆的环境。诗歌提供学习环境的目的,是让读者和诗人一样对那些遮蔽之物有所发现,产生"猛然想起"那样的刺激与反应。

基于"可能性"的诗学理念,读者被提到了一种很突出的位置,但这并不意味着诗人的态度完全消失,诗人一点不表态的诗歌是不存在的,只是诗人的态度仅占文本态度的一半,另一半留给读者去表态。诗人将文本体验的选择权归还给读者的目的,就是让读者也"猛然想起"被遮蔽的那一部分自己。其实读者阅读诗歌与诗人写诗是一样的,他们也需要在"猛然想起"自己的时候获得快感。

罗兰·巴特与福柯,曾有过"作者—文本—读者"关系问题的著名争论。

1968年,罗兰·巴特发表文章《作者之死》,从索绪尔的现代语言学出发,宣称"要解读文本就需抹去作者、请进读者"。第二年,福柯发表文章《何为作者?》,从自己的话语理论出发,对罗兰·巴特作出批驳。其实,两个人的文章出发点完全不同。罗兰·巴特基于索绪尔的现代语言学,将语言视为"能指"与"所指"构成的封闭性结构,语言的意义是语言结构系统的内部差异造成的,不是现实世界或言说主体给定的。而在福柯看来,所有的历史文化都是话语建构的产物,彼此间并没有本质的差异,任何话语的生产,实质上都是权力关系运作的产物,这当然也包括文学。

很明显,罗兰·巴特说到作者死去,也不是完全死去,他称作者为"纸面的作者"。罗兰·巴特只是把索绪尔语言学的"能指"一说无限地放大了,放大到一定程度,作者自然就变成了一个机器。而福柯说到作者不死,也不是要抬高作者的地位,在他的话语理论框架下,作者只是话语的一种功能。

所以不难看出,两人争论的焦点虽然围绕着"作者—文本—读者"和"索绪尔语言学—话语理论",但无论作者是死是活,无论文本如何存在,他们都不可避免地涉及到读者的位置问题。罗兰·巴特把文本划分为"可读性文本"与"可写性文本"两类,他认为"可写性文本"中存在着"无小说的故事性,无诗歌的诗意,无论述的随笔,无风格的写作,无产品的生产,无结构的结构化",此即是留给读者的广阔的位置。福柯当然也给读者留下了位置,他所谓的"作者只是话语的一种功能",即是给读者留出了很大的位置。读者的位置,即是产生"可能性"的位置,即是产生"猛然想起"的位置。

一首好诗就像一局围棋,它好就好在诗人与读者下出的一块块"共活"的棋。而"共活的棋"是诗人与读者的"主体—主体"平等关系互动的结果,正如"猛然想起"是有界现实性与无限可能性互动的结果。棋局中"共活"的出现,即是文本中"猛然想起"的出现,即是文本再创作的出现。因此可以说,在写诗这种棋局中,出现"共活"的棋越多,诗歌文本的意义越大。

2009 年 4 月 20 日,芜湖

无人写信的时代

写诗的感觉，就像与某个人对话，或给某个人写信。中国古人就是经常以诗为信、以信为诗的。"思君令人老"，这是诗，也是书信。"上言加餐食，下言长相忆"，这是诗，更是书信。

在一个有界无限的诗歌文本中，往往暗藏着"对话"，暗藏着一封私信。诗人与之对话或写信的人，有时候是读者，有时候是诗人自己。甚至，有时候根本就不是人，而是"物"。对话是有逻辑的，既不完全是理性主义的逻辑，也不完全是非理性主义的逻辑。对话当然要依赖语言，但必然不能完全依赖分析性的语言。对话，是"可能性"诗学理念的重要组成部分。

诗歌文本中为什么会有"对话"呢？这个问题就如同"为什么会有诗歌"。诗人总是渴望彻底认识事物的存在本质，但总是无限趋近它而又无法抵达它。诗人只能在无限趋近它的过程中，一边怀着"抵达"的愿望，一边面对"无法抵达"的现实，写下一些有界无限的文字，此即是诗歌。所以，诗歌往往是不得已的语言产物，而暗藏在诗歌中的对话，往往是不得已的语言行为，或许只有借助对话这种既非"分析性"又非"无逻辑"的语言行为，诗人才能够最大限度地"抵达"。有人形容诗是最后的语言方式，或是语言的悬崖，或者说诗歌之后即是沉默,等等,其实这正是体会到了诗歌的不得已。

无论东方或西方,对话哲学都由来已久。西方的苏格拉底用对话形式教育学生,东方的佛陀、孔子也是用对话形式教育弟子。写诗一如对话,每一方说出来的话,就像诗人写出来的"有界现实性",一个人的自言自语抵达不了存在的"无限可能性"。但为什么两个或多个人的对话能够最大程度地激活或呈现"无限可能性"呢?马丁·布伯在谈到相遇哲学时说过,对话关系使得对话各方都进入了某种"之间"的领域,此即是相遇。这个"之间"的领域正是对话的奥妙所在,一如诗的奥妙所在。当诗人写出"有界现实性"的时候,通过这个"之间"的领域打开了"无限可能性"的大门,使得诗人与读者之间产生互动、产生共鸣,继而"猛然想起"。

"对话"一旦在诗歌文本中产生,首先意味着某种对话关系的建立。这种对话关系无非体现在三个方面:诗人与读者,诗人与自己,诗人与物。这三个方面的对话关系可以分为两大类:一类是诗人与读者、诗人与物之间的"我—你"对话关系,另一类是诗人与自己的"我—我"对话关系。

诗人与读者的对话关系,表现在诗歌文本中是怎样的?

哲学上关于对话关系的精辟论述很多。巴西学者保罗·弗莱雷从教育学角度出发,强调过对话的批判性;前苏联文艺批评家巴赫金认为,对话在文学作品中具有独立性、自由性、未完成性、复调性等特点,他说:"两个声音才是生命的最低条件、生存的最低条件。"巴赫金的对话理论为我们呈现了多元的体验世界,他强调的是对话的必然性。英国学者戴维·伯姆则认为,真正的对话是共赢的对话,"在对话中,人人都是胜者",他强调的是对话的创造性。

对话的上述特性,都可以同时体现在一个优秀的诗歌文本中。此外,诗人与读者的对话关系还有一个更重要的特性,就是平等性。诗歌中的平等意识,可谓五花八门,有各种各样的来源。比如巴赫金的对话理论,除了形式技巧之外,其根本上所指即是平等。还有来自卢梭、中国古人观念、佛教道教观念的,等等。

犹太人马丁·布伯是存在主义思潮的先驱之一,他认为存在即是"关系",而且关系先于实体,实体由关系而出。他说的这种关系不是基于"我－它"去理解的,而是基于"我－你"去构建的。如果仅从"我－它"去理解关系,客体世界就成了被主体性利用的东西,"它"就成了"我"的一个对象,而"我"却难以成为"它"的对象,这样就难以产生互动。这个道理显然适用于诗,如果阅读互动产生不了,何谈读者的"猛然发现"?而阅读互动的产生,正是诗人在写诗的时候要去考虑的事情,这直接反映了一个诗人的"个人才能"。

从"我－你"关系出发,马丁·布伯提出了"相遇哲学"。他认为对话关系从动态上看实质就是一种"相遇"。在对话中,关系双方同时进入了一种"之间"领域。相遇使得主体性摆脱了过分的自我主义,为对话创造了条件,为对话的相互性提供了保障,因为个体在"相遇"中敞开胸怀,充分接受生命中形形色色的所遇之物,无限的关系世界才得以形成。马丁·布伯强调的相遇及相互性,正是对话的平等性。

也就是说,在一个优秀的诗歌文本中,诗人与读者的对话关系应具有必然性、创造性、批判性、平等性。诗人在写出有界现实性的同时,如果构建起了具有上述四种特性的"诗人－读者"对话关系,读者就能从诗歌中顺利地读出无限可能性,并产生属于他们自己的"猛然想起"。

写诗如写信,读诗如读信。我在《读古诗》那组诗中,曾两次写到古人以诗为信、以信为诗的情形。其一:秋风渐凉/他着薄衫,读古诗/在顶楼散步/一个淡蓝色的情人/发来短信/"思君令人老"/他想起汉朝/那个叫无名氏的人/在打仗的间隙/读家信/信上无诗/"上言加餐食/下言长相忆"。其二:夜读古诗,秋虫乱鸣/不乱耳/只乱心/"客从远方来"/此句读不得/读下去必有伤怀事/"有客款柴扉"/此声听不得/听下去必定惊心/夜读古诗/秋风翻书页,页页尺素书/古人何曾写诗?/古人只写信/"寄书云间雁/为我西北飞"。

无人写信的时代,就写写诗吧。

2009年4月21日,芜湖

与万物同心

诗歌文本中,"诗人—物"的对话是怎样的?一言以蔽之:与万物同心。

诗人写诗,有时候不仅是与人对话或给人写信,而是与"物"对话或给"物"写信。物是什么?看起来,除了人之外的东西皆可曰物,那么诗歌文本中的"诗人—物"的对话关系具有什么特性呢?诗人在与读者对话时,也许已经能把读者看作主体,但在与物对话时,往往还是把物看作客体。其实不然,所谓物,既有物理意义上的,也有心理意义上的,而若基于"人与自然统一"的思想去看待物,任何一种物都是同时具有物理意义和心理意义的。物,在诗歌文本的对话关系中也是主体。

"诗人—物"的对话关系,除了应具有前文讲到的必然性、创造性、批判性、平等性之外,"诚意"显得更为突出。也就是说,在上述四种特性之上还应加上一个条件——诚意。

诚意说似简单,其实很难做到,不可简单理解为真诚守信。中国古代参禅修丹的人,都讲究一种最基本的功夫,叫"存诚",其特征不仅是意志坚定,更重要的是坚持,这是一种很难把握的慢功细活,不是有了多高的功夫或多高的技术就能做得到,就像禅诗所云:"荆棘丛中下足易,明月帘前转身难"。

若把这种功夫借用到诗歌上,可以说,正是"存诚"这种微妙的细活才把诗歌的艺术性与匠气区别开来。

诗人或许容易在与"人"或"我"的对话关系中表现出诚意,但在与"物"的对话关系中往往缺乏诚意。我们不妨以地球为例,地球这个物够大了吧？地球不仅是物理意义上的物,更是生存与心理意义上的物。西方后现代主义思潮里有一个著名的词条,叫做"地球虔诚心",还有大地伦理学把地球称为"你",而不是"它"。也就是说,与地球的关系应该是"我—你"关系,这是一种典型的"人与自然统一"的思想,从诗歌文本上讲,"诗人—物"的对话关系又何尝不是"我—你"关系呢？

怀特海的过程主义思想认为,一切事物都值得尊敬与关怀,自然界本身包括山川草木都非简单的事实,它们的终极实在也是自我实现的主体活动。宇宙间没有不相关的事物,每一种现实都被理解为一个生成过程,通过与他者相互作用相互关联而存在,整个宇宙是一张由相互关联的事件编织起来的网。这个观念,如果借用佛教里"因陀罗网"的比喻,大约可以这样理解:每一种现实都是以"缘"为线生成的过程事件。如果再更近一步看,宇宙也不仅是我们所能感受到的宇宙,它是多维的,也是互相作用互相关联的,这有点像佛教里的"法界互具"思想。

由此可知,"诗人—物"的对话,也意味着生态观念入诗,但并非是体现了环保意识那么简单,而是旨向平等精神与和谐理想的深度生态观,这也是诗中平等精神的来源之一。

深度生态学的核心思想是:地球上的所有物种都拥有一种普世权力,没有任何一个物种可以逾越这种权力,人类只是地球上诸多物种中的平凡一员,既不能与其他物种分离,也不在任何意义上高于其他物种。深度生态学由深层体验、深刻质问、深厚承诺三个方面有机结合,形成了一种环境伦理学,旨在回答"人该如何生活"的问题。

深度生态学有八条原则,其中之一指出了人的"强大"与"伟大"的区别,即:人作为一个物种,其生命价值远比更高质量的生活重要,只注重不断地提高生活质量只能算是强大的,只有意识到生命价值更重要时,人类就会变得伟大。"诗人—物"的对话,显然是旨向生命价值的伟大。当然,要注意的是,不能因为强调整体而忽略了人的个体重要性。

中国古代禅师,有"青青翠竹,尽是法身,郁郁黄花,无非般若"的说法,天台宗九祖湛然大师有"无情有性"的说法,如果撇开佛理的特殊理解,就普通的思维来看,这些话都含有"人与自然统一"的思想,而庄子说的"以道观之,物无贵贱",就更直接了。

由此不难理解,"诗人—物"的对话关系是诗中高级的人道主义观念,即是那种平等的、去中心的、抛弃二元对立的、承认一切事物包括山川草木的存在价值并与之互相回应的、过程主义的人道观,用一句中国古话来概括,就是"与万物同心"。

"与万物同心"这种体验,中国古代圣贤早已有之。道家如庄子说的"天地一指也,万物一马也",佛家如僧肇说的"会万物于己者,其惟圣人乎",儒家如王阳明说的"大人者,以天地万物为一体者也"。究竟怎么描述诗歌文本中的"诗人—物"的对话呢?五个字就说透彻了:与万物同心!

2009 年 4 月 21 日,芜湖

谁与我互相回忆

诗歌文本中,诗人与自己的"我-我"对话关系是怎样的?

诗中显而易见的对话关系,很多时候并非诗人与读者的"我-你"关系,而是诗人与自己的"我-我"关系。这种关系在很多人看来不是对话关系,而是诗人的独白,或曰内心独白。其实内心独白也是一种对话,只不过它建立起来的是"我-我"对话关系。可以说,自从非理性主义文学思潮兴起以来,内心独白一直泛滥于各种诗歌文本中。

意识流小说先驱杜雅尔丹1931年发表文章《论内心独白》,他说:"在诗学领域里,内心独白乃是一种既无听众又未被言说的话语,人物通过这一话语形式表现其最为隐秘和最接近于无意识的思想,而这种表现未经逻辑组织结构,换言之,所表现的思想尚处于萌生状态,而表现的方式是直接形态的"。杜雅尔丹认为内心独白可以使读者"产生扑面而来的印象",实际上,他说的也是一种对话关系,只不过不是"我-你"的对话关系,而是"我-我"的对话关系,或曰潜对话。

如果我们认定杜雅尔丹对"内心独白"的界定基本准确,那么,他的关键词应该就是"无意识",也就是弗洛伊德所说的"本我"。这就意味着:内心独白其实是诗人面对主体性分裂的事实,在本我、自我、超我三者之间进行的互相对话、互相审视、互相妥协。这也像德里达所强调的"自我"与"非我"的磋商、逻辑与非逻辑的对话。

我要说的诗歌文本的对话性,与诗人的内心独白并不冲突,但应该注意的是:诗歌文本如果仅仅基于内心独白的对话关系,将会产生什么效果?

先从诗歌文本的外部去看诗人与读者的关系,我们会发现:仅仅基于内心独白的对话关系往往只能产生属于诗人自己的"猛然想起",很难让读者也"猛然想起"。这是一种将读者拒之门外的封闭式对话关系,就像诗人自己给自己写信。这种对话总的来说还是割裂了诗歌文本的"有界现实性"与"无限可能性",由于将有界现实性悬置了,将无限可能性孤立了,文本反而丧失了可能性。

再从诗歌文本的内部来看诗人抒写的内容,我们会发现:仅仅基于内心独白的对话关系往往会对诗歌文本形成限制,也会使文本丧失可能性。巴赫金在谈"复调小说"时,总结了与之相对的"独白型小说"。按巴赫金的界定,"独白型小说"就是众多性格和命运构成一个统一的客观世界,在作者统一的意志支配下层层展开。"独白型小说"中的全部事件都是作为客体对象出场的,包括主人公在内的各种人物都是与作者的主体性相对的客体。也就是说,"独白型小说"中的一切声音都是经过作者主体性"过滤"之后的声音,从这些声音中听不到独立的"声部",归根结底只是作者一个人的声音。巴赫金的小说理论若从诗歌上讲,没有形成"复调"的原因就是诗人过于渲染自己的内心独白,可能性因此而丧失。

但这并不意味着应该将"内心独白"作废,而是要对"内心独白"进行突破,如果我们套用独白这个词,突破的办法就是"互相独白",就是将内心独白的"我-我"关系扩散为"我我-他我"关系。诗人不仅用"自我"去调节"本我"与"超我"的冲突关系,还积极去调节读者的"本我"与"超我"的冲突关系,最终,在你、我、他之间建立一种深度的互相回忆,这就产生了可能性,用巴赫金的话说就是产生了"复调",诗歌文本也就能让读者产生"猛然想起"。

其实,诗人与读者的"我-你"对话关系本身就包含着"在对话中独白"的意思,诗人与自己的"我—我"独白中,也包含着"在独白中对话"的意思。诗人应该既倡导"我—你"对话,又尊重"我—我"独白,在尊重"我—我"独白的基础上建构一种"我我—他我"的互相独白,尽可能让诗人的无意识发现影响到读者的无意识发现。如果诗中仅有诗人自己封闭的内心独白,不能在建构性的对话关系中出现马丁·布伯所谓的"之间"领域,可以把它扔进废纸篓。

要深刻理解诗人与自己的"我—我"对话关系,必须理解诗歌中的历史。

诗歌不会怀疑荷马讲述的历史,不会怀疑《山海经》讲述的历史,否则,人类将付出不可想象的心理代价。这并非因为诗歌传递了蒙蔽的或麻木的历史,而是人类的心理积淀一旦被否定,人的灵性的部分将无依无靠。所以,诗中的历史敢于告诉其他任何类型的历史:你们都是简化史!

我曾写过一些倾向于内心独白的诗,在这些诗中,我尝试暴露一些隐蔽、卑微而有尊严的历史,它们不仅来自我个人,还必须来自你——与我互相回忆的人。我的那些内心独白式的体验不是孤立的,它不单纯是指向什么结果,更多的是呈现一种起因,我期望它与读者互动起来共同抵达真实,其实,这就是一个互相回忆的过程,正是在互相回忆中,诗提供了各取所需的历史。

2009 年 4 月 22 日,芜湖

诗直觉与禅顿悟

谈论诗的可能性,"直觉"毫无疑问是个重要概念。作为中国诗人,更容易想到的还有禅宗顿悟。这是很难说清楚的问题,若能说得清楚,在大学里开个直觉或顿悟的进修班,毕业了都是诗人了,都成佛了。所以,对直觉与顿悟的领会,要靠诗人的天分。

一般认为,中国古代诗论中最早关于直觉的论述是"悟",其实不然,应该是"兴"。为什么说"兴"是中国诗歌最早的直觉论?比较一下"兴情"与"抒情"两个概念就知道了。抒情是明显的、自觉的抒写;兴情是隐蔽的、瞬间的、不自觉的油然而生,兴情之"兴"就是直觉论。这是从诗人的创作角度来说的直觉。

如果从读者角度来说直觉,在柏格森、克罗齐之前的时代,读者的审美直觉被归结为神性的启示,之后,人们开始基于诗人的主体性,用"冲动"来解释直觉。一时间,直觉、生命力冲动、时间绵延之说,成了意识流小说的法宝,也成了诗的高级话题。

柏格森所谓的直觉,目的是打开自我,顺应生命力的冲动,如果拿到诗歌上看,打开了自我即是产生了可能性,即是"猛然想起"。但如何通过直觉打开自我呢？那么多形形色色的诗歌写作可以说都有直觉的成分，它们打开自我了吗？多数只是一些无逻辑的直觉记录而已。诗要打开自我，前提是诗人必须从自我与他人的共存关系出发，如果仅仅将自我置身于本我与超我之间，这种直觉所呈现的无非就是内心独白。

　　直觉打开自我，经验很重要。审美直觉，无论从社会实践、心理学或艺术欣赏的角度看，都有一个经验的积累积淀的过程，是在经验基础上的突发性反应。中国古代诗论有严羽的"妙悟"说，貌似禅宗的顿悟，其实他强调的，也是在阅读积累的基础上"久之自然悟入"。

　　诗的直觉，当然可以理解为对逻辑的超越，凭什么来超越呢？还是要凭诗歌文本制造的可能性。其实诗的直觉并非没有逻辑，诗中什么样的逻辑都有，因为没有什么不可以入诗，但诗的直觉更像是一种对话逻辑。

　　尽管禅不可言说，我们还是不妨拿禅来说说诗。比如《五灯会元》或《指月录》，都是禅宗师徒对话录，如果从诗的角度看，它们简直就是诗集。书中的每一组对话都可以看作是一个充满无限可能性的诗歌文本，这种文本无需去分析什么本义与衍义，它直接由对话构成，如果没有师徒在对话中的互动，每一个文本的意义都无法产生，也就是说，无论是师傅说的话还是徒弟说的话，一旦割裂开来就没有意义。

　　这就意味着，禅宗对话录的文本意义全部是在对话"之间"活泼泼地产生的，其文本意义就是会心、印心。这种文本当然是有界无限的，只是"无限可能性"的部分得到了最大程度地体现。在中国古代文献中，还找不到如此"有界现实性"最小化、"无限可能性"最大化的文本，《论语》、《宋儒学案》等均不能与之同日而语，西方的种种对话录也只能望其项背。

　　禅宗对话录的文本特点，若用理性的分析性语言来分析它，只能走进死胡同，但它也不是非理性、非逻辑的意识流淌或个体直觉。也就是说，我们可以拿禅来说诗，但不可以拿诗来说禅。"禅顿悟"的目的是明心见性，"诗直觉"的目的是猛然想起，两者都要识得"本来面目"，诗的直觉与禅的顿悟根本不是一回事。打个形象的比喻，"诗直觉"归根结底还是大脑里的思考，"禅顿悟"则好比是小腹中的思考（其实不是思考）。

如果一定要说诗的顿悟,这个顿悟说白了就是直觉,它本质上属于灵感论范畴,与柏格森、克罗齐说的直觉差不多,甚至就是一样的,即以自发的、直接产生的、纯主观的感觉去获得诗的意义。"禅顿悟"却并非灵感论,而是难以言状的,如人饮水,冷暖自知,就像马祖道一禅师指出的"说似一物即不中"。也就是说,诗只是直觉的,禅才是顿悟的。

禅宗认为,语言文字对事物的描述很有限,要想直抵事物的本质,依赖语言很难做到,事物的本质在语言面前就像"无缝塔",无论谁去说,都是单向度的,需要"不立文字,直指人心"才有可能当下见性。但在交流中,禅师又不得不说话,故而又有了"不立文字,放一道线"的语言观。所谓"放一道线",也就是消息、禅机。用诗的话说,这"禅机"产生于对话关系双方都能进入的"之间"领域,此即是"可能性"的地盘,也就是"猛然想起"的地盘。

说"诗直觉"与"禅顿悟",很容易让人想到严羽的《沧浪诗话》。严羽的"妙悟"之说以禅悟来说诗悟,更有"羚羊挂角,无迹可求"的高蹈描述,貌似禅宗顿悟,其实仍然是直觉与灵感论的范畴。严羽以禅说诗,只是一个理想化的比喻,启迪人们对诗的高层次的领会,但诗不是禅,不可以诗说禅,也不存在诗人写的禅诗,只有悟道禅师才能写禅诗,其实那也不是诗,只是禅。

到底何谓"诗直觉"与"禅顿悟"?诗学永远没有固定的公式,就像诗的可能性,我的随笔写了十篇,看完之后你知道诗的可能性是什么吗?其实到最后,这个问题不应该是我来回答你的,而应该是你自己回答自己的。现在,我引用香严智闲禅师的一段话,作为这组随笔的结尾,这段话设了一个两难的局,你若答得上来,就一切透彻了:"如人在千尺悬崖,口衔树枝,脚无所踏,手无所攀,忽有人问:如何是西来意?若开口答,即丧身命;若不答,又违他所问,当怎么时,作么生?"

如果把这十篇随笔略作总结,大约就是:认识诗的"可能性",首先要认识诗歌文本的有界无限。诗中的可能性空间就像"共活的棋",会让人猛然想起各自不同的遮蔽之物。"猛然想起"产生于诗的叙述和结构陌生化,产生于诗的本义与衍义之间,产生于诗人与读者、诗人与物的"我—你"对话关系和互动创造,产生于诗人的内心独白与互相独白的两维结合,它往往是在与人对话、给人写信或直觉体验那样的状态中产生的。

2009 年 4 月 23 日,芜湖

辑二:赌诗笔记
——诗歌趣味与草根写作批判

"穷趣"或"解味"
什么样的眼睛看出什么样的结果
《唐璜》的阶层趣味
中国诗人需要重读惠特曼
玩一场"四角游戏"
公民趣味、汉语性情及乐趣原则
掀开"中国性"的红盖头
"硬伤"与诗的内核
放"传统"一条生路
新诗百年"盘点"纲要

"穷趣"或"解味"

大凡艺术,必有"趣味"。

袁牧在《随园诗话》中说,必须懂得"味欲其鲜,趣欲其真"的道理才有资格论诗。李渔也在《闲情偶寄》里面强调"机趣"二字,他认为"少此二物,则如泥人土马,有生形而无生气"。后来的梁启超说得更直接:"文学的本质和作用,最主要的就是'趣味'。"

《列子》说:"曲每奏,钟子期辄穷其趣。"这里的"穷趣"是体会音乐之趣。《红楼梦》开篇就问"谁解其中味?""解味"即是体会小说故事之趣。至于诗歌的"穷趣"与"解味",更是个老话题,中外诗论早已论及。

一

若泛泛而论,古代六经中的"乐"虽指音乐,但已与诗歌趣味有关。

"乐"虽已失传,但从史书上可知,周公、孔子等先圣都极其重视"乐",要制礼作乐来教化人。"诗"与"乐"并列于六经之中,孔子论诗又多强调教化,故而可知,古人早就重视诗歌与趣味的联系,只是诗中趣味的主要作用是强化诗歌的教化功能。孔子曾经跟徒儿们说:你们怎么不学诗啊?诗可以"兴、观、群、怨",还能"多识于鸟兽草木之名"。孔子这番话苦口婆心,既强调了诗歌教化,又反映了诗歌趣味。

如果就诗论诗,赋比兴的"兴"即是中国最早的诗歌趣味论,"比"即是中国最早的诗歌陌生化理论。至于"赋",当我提出直接抒写理念的时候,多数人认为"赋"就是中国诗歌最早的直接抒写理论,此说不对。这是另一个问题,暂且不论。

"兴"的基本意思是"托物起兴"。"托物"究竟托什么?诗人们爱托什么就托什么,不必管他。"起兴"究竟起什么呢?这里面其实已经反映了诗歌趣味问题。后来,"兴"的内涵不断丰富,古代诗人们逐步形成了关于"兴"的最重要的共识——起情。显然,这个"起情"更反映了诗歌趣味。

古代诗论家关于"兴"的精彩论述很多,广为后人津津乐道,比如钟嵘说"文已尽而意有余",王夫之说"兴在有意无意之间"。这些话都包含了诗歌趣味论的内容。随着"兴"的内涵不断丰富,诗中趣味的主要作用已不是孔子宣扬的教化功能了,而是像屈原所倡导的那样,旨在反映诗人的主体性情。

西方人也早就论及诗歌趣味问题。

亚里士多德在《诗学》中提出摹仿论,认为艺术(包括诗)摹仿现实的时候不仅可以如实表现,也可以表现得比原来更美或更丑,这就涉及到作品反映什么趣味的问题。后来,罗马的贺拉斯在《诗艺》中提出"寓教于乐"的主张,这在西方美学史上还是破天荒第一次。贺拉斯认为"虚构的目的在于引人欢喜",艺术应该是教化功能与审美娱乐的结合,诗应该给人益处、乐趣与快感,并对生活有帮助。

看来,古代圣贤也是英雄所见略同。贺拉斯的"寓教于乐"与周公、孔子"制礼作乐"的观点差不多。贺拉斯讨论戏剧时认为模仿允许虚构,只要虚构的合乎情理能让观众相信即可,这与亚里士多德的摹仿论也是心气相通。

二

究竟什么是诗歌趣味?

当我们把"趣味"与"诗歌"两个词放在一起时,概念的范围实在太宽泛了,所以有必要限定一下问题的外延。一般而言,诗的趣味主要来自两方面:

一是文本的美学意义,一是文本的社会意义。

比如,中国古代有所谓宝塔诗、字谜诗之类的趣味诗,这些诗的趣味基本上只来自美学意义(形式),没什么社会意义可言。再如文革诗或时下所谓的"主旋律"之类,这些诗的趣味基本上只来自社会意义(内容),没什么美学意义可言。不过我们要知道,对于一首现代诗而言,没什么社会意义的诗也许还能算是诗,没什么美学意义的诗就不能算是诗了,此所谓"形式大于内容"也。

但在绝大多数情况下,诗歌趣味来自美学与社会的双重意义。比如从诗风上讲的婉约派、豪放派;从格调上讲的怀旧情绪、死亡情绪、异国风情等。这些诗反映的趣味主要来自美学意义,同时也有社会意义。再如从内容上讲的山水诗、田园诗、边塞诗、花间词、抗战诗、文革诗、中世纪神性诗,宫廷诗等,这些诗反映的趣味主要来自社会意义,同时也有美学意义。

古人论诗,也是从社会与美学双重意义上反映诗歌趣味的。比如白居易,他的新乐府诗论反映了什么样的诗歌趣味?当他说"美刺比兴"、"因事立题"、"诗歌合为事而作"的时候,是侧重从社会意义上反映诗歌趣味;当他说"辞质而径"、"言直而切"、"事核而实"、"体顺而肆"的时候,是侧重从美学意义上反映诗歌趣味。

举几个来头很大的例子,就一目了然了。

地球人都知道的《诗经》,反映了什么样的诗歌趣味?《诗经》里面故事多,几乎每一首诗都是一个故事,诸如阶级反抗、男欢女爱、战争哀怨,等等,细分起来还真不太好概括,不妨借用孔子的一句评语——思无邪。这个"思无邪"大约就是《诗经》所反映的趣味。这是从社会意义上讲的。

若从美学意义上讲,《诗经》有四言、韵律、重章叠句等形式特色,细分起来也不太好概括,不妨借用"六义"的总结——赋比兴,这就是《诗经》从美学意义上反映的趣味;至于"风雅颂",则是《诗经》从社会意义上反映的趣味。

同理,可知《离骚》反映了什么样的诗歌趣味。如果直接引用屈原老人家的话,大约就是"发愤以抒情"。"发愤"的诗歌趣味就是从社会意义上讲的,"抒情"的诗歌趣味就是从美学意义上讲的。

再看看外国的经典。荷马史诗反映了什么样的诗歌趣味?如果从《伊利亚特》的叙述主线"阿喀琉斯的愤怒"来看,大约就是"英雄趣味",这是从社会意义上讲的。如果从美学意义上讲,荷马史诗反映的趣味大约就是"荷马式比喻"以及富有歌谣的叙事之类。

同理,可知但丁的天书《神曲》反映了什么样的诗歌趣味。从维吉尔与贝阿特丽齐这两个人物的象征意味来看,大约就是"理性趣味"与"信仰趣味",这是从社会意义上讲的。如果从美学意义上讲,《神曲》反映的趣味大约就是但丁精心设计的非常完整的叙述结构之类,比如《神曲》分为3部,每部33篇,每段3行,连锁押韵,象征圣父、圣子、圣灵三位一体。

三

中国古代很多经世大儒,他们的诗从社会意义上讲,多是"入世趣味"的。与之相对应,也有许多高僧道士的诗,从社会意义上讲多是"出世趣味"的。若从美学意义上讲,不论出世还是入世,这些诗的趣味都是丰富多彩的。

经世大儒的诗,例子太多了,这里举一个偏门一点的例子。大家都知道"全真七子"的师傅王重阳吧?你可别被武侠小说给蒙了,现实生活中的王重阳武功并不怎么样,却是个了不起的大诗人。王重阳写了一千多首诗词,大多劝人出尘向道,从社会意义上讲都是"出世趣味"的。若从美学意义上讲,各种诗词技法王重阳都非常娴熟,他还独创了一些新词牌。王重阳善于使用俗语俚语,诗风很见性情,从美学意义上看他的诗歌趣味,大约就是轻松活泼、直接干净。

话说到此,想起中国古代很多高僧道士的诗,都被我们这些所谓的诗人忽视了,他们的作品与文学圈的诗词大家比起来毫不逊色,甚至更好。比如道士,特别出色的诗人除了王重阳还有陈抟、白玉蟾等,王重阳的徒弟们也个个都是诗人,大徒弟马钰也有诗词一千多首,要说全真派是个诗歌流派一点都不过分,但很少有诗人留意这个"流派"。此外,还有数不清的禅师的诗,都有待我们去"穷趣"或"解味"。

2010年11月18日,北京

什么样的眼睛看出什么样的结果

一

诗,是诗人写的,诗歌趣味当然与诗人的本性有关。就像歌德所说:"一个人无论往哪里走,无论从事什么事业,他终将回到本性指给的路上"。所以一般而言,当极富性情的诗人对他抒写的事物产生某种体会,再把这种体会反映到诗中,诗歌趣味就产生了。

但这时候,诗歌趣味只产生了一半。也就是说,诗人的本性只决定了诗歌趣味的一半。另一半是谁决定的呢?是读者。

诗歌趣味的全部内涵,大致有这样一个产生过程:第一步,诗人凭自己的性情或思考对他抒写的事物产生体会,假如这个体会叫做"美",那就像美学上讲的"美是对象的美",它必须被诗人体会到了之后才能叫美。第二步,诗人的体会反映到诗中,诗歌趣味即已产生,但这不是诗歌趣味的全部,因为诗人虽在诗中反映了自己的体会,读者还没有参与进来。第三步,读者通过阅读诗,产生了属于读者的体会(多数是与诗人不同的体会),这时候,诗歌文本变成了诗歌作品,整个诗歌创作过程才算完成,诗歌趣味才算全部产生。

也就是说,诗歌趣味的全部内涵产生于诗歌作品的整个创作过程,产生于可能性文本带来的阅读互动。讲到这里,必须注意两个问题。

第一个需要注意的问题:诗歌趣味产生的关键,是诗歌文本"反映"了趣味。在"反映"这个创作过程的两端,分别站着诗人和读者,两者缺一不可。为何缺一不可?因为读者体会到的诗歌趣味不一定与诗人一样。诗反映的趣味不仅对诗人来说多种多样,对读者来说也是多种多样的,这就是可能性文本产生的阅读互动。

所以,全部的诗歌趣味产生于"作品"的创作全过程,而不是"文本"。两者有何区别呢?区别很简单,有读者参与创作的诗才叫作品,没有读者参与创作的诗只是文本。要想真正理解诗歌趣味,必须考虑读者因素。

释义学认为,一个诗歌作品应该是"本义"与"衍义"的组合体,诗人写出来的部分只是本义,还需要通过读者阅读延伸出来衍义,两者合成,诗歌作品才算真正有了意义。

比如大家十分熟悉的戏剧人物哈姆雷特,在莎士比亚笔下,他是从中世纪的蒙昧中苏醒的人,但又难以超越自身的局限,最后在与时代的斗争中失败了,这大约是莎士比亚写下的本义。但鲁迅却说,一千个人看哈姆雷特就会有一千个哈姆雷特。这一千个哈姆雷特就是一千个衍义。由此可知,《哈姆雷特》这部悲剧反映的"趣味",是由本义与衍义组合而成的。

罗兰·巴特在《作者之死》一文中,把文本划分为"可读性文本"与"可写性文本"两类。可读性文本,就是作者的本义非常明确,读者只能被动阅读但不可再次写作;可写性文本,就是作者的本义很不确定,能够不断地被读者重新写作。毫无疑问,罗兰·巴特推崇可写性文本。

比如《百年孤独》,小说里有个绝色美人雷梅苔丝,美得不得了,美得让大作家马尔克斯都不知道该怎么处理她的结局才好。最后,雷梅苔丝随着魔毯飞上天去,莫名其妙地飞走了,作者也没解释她为什么飞走了,小说从此以后再也没有提到过雷梅苔丝。这就是作者的本义不明确,马尔克斯把美人雷梅苔丝的结局交给读者去处理了,你爱怎么处理就怎么处理,一千个人看雷梅苔丝就会给她安排一千个结局,这就是可写性文本。

从诗歌趣味角度看释义学理论可知:本义是诗人写入诗中的体会,衍义是读者读诗之后的体会,两者的体会并非完全一致,需要合一。从诗歌趣味角度看罗兰·巴特理论可知:诗歌趣味的全部内涵产生于"可写性文本"。所以说,诗反映的趣味充满可能性,其全部内涵是在阅读互动中产生的。

第二个需要注意的问题:诗所反映的趣味,并非一定是"快乐"或"真善美"。诗歌趣味从内容上看有高雅有鄙俗,从风格上看有强烈有淡泊,总的来说多种多样。

为什么会多种多样?这不仅与诗人的人生体验、社会处境、学养以及写作风格等因素有关,也与读者的这些因素有关。也就是说,诗歌趣味不仅是诗人写出来的,也是读者读出来的。假如你是读者,当你感觉一首诗反映的趣味是丑恶的,那也未必一定就是垃圾,也许是文本真的很差,也许是你的审美水平很差。

一方面,应该多元化地看待诗歌趣味,不要简化地用善恶二元论去判断。诗无达诂,特别是建立了阅读可能性的诗歌文本,其反映的诗歌趣味并不完全来自诗人,也包括读者,诗歌趣味是诗人的创作与读者的阅读共同完成的。有句俗话说的好:什么样的眼睛看出什么样的结果。别把诗歌趣味的丑恶感完全归罪于诗人,有时候也要审查一下自己的心,佛家讲的"万法唯识"就是这个道理。

另一方面,要看诗人究竟使用了什么艺术手法。比如亚里士多德的"摹仿论",他老人家早就揭示了这样的道理:摹仿不仅可以如实表现现实,也可以把它表现得更美或更丑。当诗人把事物的本来面目表现丑了,难到就肯定是恶俗的诗歌趣味?也许诗人使用了反讽的表现手法,也许根本就是你这个读者把诗读丑了。

二

周瑟瑟有一首诗叫《虞美人》。诗很短,却句句不离"美人",诗中还说别人的妻子"比我们的要美",如果"不能偷情那就只能上吊了"。这种内容,如果按照某些无知的诗歌趣味论逻辑,显然属于典型的"中产阶级趣味"无疑。但真的是这样吗?我只需对这首诗稍作分析,你就会茅塞顿开:

> 虞美人是什么样的美人
> 我们都没见过。是不是李清照那样的美人?
> 纳兰性德亡妻那样的美人?
> 五千里诗词铺满泥泞的乡道,南宋的风
> 晚清的雨,随她们飘零
> 红颜本薄命,栈道边痴呆的书生打着桐油纸伞
> 他是那个年代的罪人,他的妻子比我们的都要美
> 瘦瘦的,在桃花丛中绣花、喂奶
> 其实错了,她原来是胖的,胸脯肥得像肉虫
> 爱情显然高过生活
> 棠棣高过了农作物,不能偷情那就只能上吊了
> 国破山河还在,城春草木更深
> 旧时的意境拖延了来生
> 时日漫长,我们打着桐油纸伞
> 像一群新的呆子,在超市门前发誓要饿瘦肥胖的娇妻

众所周知,《虞美人》是一个充满文化意味的标题,它既是植物名,也是美人名(项羽的美人)。既是词牌,也是曲牌。若说李煜的《虞美人》最出名,纳兰性德的《虞美人》则篇数最多。那么在周瑟瑟的《虞美人》中,美人究竟喻示什么呢?其实不难体会,美人喻示的是中国传统文化之美,"红颜本薄命"即是诗人对文化薄命的感叹。

在诗人笔下,中国真正的知识分子命运就像诗中的"书生",他们往往是"那个年代的罪人",但他们却有"比我们的都要美"的妻子——即文化,真正的文化。所以"偷情"即是与文化偷情,传统文化是我们的命根子,所以就不难体会诗人"不能偷情那就只能上吊了"的感受。

传统文化之美,在诗人笔下是"瘦瘦的,在桃花丛中绣花、喂奶"的妻子,这非常符合中国文人一贯的文化感受。与之相对,如今的流行文化自然就是"胖的,胸脯肥得像肉虫"的妻子,这是诗人对时下文化变异的感叹。

诗的最后,写到如今的知识分子,他们在文化面前"像一群新的呆子",他们"在超市门前"即是置身于当下经济时代的暗喻。诗人"发誓要饿瘦肥胖的娇妻"正是渴望重建文化的"发誓",因为我们时代的知识分子多数满嘴流油,我们的文化已经脂肪太厚。

诗人的抒写显然有他的乐趣原则,有他的表现手法,即周瑟瑟经常强调的"以有趣消解无知和无聊"。现在,你是否能真正体会《虞美人》反映的诗歌趣味的内涵?它是某些学究们所谓的中产阶级趣味吗?

所以说,诗反映的趣味一方面有诗人自己的体会,就像李白《月下独酌》所云:"但得醉中趣,勿为醒者传"。另一方面,也有读者的体会参与,就像《红楼梦》第二十三回"西厢记妙词通戏语,牡丹亭艳曲警芳心",林黛玉一边听戏一边想:"原来戏上也有好文章。可惜世人只知看戏,未必能领略这其中的趣味。"

2010 年 11 月 20 日,北京

《唐璜》的阶层趣味

诗,是否会反映社会阶层趣味?当然会。比如"魏晋风度"就可理解为诗反映出的阶层趣味。但我们要知道,诗反映阶层趣味,并非一定是"阶层写"的结果,也不一定是"写阶层"的结果。

为什么呢?因为同一个社会阶层的人,趣味并非一样。这个问题,皮埃尔·布迪厄早就研究过了,我也在《削足适履与空想的三宗罪》一文中略有论述,不再赘述。试想一下,普通大众的"趣味"都不尽相同,何况性情丰富的诗人?亚里士多德说:"没有一个杰出的人物不是一个疯狂的混合体",优秀的诗人当然更是。

一

近几年,一直有学究在鼓吹一个所谓"庄严可怕"的问题,即:底层写作是充满道德伦理的,中产阶级立场写作是低级趣味的。显然,这是对诗所反映的阶层趣味的无知和妄谈。

一个很显然的例子是:大诗人拜伦属于什么阶层?若从社会地位上讲他是贵族。拜伦的代表作《唐璜》写了什么内容?写了西班牙贵族青年唐璜的故事。也就是说,《唐璜》这部长诗既是"贵族写",也是"写贵族"。如果按照某些学究的迂腐逻辑,《唐璜》应该充满了贵族的阴暗趣味,而且一定是丧失伦理的。那就让我们来看看《唐璜》反映了什么样的阶层趣味。

提到十九世纪初的英国贵族阶层,大家可能会产生很多"阴暗"的联想,但我们从拜伦的诗中体会到的,却是积极的浪漫精神与挑战精神。在《唐璜》中,贵族青年唐璜的故事的确反映了他那个阶层的趣味,但诗反映的趣味主要是积极的"英雄趣味",即"拜伦式英雄"——以个人主义和自由主义思想为基础,向罪恶复仇,向社会反抗,有点狂傲、有点理想主义的那一类人。

拜伦身为贵族阶层,却通过诗中的"英雄趣味"批判了贵族阶层的阴暗面,可见,他的阶层趣味反映在诗中并非我们想象的那样阴暗。

拜伦为何能做到这一点?有一个小原因我们不要忽视,他是个跛子而且对此很敏感。我推测,"跛子贵族"的先天缺憾可能对拜伦起了很大的励志作用。当然,更重要原因是他能够身临时代大现场。他曾出国游历,竟然还是希腊民族解放运动的领导人之一。拜伦说过,他要走出去"看看人类,而不是只在书本上读到他们"。他之所以能够身临时代大现场,不仅与他拥有的经济资本与文化资本密切相关,说得直接一点,与他个人的"趣味"有关,他的趣味显然具有某种觉悟。

大家都知道著名的《歌德谈话录》,歌德至少可以算个中产阶层,请看歌德 1825 年 2 月 24 日的谈话,他是这样评价拜伦的:"……因为凡是有才能的人总会受到外在世界的压迫,特别是像他那样出身地位高而家产又很富的人。对于有才能的人,中等阶层的地位远为有利,所以我们看到凡是大艺术家和大诗人都属于中产阶层。"

二

也许你会说,歌德喜欢拜伦,艾略特却不喜欢拜伦。的确,艾略特曾说拜伦的诗是供上层社会娱乐的。但我们要知道,"供上层社会娱乐"并非艾略特不喜欢拜伦的真正原因,这只是艾略特的偏激表述而已。

凭什么这么说？凭文本。我们分析一下文本就知道了。

一方面，文学史已经证明拜伦的诗根本就不是迎合贵族口味的，如果一定要说迎合，拜伦诗歌那种反叛的"英雄趣味"其实迎合了当时社会各阶层的阅读口味，从他的诗歌受各阶层的欢迎程度就能看出来。另一方面，也就是艾略特不喜欢拜伦的真正原因，不是因为对诗中的阶层趣味理解有分歧，而是两人完全不同的性情带来的迥异的诗歌趣味。

前面，我笼统地把拜伦的诗歌趣味总结成了"英雄趣味"。现在我们来看艾略特的诗反映了什么样的趣味。艾略特的诗具有明显的宗教情结，这是常识。如果从文本的美学意义上看，他的诗具有结构完整、节奏自由等特征；如果从文本的社会意义上看，他的诗总体上可以说反映了一种"赎罪趣味"。试想，本着"赎罪趣味"的艾略特，怎么会喜欢本着浪漫主义"英雄趣味"的拜伦呢？

其实，艾略特与拜伦一样，也深刻地批判了他那个时代的社会，也反映了时代的阶层趣味，但和拜伦比起来，艾略特要消极得多。艾略特很多著名的诗歌文本即可作证，比如：庸碌青年的心理矛盾（《普鲁弗洛克的情歌》）、贵族女人的空虚无聊（《一位夫人的写照》）、战后的异化与荒诞（《小老头》）、不可拯救的低级庸俗与空虚失真（《荒原》）、死亡情绪（《空心人》）、时间与生命的幻灭（《四个四重奏》），等等。

因此可以说，歌德之所以喜欢拜伦，是因为看到拜伦诗中对阶层趣味的批判与积极面。艾略特之所以不喜欢拜伦，并非因为阶层趣味问题，而是因为"赎罪趣味"与"英雄趣味"的不同。

你是否认为我在牵强附会？那我告诉你，艾略特也公开说过不喜欢莎士比亚，但这有什么关系呢？文学史已经证明，拜伦是了不起的，艾略特也是了不起的，莎士比亚更是了不起的。我还要告诉你，艾略特说他特别喜欢但丁，这恰恰从一个侧面说明艾略特是喜欢"赎罪趣味"的，不是吗？

三

其实最能说明问题的例子，还是惠特曼。

惠特曼这个大诗人并不富裕,可以算是当时美国社会的底层人物,但他的《草叶集》反映了什么样的诗歌趣味呢?现在的文学史已有定论,他是基于激进的资产阶级民主主义立场去写作的,他的诗反映的阶层趣味是美国新兴资产阶级的。

由此一目了然——《草叶集》反映了美国新兴资产阶级的趣味,但却不是"阶层写"的结果,因为惠特曼不是资产阶级人物,而是底层人物。《草叶集》反映了美国新兴资产阶级的趣味,也不是"写阶层"的结果,因为《草叶集》并非主要抒写资产阶级生活,而是主要通过抒写自然和社会底层生活来歌颂时代、国家和民主。

也就是说,当一种阶层趣味从诗中反映出来,它可能是积极的,也可能是消极的,但不要以为一定是"阶层写"结果,也不要以为一定是"写阶层"的结果。尽管"阶层写"与"写阶层"对诗歌趣味会有影响,但真正决定了诗中阶层趣味的,是诗人的素养与社会意识,也包括阅读者的素养与社会意识,而他们所属的阶层并不重要。

同理,当中产阶级立场写作反映了"中产阶级性",你把它理解为一种"趣味"也无妨,比如公民趣味,但要知道,它既不一定是"中产阶层写"的,也并不一定是"写中产阶层"的,更不是某些学究坐在书房里空想的那种中产阶级趣味。

需要特别指出的是,"中产阶级性"这个概念的外延远远大于"中产阶级"概念。作为中国社会各阶层正在形成的心理共性,"中产阶级性"并非中产阶层独有,它的核心是公民意识的集体自觉,是基于中国大众文化精神的中国社会新经验。正是从这个意义上讲,中产阶级立场写作是具有启蒙性的。

2010 年 11 月 21 日,北京

中国诗人需要重读惠特曼

你喜欢惠特曼吗？很多人喜欢惠特曼的诗，我也喜欢，但我喜欢他的原因可能与大家不太一样。当我提起笔来与大家分享喜欢惠特曼的原因，突然有点担心，假如我分析了惠特曼的诗以后，你就不再喜欢他了，岂不罪过？其实，当下的中国诗人迫切需要重读惠特曼，换句话说，我们应该真正弄明白，为什么那么多人喜欢惠特曼的诗。

一

惠特曼被公认为现代美国"诗歌之父"，但他并不富裕，也没念过多少书，据说只上过六年学。他干过很多种底层工作，境况好一点的那几年，做过记者或编辑。他一生中最好的一份工作是在内政部当职员，但没干多久就被解雇了。等到美国诗坛终于理解了他的伟大，等到《草叶集》终于畅销的时候，他已经七十多岁了。

这位一辈子都不曾富裕过的"底层"大诗人，却是站在美国激进资产阶级立场上写诗的。他还说过这样一句话："中产阶级是任何社区中最有价值的阶级。"他的写作立场以及这句话，是否已经影响了你对他的喜爱？惠特曼为什么会站在激进资产阶级立场上写诗呢？让我们慢慢看。

惠特曼把一辈子写的诗合在一起,叫《草叶集》。大家都知道,这个名字来自诗集里的一句诗:"哪里有土,哪里有水,哪里就长着草。"这句诗一看像是在歌颂什么,究竟歌颂什么呢?如果单从诗句来看,是歌颂自然,歌颂美国的芳草比外国的好,生机盎然。但从整部《草叶集》来看,"草"不仅象征普通人,也象征资本主义上升时期的美国,所以这句诗主要歌颂的是当时的美国时代,歌颂自我与民主。

既然谈诗歌趣味,我们就来看看《草叶集》反映了什么样的诗歌趣味。

如果从美学意义上讲,《草叶集》反映的诗歌趣味大约就是浪漫主义情怀,或开创了自由体诗风之类。如果从社会意义上讲呢?为了搞明白这个问题,我们把《草叶集》的主要内容归纳一下,大致就是三个方面:抒写自然之美(主要象征时代与国家)、体现社会底层生活、讴歌自我与民主自由。

但我们要知道,在《草叶集》这些内容的背后,潜藏着一个巨大的精神推动力,那就是当时美国激进资产阶级的民主倾向。因此从社会意义上讲,《草叶集》反映的诗歌趣味大约就是"民主趣味"。

这可不是我的推测,而是文学史的定论。惠特曼为何会有民主倾向?是因为他早期受到托马斯·潘恩的影响,成人以后又受爱默生的影响,还有他自己对当时美国社会大现场的体验和思考。至于他是怎么受影响的,那是另一个话题了。

二

接下来,让我们思考几个问题。

《草叶集》反映了美国激进资产阶级立场,可这些诗是谁写的呢?它并不是资产阶级诗人写的,而是"底层"诗人惠特曼写的。时间已经证明惠特曼是一个伟大的诗人,试想,当下的中国诗坛,一提到中产阶级立场写作,很多人认为这一定是"中产阶级"身份的诗人写的,岂不可笑?

既然《草叶集》反映了民主趣味,那我们不禁要问:这个底层身份的惠特曼是站在什么立场上写作的呢?如今一百多年过去了,回过头来再看惠特曼,我们知道他的诗是站在美国"激进资产阶级民主主义的立场"上,"充分反映了十九世纪中期美国的时代精神"。这个结论不是我说的,是文学史的公论,只不过文学史有点"事后诸葛亮"而已。试想,底层人物惠特曼,为什么不像某些学究所说的那样,站在底层立场上写作呢?

既然知道惠特曼的诗有民主倾向,也知道他的写作是激进资产阶级民主主义立场,那么显然,他的写作可以说是当时美国诗坛的激进资产阶级民主主义立场写作,他的写作反映了美国当时的社会新经验——"激进资产阶级性－民主意识－激进资产阶级"。

惠特曼的诗,为什么要反映美国社会新经验?道理太简单了,因为这是当时的时代大现场。任何一个有高度有觉悟有远见的大诗人,本来就应该反映时代大现场。也正因为如此,现在的文学史对他才有了如此高的评价:"《草叶集》使美国文学真正获得了世界性的声誉,是美国文学史上第一部具有美国民族气派和民族风格的诗集,具有划时代的意义。"

再想想,《草叶集》在反映美国社会新经验时,写了所谓的资产阶级生活趣味吗?一点也没有。它写的是自然之美与社会底层生活,它是基于大众文化精神去反映美国社会新经验的。正如惠特曼在给朋友的信中说的那样:"其中吸进了千百万个人和十五年的生活"。试想,当下的中国诗坛,一提到中产阶级立场写作,很多人认为这一定是"写中产阶级"的,岂不可笑?

底层人物惠特曼,并非激进资产阶级的一员,他的诗为什么会站在激进资产阶级立场上反映民主意识呢?道理太简单了,因为身为底层的惠特曼嗅到了时代气息,产生了与激进资产阶级一样的心理共性——民主意识!试想,当下的中国诗坛,一提到"中产阶级性"这一社会各阶层的心理共性,很多人就认定这是"中产阶级"独有的,看不到它的公民意识内涵,岂不可笑?

三

有人说,惠特曼晚年也批评过资本主义的弊端。

没错,惠特曼晚年不仅批评过资本主义弊端,还提出过改良方案。但这是另外一个问题。惠特曼的诗反映当下美国时代精神的真相,是绝对没错的。他的诗反映激进资产阶级精神,其实就是反映那个时代精神的积极面——民主理想。他晚年批评资本主义弊端也没错,那是因为他对民主的实现状况不满意,时代已变化,这能说明他的诗歌写作有问题吗?

当年，爱默生在一篇叫做《论诗人》的演讲中说，他希望美国诗坛出现"有专断的眼光，认识我们的无与伦比的物质世界"的诗人，他希望出现歌唱"我们的黑人和印第安人"以及"北部企业、南部种植业和西部开发"的歌手，爱默生希望的这种歌手是谁呢？就是以惠特曼为代表的一批青年诗人。也幸亏有了爱默生的"提拔"，否则，美国诗坛真正认识惠特曼要推迟好多年。

时至今日，惠特曼诗歌的"趣味"还深刻影响着美国，特别是美国中产阶级。专门研究惠特曼的学者K·M·普赖斯就在《惠特曼与传统》里说过："有文化而不满现状的中产阶级人士"至今还喜欢惠特曼。试想，为什么美国中产阶级人士至今还喜欢惠特曼？这是意味深长的。

如果说，惠特曼时代的美国社会新经验是"激进资产阶级性－民主意识－激进资产阶级"，那么，我们这个时代的中国社会新经验就是"中产阶级性－公民意识－中产阶层"。试想，当下中国诗坛，中产阶级立场写作正在反映中国社会新经验，却被一些学究贬为一文不值的中产阶级趣味，误认为是阶级对抗的写作，岂不可笑？

当然，想想惠特曼当年不被理解的境况，如今中产阶级立场写作在中国被贬低、被误读也很正常。大道极简，但简单的大道理未必人人都能理解，学究们甚至更难理解，因为中国文人的脑子里始终长着"阶级"的毒草。正如歌德所说："在蠢人感到困难的时候，贤人看起来容易；而当蠢人感到容易的时候，贤人就感到困难。"

有人说，惠特曼的诗就是宣扬了"自我"而已，没那么玄乎。

没错，惠特曼的诗的确大写特写了"自我"。由于《草叶集》表现得过于"自我"，1882年还被波士顿检察官列为秽亵读物禁止发行。他为什么要如此尽情地抒写"自我"呢？不用我来分析，请看惠特曼自己的"老实交代"：

惠特曼曾在《过去历程的回顾》中谈到写《草叶集》的真实动机——"发愤以文学或诗的形式将我的身体的、情感的、道德的、智力的和美学的个性坚定不移地、明白无误地说出并表现出来"。

他究竟要怎么表现出来呢？惠特曼决定，用"自我"来表现，他说："我经过多次考虑和沉思以后，审慎地断定应当是我自己——的确，不能是任何别的一个。"他为什么要用"自我"来表现呢？惠特曼又说了，写"自我"是为了表现我的"特殊的时代和环境、美国、民主"。

试想,如果惠特曼仅是为了写自我而写自我,他不就成了一个热情高涨的普通诗人了吗?后人怎么还会用"美国民族气派"、"划时代"、"里程碑"之类的话来评价他?所以说,时下的中国诗人真的需要重读惠特曼。

四

惠特曼的一生,最好的一份工作是内政部职员,但没干多久就被解雇了。为什么呢?因为他的领导詹姆士·哈兰略懂一点诗。诗这东西,不懂也就罢了,就怕略懂。这不,略懂诗歌的领导就像某些中国学究一样,认为《草叶集》反映了资产阶级生活趣味,是"不道德的"书,听说惠特曼是《草叶集》的作者,就把他炒鱿鱼了。我在当下中国倡导中产阶级立场写作,幸亏没遇到略懂诗歌的领导,否则也早就失业了。

写诗,有先进的时代意识虽是关键,但仅此还不够,还要有驾驭语言的才华,还要亲临时代的大现场。惠特曼有先进的时代意识、澎湃的浪漫主义情怀、创造自由体诗风的语言才华,但同时,他就像拜伦一样也有很多社会实践。惠特曼干过各种各样的工作且不说,战争期间他还去华盛顿当过两年护士,护理受伤士兵,就像我们现在的灾区志愿者。

说了这么多,最后我想问,你喜欢惠特曼的原因究竟是什么?如果你喜欢他的浪漫主义情怀,有这样情怀的大诗人多的去了,美国诗歌的浪漫主义情怀还能比英国的更牛?如果你喜欢他的自由体诗风,那就有点自欺欺人了,因为这种语言风格你不可能深有体会,为什么呢?因为它是翻译的。就好比但丁的《神曲》译成中文后,它的"连锁押韵"你能深刻体会?《诗经》如果译成英文,它的四言与韵律外国人能深刻体会吗?你只能通过翻译家的介绍略有了解而已。那么,你究竟喜欢惠特曼什么呢?其实,你的喜欢是意味深长的,是对的,或许你已经与他有了心理上的共性。

随笔写完了,我很不放心,你现在还依然喜欢惠特曼吗?

2010年11月22日,北京

玩一场"四角游戏"

怎么体会诗中"趣味"？古今中外有哪些诗歌趣味论值得借鉴？为了明白这个问题，我们从各种中外诗论中挑出一些涉及趣味问题的论述，略加梳理归纳，看能否古为今用或洋为中用。其实，体会一首诗反映的趣味，就像玩了一场"四角游戏"。

一

前文讲了，中国古人早就论及诗歌与趣味的关系。诸如"乐"或"兴"，前者侧重诗歌趣味的教化功能，后者侧重抒发诗人的主体性情。后来的历代诗论，有很多关于诗歌趣味的论述，究其源头，都离不开"兴"。

"兴"就是中国诗歌趣味论的祖宗。"兴"的内涵不断发展，形成了"起情"的重要共识，历代诗论讲到"兴"的时候，都离不开一个"情"字。古人经常讲的"发乎情"或"诗缘情"，即是从"兴"衍生而来的，也是诗歌趣味产生的关键。所以，中国古代的诗歌趣味论，用一句话概括大约就是：用"兴"的方法达到"情"的效果。做到这一点，诗里面各种各样的"趣味"就有了。

若把话题说得宽泛一点，所谓建安风骨、魏晋风度、寄情山水、出世入世，皆可看作诗歌趣味的反映。中国历代诗论中的重要诗观,诸如屈原之"抒情"、钟嵘之"滋味"、李白之"大雅正声"、司空图之"韵味"、严羽之"妙悟"、姜夔之"清空"、张炎之"意趣"、李贽之"童心"、袁枚之"性灵"、李渔之"机趣"、周济之"浑化"、刘熙载之"厚而清"、况周颐之"重拙大"、陈廷焯之"沈郁"、沈德潜之"格调"、翁方纲之"肌理"、王士禛之"神韵"、王国维之"境界",如此种种,皆可看作诗歌趣味论。

但这样一说,话题太宽泛,讨论起来没完没了。所以我们只能宏观地、粗线条地看看中国古代诗歌趣味论的核心特点,总结起来大致有如下四个方面,此即是中国诗歌趣味论的"四角游戏"也:

第一类,侧重从诗人的角度讲诗歌趣味。主要强调诗歌文本反映出的诗人性情,或诗人对事物的主观体会。较有代表性的诗论如严羽的"兴趣说"、袁枚的"性灵说"。袁枚的《随园诗话》有一句很精彩的话:"性情遭遇,人人有我在焉。"这句话,就是讲诗人的自我。

到了近代的梁启超那里,连人生观都是"趣味"的了。在《趣味教育与教育趣味》一文中,梁启超自称他的人生观是"拿趣味做根柢"的,这句话什么意思呢?把它说得通俗一点大约就是:做人做到什么份上,写诗就写到什么份上。

第二类,侧重从读者的角度讲诗歌趣味。主要强调读者在阅读诗歌文本的过程中获得的趣味。较有代表性的诗论如钟嵘的"滋味说"、司空图的"韵味说"。这里面,还包括了诗人与读者互动的思想,诸如寓教于乐之类。

第三类,从文本的社会意义上讲诗歌趣味。比如"言志"的中国诗歌官方传统、孔子强调的诗歌教化功能、汉代以"美刺"论诗的风气、白居易所谓"文章为合时而著,歌诗为合事而作",等等。

第四类,从文本的美学意义上讲诗歌趣味。一谈到诗歌美学,五花八门的什么都来了,话题也越说越大,但总结起来,中国古人心目中的诗歌趣味之最,从美学上讲大约就是"直接"而"自然",并能够获得"气象"与"情怀"。

比如李白所谓"清水出芙蓉、天然去雕饰",袁宏道所谓"夫趣,得之自然者深,得之学问者浅",刘熙载所谓"极炼如不炼,出色而本色,人籁悉归天籁",等等,这些论调,都可看作是强调"直接"而"自然"的诗歌趣味。

再如司空图在《二十四诗品》中说的"味外之旨"、"象外之象,景外之景",严羽在《沧浪诗话》中说的"诗有别材,非关书也;诗有别趣,非关理也",严羽还像个禅师一样说过"羚羊挂角,无迹可求"、"不涉理路,不落言筌"之类的话,还有袁枚在《随园诗话》中说的"凡诗之传者,都是性灵,不关堆垛",等等,这些论调,都可看作是强调"气象"与"情怀"的诗歌趣味。

二

西方人也早就论及诗歌趣味问题。前文提到亚里士多德的"摹仿论",还有贺拉斯的"寓教于乐",便是西方诗歌趣味论的源头。若要说借鉴,还是看看西方现代派以来的诗歌趣味论,或许更实用。

比如英国运动派诗歌。运动派是二十世纪英国最重要的诗歌流派之一,他们鲜明地强调诗歌"乐趣"。特别是运动派后期,他们一致认为诗歌的功用一如生活的功用,就在于给人以"乐趣"。运动派代表诗人菲利浦·拉金在《乐趣原则》一文中明确说:"真正的读者就应该是为了寻找乐趣而读诗的。"

运动派强调的诗歌"乐趣"是什么意思呢?在《诗的功用》一文中,运动派先驱 D.J.恩赖特详细论述过"乐趣"的含义。他认为"乐趣"往往被大众误解成了低级趣味、不道德的行为或者消遣,所以当人们在文学艺术形式中寻找乐趣时,总是先想到电影、戏剧或小说,而极少想到诗歌。因此,恩赖特一再强调他说的"乐趣"比"消遣"更高级,真正的乐趣应该是创造性的,并寓有某种教益。

按照恩赖特的说法,诗歌中的乐趣"同时作用于被现代生活近乎分裂的人格的所有方面",所以诗歌才能使人格在趋于统一的过程中,呈现"完整的人保持的活力"。这就是运动派所说的诗歌"乐趣"。

那么,诗怎么才能获得这种"乐趣"呢?"乐趣"并非想象地那么容易获得。对诗人而言不易获得,对读者而言也不易获得。诗人奥利弗·哥尔斯密说过,趣味的获得和保持其实是一件很费力的事情,因为大众往往是通过观察和比较得出某些判断,在更多的未知之物面前,判断往往是互相矛盾的、多维的。所以,趣味一开始似乎是自然而然地产生的,但后期如果没有适当的培养,就不可能发展和完善。

也就是说,对读者而言,诗歌的"乐趣"并非轻易可以获得,需要"适当的培养",所以运动派诗人认为,在建立"诗人-读者"互动过程中,读者应当也必须付出劳动,而当读者遇到阅读困难时,诗人应当"牵着他们的手"予以帮助。

需要注意的是,英国运动派诗歌当年强调"乐趣"的目的之一,是想基于"乐趣原则"和"大众原则"(而非小众)去构建新型的"诗人-读者"互动关系。这种互动关系的建立需要诗人以一种姿态来作前提,即:诗人不是什么特殊精灵,而是有工作的、负责任的普通公民。用我现在常说的话来表达就是:当今中国社会,产生诗歌趣味的重要条件是诗人具有公民意识。

若把英国运动派的诗歌趣味论总结一下,大约也是四个方面,此即是运动派诗歌趣味论的"四角游戏"也:

首先,运动派从诗人角度讲趣味,将诗歌与生活之间的关系用"乐趣"联系起来,认为诗歌对人格起作用,并呈现"完整的人保持的活力"。其次,运动派从读者角度讲趣味,非常重视"诗人-读者"的互动,而且是针对大众并非小众。最后,就像中国古代诗论中的"趣味"有高低之别一样,运动派也从文本的社会意义与美学意义两方面,将诗歌中的"乐趣"分为了三六九等。

基于上述总结,我们不难明白,要深入体会一首诗的趣味,就好比玩了一场这样的"四角游戏":一、从诗人创作角度看趣味产生的前提。比如诗人对抒写之物产生了什么样的情感,诗人如何抒发自我、呈现性情等。二、从读者阅读角度看趣味产生的效果。比如是否寓教于乐,是否建立了可能性叙述,产生了多大的阅读互动等。三、从文本的社会意义看趣味的时代价值。比如是否反映了当下时代精神、社会真相、生活现场、阶层心理等。四、从文本的美学意义看趣味的艺术高度。比如呈现了什么样的语言风格,采用了什么样的叙述策略,作品的境界如何等。

2010 年 11 月 24 日,北京

公民趣味、汉语性情及乐趣原则

当下中国诗歌,需要什么样的"趣味"?前文讲了,体会一首诗的趣味就像玩一场"四角游戏":从诗人创作角度看趣味产生的前提,从读者阅读角度看趣味产生的效果,从文本的社会意义看趣味的时代价值,从文本的美学意义看趣味的艺术高度。以下就从"四角游戏"的角度,略谈当下中国诗歌所需的"趣味"。

一

先从文本的社会意义上,看当下中国诗歌所需的"趣味"。

想一想,你为何热爱诗呢?至少因为诗可以抒发真实的自我,这是个小常识。但是,诗又不能仅仅沉溺于"小我",否则就成了狭隘的私人写作,这是稍大一点的常识。所以从文本的社会意义上讲,诗应该积极反映当下时代精神。

诗反映时代精神,究竟反映什么内容呢?往小了说,反映我们的真实心理、精神面貌以及亲临的生活现场。往大了说,反映国计民生与当下的社会真相。这种反映,无论是歌唱其积极面,还是批判其阴暗面,它都是诗歌做出的一种道德探索。

当下中国社会眼花缭乱,像个万花筒,但有其根本的时代精神可循。有人说,中国人的根本精神就是传统文化精神,这么说当然没错,但在当下时代,这种根本精神有什么具体表现呢?我们可以从中国人当下的心理共性上来看。

一份《中国中产阶级调查》告诉我们:"有85.5%的城市居民认为自己是中产阶层。"显然,这么多人认为自己是中产阶层,并不代表他们就一定是中产阶层,但不可否认的是,他们已经产生"认为自己是中产阶层"的心理共性,这是不可忽视的真相,它反映了中国人处在当下时代的真实心理现场。

把这种心理共性总结一下,就是"中产阶级性"。

"中产阶级性"是包容草根性的、当下中国社会各阶层正在形成的心理共性,其核心内涵是公民意识的集体自觉,意味着中国大众的心理共性正在由居民意识、人民意识转向公民意识。

而更重要的是,"中产阶级性"代表的公民意识是中国社会独有的新经验,不可与西方社会出现中产阶级的经验混为一谈。为什么呢?试想,地球上的社会主义国家有没有中国这种情况?根本就没有。苏联解体之后,中国的逐步强大成了地球上独一无二的新经验,这是比大熊猫珍稀百倍的特殊标本。众所周知,"激进资产阶级性"代表的民主意识是惠特曼时代的美国社会新经验,现如今,"中产阶级性"代表的公民意识,就是中国当下社会的新经验。

从中国大众公民意识自觉的历史中,也可以看出,"中产阶级性"代表的公民意识是中国社会新经验。古代社会就不讨论了,试想,近现代以来的中国社会,大众是否产生过"中产阶级性－公民意识"这种心理共性?根本就没有。为什么呢?辛亥革命以后,中国人的公民意识虽然增强,可惜中国的共和时代约等于军阀时代,公民意识不过是句空话。五四运动以后中国人的公民意识也增强了,但也就是从理论上请来了一个"德先生"而已,公民意识不过是个理想。再后来的"文革",用网络热词表达就是"你懂的",更不用说了。

但是到了改革开放,中国人追求公民意识的政治、经济等外部环境已经开始具备,并逐步成熟起来。最明显的表现,就是从全民草根中逐步成长起来城市移民与中产阶层,他们通过自己的不懈奋斗,掌控了一些经济资本和文化资本,他们的心理共性也逐步由居民意识转向了公民意识。

所以说,"中产阶级性"代表的公民意识,是中国社会变革的积极成果,是中国中产阶层逐步产生并自觉的结果,是当下中国公众意识的主流,也是"中国性"的真相。当下的中国诗歌毫无疑问应该反映这个中国新经验。

但在一些学究眼里,诗反映"中产阶级性"并非是反映中国新经验,而是反映"虚伪无聊、自私自利"的中产阶级趣味。我们通过上述分析,特别是已经有了大量优秀诗歌文本来证实,学究们的这种观念是狭隘、落后与守旧的。事实上,如果从诗歌趣味的角度讲,当下诗歌反映"中产阶级性"即是反映中国大众的公民趣味!从诗歌文本的社会意义上讲,"中产阶级性"代表的公民意识正是当下诗歌所需的"趣味"。

诗歌积极反映中国社会新经验,并非就是唱颂歌。一方面,"中产阶级性"代表的公民意识有助于推动中国社会逐步走向公平与公正。另一方面,社会变革也给一代人留下了故乡迷失、移民情结等种种心灵残局,诗歌反映中国社会新经验的同时,也意味着收拾大众心灵残局。所以总的来说,诗歌反映中国社会新经验即是针对中国时代大现场做出的道德探索,是具有启蒙意义的。

二

再从文本的美学意义上,看当下中国诗歌所需的"趣味"。

从美学意义上讲诗歌趣味,话题太宽泛,涉及诗歌创作方法与诗歌鉴赏水平诸方面。应该说,每个诗人都有美学意义上的创作体会,或深或浅而已,诗人各种各样的表现风格都有优点或缺点,就看你怎么运用。所以我们就不说套话,不谈那些常识性的问题,只谈一个与现代汉语发展密切相关的、与其他所有语种诗歌不同的新经验。

试想,地球上哪个国家的诗人在使用不足一百年的现代"语言"写诗?只有中国诗人。所以,从文本的美学意义上讲,中国诗人面临着与地球上所有诗人不同的"诗歌趣味"——新诗要想成熟必须推动白话文成熟,而白话文发展还不到一百年。

当下诗歌反映出的"趣味",与现代汉语发展密切有关,这一点很少有人注意。所以我说,通过有效的口语实验与叙述策略,激活并挥洒现代汉语的大性情,是实现新诗理想的必经之路。当"现代汉语的大性情"以诗歌趣味的形式反映在诗中,我们千万不要误认为它是学究们所谓的中产阶级趣味。

举个例子,有些诗评家简单地认为,现在年轻人写诗使用"很随便的语言"不可取。其实,不加区分地否定"随便的语言"是很幼稚的。为什么呢?因为诗歌之所以出现"随便的语言"乃至成为一种语言现象,原因有多方面。特别是在网络时代,"随便的语言"可能与新诗发展的特殊性——尚未成熟的白话文有关,千万不可轻视。

所谓"随便的语言",一方面当然带来了负面因素,但另一方面,与网络上大量涌现的"新语素"有关。作为诗人,应该重视"新语素"的积极意义。若从宏观上回顾一下,新诗史上大量涌现"新语素"的现象仅有两次:第一次,是意识形态主导的"文革"语言;第二次,是80后与90后主导的网络语言。

"文革"语言空洞虚假而暴力,但却极大地破坏了旧语素,使大批旧词语退出了使用,第一次为现代汉语注入了鲜活的新语素。网络语言让80后与90后诗人的新语素活跃起来,这对推动白话文成熟具有积极意义。正是基于这个原因,我曾说,新诗史上只有80后诗人具有代际写作意义,其他诸如60后或70后的代际写作划分,均无实质性的诗学意义。

时至今日,新语素的影响力绝不可小觑。就在昨天(2010年11月25日),教育部发布的一份"年度新词调查报告"上说,仅2009年度,汉语的新词条就增加了396个,主要是网络用语。与此同时,一项对网络语言的调查结果显示,有93.3%的人认为"在一定情况下,网络语言比普通语言更能传递信息"。

我写诗也喜欢直接使用一些皖南民间口语,或许由于年龄、心理等原因,我总是使用不好那些网络新语素,但我支持并鼓励80后与90后诗人大胆使用这些新语素。我评判90后年轻人的诗的优劣标准之一,是看他们能否有效地操控这些新语素。

由此不难看出,推动白话文成熟,是中国诗人面临的与地球上任何语种诗人不同的新经验。但推动白话文成熟并非仅仅依靠新语素即可,这篇随笔,我只是挑出这一"新经验"来重点讨论而已。总的来说,要想推动白话文成熟,必须激活、挥洒现代汉语的"大性情"。

怎么挥洒现代汉语的"大性情"呢?道可道,非常道,勉强描述一下就是:积极推动口语实验,探索叙述策略,基于直接抒写理念将诗人的心气与现代汉语的性情相结合,将现代汉语与古代汉语的气场相贯通,做到"内得诗人情怀,外得文本气象"。其结果,现代汉语就像豆子,撒豆成诗,随心所欲,使文本呈现出汉语诗歌独有的"情怀—气象"。也就是说,诗歌呈现现代汉语的大性情,是语言与人心真正合一的产物。

所以,从文本的美学意义上讲,"激活并挥洒现代汉语大性情"正是当下中国诗歌所需的"趣味"。大家千万不要像那些蹩脚的诗评家一样,把网络新语素的使用、现代汉语大性情的挥洒与"随便的语言"混为一谈。

三

最后,再从"诗人—读者"的互动角度,看当下中国诗歌所需的"趣味"。

大家知道,诗反映出的趣味具有教化功能。但怎么去教化呢?面对各种各样流行的社会趣味,一味迎合显然不行,把它视为庸俗并装模作样地提出"反三俗"口号,也是可笑的。我们应该像大禹治水那样,找到有效的中国式疗法。

举个例子,周瑟瑟曾提出诗歌的"有趣原则"。他的"有趣原则"与前文提到的英国运动派的乐趣观有共通之处:一是针对大众而非小众,通过有趣原则重建新型的"诗人—读者"互动关系;二是通过有趣原则实现诗歌为公众提供心理医疗的目的,诗人将内心冲突与荒诞感表达出来,通过有趣原则呈现给读者,在与读者的互动与共鸣中获得互相"医疗"——消解无知和无聊;三是将"乐趣"与"恶趣"区别开来。

由于社会变革因素的影响，相对于80年代而言，今天的诗歌读者群已发生很大变化，理想的"诗人－读者"关系已渐渐解体，"诗人－读者"关系中充斥着越来越多的恶趣和不稳定的判断力，借助有趣原则重建新型的"诗人－读者"互动关系已成必须。

时下，有些诗人盲目宣扬"写作是个人的事"，这无异于将诗人与"社会的人"对立起来，实质上是空洞、倒退、假想的对立。以有趣原则重建新型"诗人－读者"互动关系的前提，即是摈弃这种假想的对立。

有人说，文化总是保存在少数人中间。可惜，那种小众的、层次整齐的、貌似完美的"诗人－读者"关系如今已难再现，与当年的英国运动派一样，周瑟瑟也发现具有可靠的趣味和判断力的读者越来越少，诗人已经没有信心在诗歌鉴赏中给读者的趣味和判断力留出更多空间。何况，小众式的精英主义观念已不适宜变革中的中国社会，它甚至恰恰是后现代意识中要去反对的东西。

正是从这个意义上，"有趣原则"实质上意味着在后现代诗歌实验中放大了"生活"外延，意味着重建大众的信心，而不是追求传统的、虚拟的小众式完美。

重建新型的"诗人－读者"互动关系，最关键的是什么？其实，最关键的并非读者的鉴赏水平，而是"诗人－读者"互相的诚意与宽容。写诗或读诗，与古人修丹参禅的道理相通，无论机缘多好，资质多高，功夫多深，都必须立足于"存诚"二字，方得究竟解脱。这是诗外的功夫。

英国运动派诗人恩赖特，曾将这种"诚意"解释成"开放的头脑"或"有鉴别力的头脑"。他认为，读者缺乏诗歌阅读经验不算什么，关键是他们不能缺乏"诚意"。一方面，读者应该在阅读中注入"积极的经验"。另一方面，诗人应当做好自己的"本份工作"，不应该让读者在别处寻找线索。"有趣原则"也与恩赖特所说的一样，是基于互相的"诚意"去建立"诗人－读者"平等信任的互动关系。

近十年来，中国诗歌弥漫着一股空前浩大的解构风潮，这是因为受西方后现代思潮和中国社会变革的双重影响。很多貌似对抗意识形态压迫的诗歌写作,实质上已在冒进的先锋心态和盲目起哄式的伪解构中陷入了惯性写作,其引力点已经落在"恶趣"上。比如下半身宣扬的肉体现场,垃圾派热衷的人文简化,其实质,都是基于"恶趣"的伪解构,都是既想摹仿后现代又没能力重建规则的盲目游戏,用佛家的话讲,就是堕入了"恶趣空"。

在泛滥的伪解构大潮影响下,越来越多的恶趣和不稳定的判断力必然充斥到"诗人－读者"关系中,当下诗歌中的低级趣味正是这些恶趣所致,而非学究们坐在书房里假想出来的中产阶级趣味。而有趣原则,即是对这种恶趣的挽救。

所以,从"诗人－读者"的互动角度来讲,"有趣原则"即是当下中国诗歌所需的"趣味"。这是基于诗人的信心、诚意与宽容,基于有效的叙述策略,对读者的趣味和判断力进行的重建,是对后现代思潮给中国诗歌带来的负面影响进行的修正和澄清。

2010 年 11 月 26 日,北京

掀开"中国性"的红盖头

近几年,中国诗坛关于"底层写作"或"打工诗歌"的话题十分泛滥,与此同时,又出现了"草根性"之说。从本质上讲,草根论与底层写作论一样,是阶级论的产物。不过,就目前所看到的相关内容而言,草根论者还没有完全滑向阶级论的深渊,也就是说,目前的草根论者还有药可救,因为他们与底层写作论者有一个重要区别:并非从阶级论出发,而是从共性论出发。

这种区别至关重要。我早就说过,要解开百年新诗"死穴",必须走下观念祭坛,回归诗学本位。草根论者能够撇开阶级论的狭隘视角,去探讨"草根性"与草根写作,姿态值得尊重,但内容值得商榷。

一

"草根性"之说,既然没有明显基于阶级论去搞观念对抗,他们究竟想干什么呢?宏观上讲,无非是想揭示当下中国社会的大众生存状态与心理共性,也就是想用草根性来描述当下的"中国性"。通过一些诗歌文本分析,草根论者认为,"草根性"已经普遍反映在当下的中国诗歌创作中,于是得出"草根写作"的结论。反之也可以说,他们发现当下诗歌反映了某种社会状态与心理共性,经过文本分析把它总结为"草根性"。

由此可知问题的实质:提出"草根性"的目的,与提出"中产阶级性"的目的几乎一样,都是为了揭示当下中国社会的大众心理共性,为了准确描述当下的"中国性"以及它在当下诗歌中的积极反映。

那么,谁的描述真正把握了"当下"而更接近时代真相?

一直以来,中国大众的生存状态具有草根性,而且在漫长的过去,中国大众的心理共性也具有草根性。究其原因,是封建专制的传统导致了民主法制传统的先天缺失,继而,尊重自由与民主、尊重人的财产与人的生命价值都是先天缺失的。但如今,时代不同了,我们今天所说的"草根性"是封建专制传统影响下的大众心理积淀的残余,或者说是心理惯性的反映,它虽然以不同程度一直存在,但已不适合描述当下时代的中国性。从这个意义上讲,关于"草根性"的揭示根本不是什么新揭示。

以"草根性"来描述中国性,不论其准确与否,首先缺失了一个关键——当下。这种缺失非常致命,因为"草根性"即使是中国人的一种心理共性,但并不是中国人在当下时代的心理共性。也就是说,中国人一贯的传统心理共性,与中国人置身当下时代的心理共性不是一回事。

何谓当下?当下并非与历史及未来割裂,而是过去、未来与现在的统一。过去的意义不高于当下,未来的意义也不高于当下。

时代变化有目共睹。辛亥革命以来,中国的现代性虽然此伏彼起,但毫无疑问的是,新诗发展具有推动中国现代性的意义。我曾说,反思新诗就是反思中国的现代性。如今,草根论者强调的"自然性,底层,在地,本土传统"等草根性特征,显然都已发生变化。一方面,高速城镇化的背景,大量农民进城现象,大量城市移民的出现,人与土地以及各种社会资源关系的变化,都说明自然性正在被打破,中国大众生存状态的传统模式正在被打破。

另一方面,也是更重要的,生存状态模式的打破使得中国大众置身于新的历史环境下,其心理共性必然发生深刻变化。近年来,数不清的社会事件证明,变革时代的中国大众心理共性正在由"居民意识"向"公民意识"自觉转变,此即是中产阶级立场写作揭示的"中产阶级性"。为什么会出现这种转变?请参考系列拙文《诗与公民》的分析,不再赘述。

所以说,"草根性"描述的中国性,只是传统的中国性,并非当下的中国性。"中产阶级性"描述的中国性是包容了草根性的、当下的中国性。

二

草根论者紧紧围绕"传统"来阐述草根性。为了说明草根性是中国人的心理共性,他们甚至搬出了"本能"一词,不止一次提到中国诗人"本能具有草根性",而且认为女诗人比男诗人"更加本能地具有草根性"。这种本能之说,貌似道理很大,却恰恰清楚地暴露了错误——把人的"本能心理共性"与"时代心理共性"混为一谈。

其实,这两者根本就不是一回事,反映在诗中也不是一回事。任何时代的艺术创作,都必然会反映人的本能心理共性,这是常识,但只有"人的时代心理共性"才能准确反映当下时代的艺术性格,因为不同时代有不同的大现场。

换句话说,"本能心理共性"不能反映"时代心理共性",但"时代心理共性"却能包容"本能心理共性"。如果从本能心理共性出发来谈中国性,不仅揭示不了当下,还是对当下的回避。

不同时代,人的"本能心理共性"或许相似,但"时代心理共性"不同。只有"时代心理共性"才能反映时代特征,时代特征再反映到诗中,即是当下时代真正所需的诗歌精神。比如今天的中国社会,即使人的本能心理共性依然在某种程度上具有草根性,但人的时代心理共性已趋向于"中产阶级性"。以公民意识为核心的"中产阶级性"反映到诗中,即体现了当下时代真正所需的诗歌精神。

即使"中国诗人本能具有草根性"这句话正确,但由此得出当下时代的大众心理共性也是草根性,就错了。继而认为当下时代特征是"自然性,底层,在地,本土传统",也错了。至于说当下诗歌普遍反映了草根性,就更错了。否则的话,当下时代与过去时代有何不同?当下诗人与古代诗人有何不同?

当下诗歌与古代诗歌有何不同？

中国人几千年来的心理积淀，即使用"草根性"来揭示有一定道理，但它涉及的范围太广。随便举个例子：受几千年封建专制影响，中国人的心理积淀中有"草根性"，这是比较积极的描述，但如果描述得消极一点还有深深的"奴性"，这种奴性在当今时代难道没有被改变？所以应该看到，"本能心理共性"不仅不适合解释诗歌的时代特性，也不适合理解诗歌的艺术创新。

何谓本能？原指动物在特殊刺激下的典型、刻板、固定的行为模式。如果从人的心理上讲，人的一切本能行为都没有超越"生的本能"与"死的本能"，人的本能心理共性反映在诗中，自然也没有超越生与死的范围。如果把问题放大到"诗人本能具有草根性"，还不如直接说"诗人具有生与死的本能"，或者干脆说"诗有人性"。这样说肯定没错，因为人的特点就是如此，诗人也是人。但是，说这类话有何意义呢？在当下时代的中国诗歌面前，这是一句没什么错的空话。

杜甫曾说"转益多师是吾师"，这就是一句没什么错的空话，根本算不上诗论。"转益多师"谁都会说，但只会"转益多师"最终没有学出自己的风格，何用？所以，说"没有草根性写不出伟大作品"，与说"只有草根性写不出伟大作品"没有两样，此话就好比"没有五个指头的手不是人手"。

这样的话，天天有人在讲。诸如"只有真情才能写出好诗"，你还不能说此话不对，但我看见那么多蹩脚的诗，绝大多数都有真情。还如"诗歌没有阶级"，说这种话的人貌似很懂诗，因为此话也没什么错，但这种没什么错的空话一说出口，即说明他充其量是个诗歌爱好者。像这样没什么错的空话谁都能说出百八十句来，不懂诗也会说，不用脑子也会说，就像儿童能背一百首古诗一样，虽然都没背错，但真正的意思一首也不懂。

而且，不要以为说空话的都是诗歌爱好者，比如北岛先生反复说的"诗歌离不开痛苦的体验"，这就是一句典型的、没什么错的空话。或许，草根论者与北岛先生是苦口婆心，但是当下时代的中国诗歌，最迫切的不是需要唠叨这些常识。

三

为什么很多人不能理解"中产阶级性"包容草根性？很关键的一个原因，就是用阶级论的对抗心理看待"中产阶级性"。事实上"中产阶级性"并非阶级论，而是对中国大众身处当下时代的心理共性的揭示，是对当下中国性的积极描述。而且，中产阶级也不是我们习惯上理解的"阶级"，它与资产阶级、无产阶级的"阶级"概念根本不是一回事，阶级论已不适用解释中国社会新经验——"中产阶级性－公民意识－中产阶层"。

包括诗在内的各种艺术创新，必须看到"当下"时代人的心理共性，看到"当下"的中国性并积极反映它。如果仅从人的本能谈心理共性，只能反映人的传统心理共性，反映不了人在当下时代的心理共性，也就是反映不了时代特征。总之，诗歌应反映"当下"，反映当下即意味着包容过去。

中产阶级立场写作正是积极反应"人的时代心理共性"的写作，具有鲜明的当下性和深刻的启蒙性。中产阶级立场写作并非摒弃了"人的本能心理共性"，而是包容了它。事实上任何写作都不可避免地、不同程度地包容了本能心理共性，但是，并非任何写作都能积极反映时代心理共性。当下中国真正所需的诗歌精神必然是：包容了本能心理共性的、积极反映时代心理共性的写作。

"草根性"之说从本能心理共性出发，反映的是传统性与普遍性，包容不了时代性与特殊性，它无非就是盖在"中国性"头上的一块红盖头，没有滑向阶级论的深渊已算万幸。"中产阶级性"从时代心理共性出发，反映的是时代性与特殊性，同时又包容了传统性与普遍性。为什么呢？因为"草根性"作为本能心理共性是普遍的，"中产阶级性"作为时代心理共性是特殊的。不是普遍性包容特殊性，而是特殊性包容普遍性。

2010 年 12 月 20 日，北京

"硬伤"与诗的艺术内核

百年新诗,几度谋求转型与突破,虽有明显成效,依然任重道远。如今,再度谋求转型突破的当下新诗,究竟面临怎样的实际环境?中产阶级立场写作认为,转型中的当下新诗正面临三个新经验:社会新经验、美学新经验、阅读新经验。中国诗人对这三个新经验的准确把握,即是对当下新诗脉搏的准确把握。

目前较为流行的"草根写作"则认为,新诗转型面临"三大传统",即"中国古典诗歌,西方现代诗歌和发展仅九十年的新诗"。这种认识当然也没什么错,但仅仅触及了新诗转型问题的一个方面,属于人尽皆知的老调重弹,与当下新诗面临的时代特征与真实境遇相去甚远。而且,致命的问题是,如何面对"三大传统"推动新诗转型呢?草根论者只是笼统地强调了"认真消化、融会贯通",总的来说还是隔靴搔痒,泛泛而论,没有阐明任何行之有效的可操作理论。

缺乏实质性转型理论的草根写作,根本解决不了当下新诗转型的任何实质问题。中产阶级立场写作则从宏观视野出发,以"当下"为基点,融传统继承与现代创新为一炉,针对当下新诗面临的最实际问题,提供了一套完整的、全新的、可操作的新诗转型理论指引。

一

当下新诗面临的第一个新经验,是社会意义上的新经验,即"中产阶级性－公民意识－中产阶层"。中国诗人如果把握住了这个新经验,诗歌文本就能从社会意义上反映当下中国的时代大现场。但近百年来,从社会意义上看,新诗的每一次转型都没能有效解决以下两大"硬伤":

第一个"硬伤",是没能真正解开新诗死穴——观念祭坛。

百年新诗的发展演变,始终聚焦于"观念",而非聚焦于诗学。这与中国盛行阶级论的奴才批评是分不开的。比如"从英雄回到常人",或"从广场回到现场",曾被看作是积极转型,但很快又陷入了以"常人"对抗"英雄"的观念敌对套路。

我们这一代中国诗人,记忆最深的恐怕就是朦胧诗。很多人记住了北岛的《宣告》:"在没有英雄的年代,我只想做一个人"。这句所谓经典的诗,貌似宣告了朦胧诗人走下观念祭坛,实质上,北岛的写作最后呈现的却是以"常人"对抗"英雄"的观念敌对。所以说,朦胧诗虽然高呼反叛观念,骨子里却是一种僧侣性质的反叛。说的形象一点,就是以新方丈替换旧方丈,其结果,只见诗人跑龙套,不见诗歌真面目。

躺在观念祭坛上的中国新诗,正如梁小斌所形容的那样:"人民曾经崇拜革命,但是这个崇拜必须有利于'人民不参加革命',历史曾经把人民变成了革命人民,这个重大失误已经不需要再啰嗦了。"事实上,新诗如果不能走下观念祭坛,就约等于助纣为虐,就是在反复制造梁小斌所说的这种失误。

第二个"硬伤",是没能真正激活国人的心理自觉——公民意识。

当年的新诗运动,怀着"中国的现代性"与"人的解放"之宏伟理想,要想实现这种理想,当然需要外部环境的大力推动,但更重要的,是需要国人真正具有自觉的"解放"心理与意识。

从外部环境推动上看,中国曾出现各种各样的"运动",但除了三十年改革开放,没有任何运动真正有利于"中国的现代性"与"人的解放",因为没有任何运动所制造的社会环境比改革开放更加公平公正。当然,这里所说的公平公正是相对而言的。正是基于相对的公平公正,中国社会逐渐出现了以前不曾有过的新经验——"中产阶级性－公民意识－中产阶层"。正是由于出现了这样的新经验,新诗实现上述理想的机会总算来了。

从"解放"心理与意识上看,改革开放前,国人的意识基本上属于"被解放",其最大特征是缺乏自觉性。比如妇女解放运动,就是典型的"被解放"。所以一直以来,新诗反映的主要是"居民"意识,而不是"公民"意识。说得形象一点,国人虽然都有象征公民身份的身份证,但却没有真正形成自觉的公民心理。改革开放以来,人与各种社会资源的关系发生深刻变化,国人生存状态的传统模式逐步被打破,置身新时代的国人逐步有了"中产阶级性"的心理共性,这种心理共性的核心,就是公民意识的集体自觉。

我这么说,并非过于积极乐观,因为在看到时代积极性的同时,我一直强调,中产阶级立场写作反映当下时代的中国社会新经验,是以诗歌的方式对之做出的道德探索,道德探索并非歌功颂德,也非阶级对抗,它反映了诗人的时代立场与批判精神。

二

当下新诗面临的第二个新经验,是美学意义上的新经验,即:用一种发展不足百年的语言写诗。这意味着新诗发展必须解决两个问题:一是推动白话文这种新的汉语系统走向成熟,二是继承古代汉语诗歌的艺术内核。中国诗人如果把握住了这个新经验,诗歌文本就能从美学意义上呈现出汉语特质的大诗意——气象与情怀。

第一个问题,如何推动新的汉语系统走向成熟?中产阶级立场写作已提出一整套解决方案,笼统地说,就是"发展新的叙述策略"。如果细分一下,包括倡导直接抒写理念、推动口语实验、转变传统语境、重视新语素、激活现代汉语性情,等等。

其中最重要的,是倡导直接抒写理念。这就引出第二个问题:如何继承古代汉语诗歌的艺术内核?中产阶级立场写作认为,从美学即诗歌艺术上讲,中国古代诗歌的艺术内核就是"直接抒写"。"直接抒写"是中产阶级立场写作的诗歌美学观,是真正适用于当下新诗写作实践的,可以用来解决新诗转型的实际问题。但是,不要简单地从字面上理解直接抒写,它并非指口语写作或拒绝隐喻,那是最低级的理解。直接抒写的核心理念包括"诗意本具"、可能性叙述、阅读互动,等等。

以上两个问题,我在"直接抒写"系列随笔中有详细论述,不再赘述。但从以上两个问题又引出第三个问题:究竟什么是现代汉语诗歌的大诗意?诗意是诗的基础,但诗意如何产生?这是一个永远无法彻底阐述清楚的问题,因为诗意不仅属于"术"的层面,更属于"道"的层面,根本上还要靠诗人的才能与悟性,否则记住几个公式就都能写诗了。

当然,也可以从"术"的层面,简单讲讲诗意如何产生:一是来自抒情、乐感、韵味之类最基本的手法,人人都会;二是来自语言内部的力量,这类理论探索主要来自西方诗论,在具体写作实践中,需要诗人具有高超的技巧才能用得没有痕迹。比如亚里士多德说的"惊奇"、什克洛夫斯基说的"陌生化"、艾伦·退特说的"张力"、罗曼·雅各布森说的"诗歌功能"、布罗茨基说的"精神韵脚"、弗罗斯特说的"诗歌情节",等等。现如今,所有致力于"诗意"的理论与写作实践,诸如象征、意象、叙事等,均没有超出上述理论范畴。其中,最系统的理论是"陌生化"理论,它的根子是基于索绪尔语言学的。

以上这些诗意之"术",在汉语诗歌写作中已普遍应用,但它产生的并不是真正具有汉语特质的大诗意。什么是汉语特质的大诗意?简言之,它不仅是一般美学意义上的诗意(和谐-优美),也不仅是所谓高级意义上的诗意(冲突-崇高),而是真正属于汉语审美范畴的诗意(气象-情怀),这才是汉语诗歌的传统。

汉语特质的大诗意,一定是语言与人心真正合一的产物。如果基于直接抒写理念,在成熟的叙述策略基础上挥洒现代汉语大性情,将诗人心气与现代汉语性情相结合,将现代汉语与古代汉语气场相贯通,即可做到"内得诗人情怀,外得文本气象",其结果,语言就像豆子,撒豆成诗,随心所欲,使文本呈现出汉语诗歌独有的"情怀-气象"。

需要注意的是,陌生化理论风靡多年,大凡诗人或多或少知道一些,但它已经很久没有创新了。由于现代汉语的特殊性,完全照搬西方陌生化理论对当下新诗发展已作用甚微。其实,在建立白话文这种新的汉语系统过程中,在探索新的叙述策略过程中,在倡导直接抒写理念过程中,陌生化理论正在被中国诗人创新。这种创新潜移默化,很少有人注意。

三

当下新诗面临的第三个新经验,是基于网络时代背景而必须重视的、阅读意义上的新经验,即:重建新型的"诗人－读者"互动关系。中国诗人如果把握住了这个新经验,诗歌文本就能呈现出阅读的可能性,从而超越文本,成为真正的作品。

这个问题看似不新,其实很新。因为时代不同了,新一代读者的生活方式、伦理观念、思维模式、阅读习惯均已发生变化,所以必须在诗中建立新型的"诗人－读者"互动关系,才能使新诗真正作用于当下人心,无愧于时代。

这里面大约涉及如下几个问题:是否应该建立"诗人－读者"互动关系?如何建立"诗人－读者"互动关系?新型的"诗人－读者"互动关系是怎样的?作品与文本有何区别?网络写作与网络阅读具有哪些特点?等等。这些内容,我在系列随笔"诗的可能性"中有详细讨论,不再展开论述。

新诗转型的三个新经验,是中产阶级立场写作从当下新诗面临的真实境遇出发,将传统与现代各种新诗问题整合在一起提出的。从三个新经验入手,中产阶级立场写作以一系列理论指引,实际解决新诗转型的所有重要问题。而草根写作提出的"三大传统"之说,显然又是没什么错的空话,属于毫无新意的、关于常识的再强调,不仅提出问题片面,而且没有阐明任何行之有效的可操作理论,根本解决不了新诗转型任何实质问题。如果用一句话来形容草根写作的新诗转型理论,那就是:旁观传统、重复常识、理论乏力、转型乏术。

2010 年 12 月 22 日,北京

放"传统"一条生路

人人都知道传统不可丢,但新诗究竟怎样面对传统?

不论怎么面对,首先必须激活传统。而且,"为写传统而写传统"肯定无效,传统必须置身于当下时代新元素中才能真正被激活。新诗如果把握住了中产阶级立场写作强调的"三个新经验"——中国社会新经验、现代汉语美学新经验、网络时代阅读新经验,传统即可被真正激活。中产阶级立场写作面对传统的姿态,即是激活者的姿态,中产阶级立场写作即是激活传统的写作。

草根写作强调的"三大传统"——中国古典诗歌、西方现代诗歌、发展了仅九十年的新诗,不仅存在宏观视野的偏差,而且作为对常识的重复强调,并没有提出任何实质性的理论指引。一味强调传统的草根写作,其面对传统的姿态反而陷入两个极端:旁观或盲从。无论是旁观传统的写作还是盲从传统的写作,都因为缺乏当下性而不能激活传统,甚至被遮蔽在传统中难见天日。

一

显然,草根论者期望推动当下新诗的转型与突破。他们不止一次说:"当代汉语诗歌到了一个转型的关口。"不可否认,他们的目的是好的。但如何推动新诗转型呢?正是为了解决这个问题,他们开出了"药方"——草根写作。

草根论者认为:中国诗人本能具有草根性,诗人能否承担新诗转型重任,关键要看"有无草根性"。他们还举例说:台湾诗人、朦胧诗人、第三代诗人中的优秀者都具有草根性,女诗人因为"自然地倾向个人经验感受",并且"更能迅速摆脱来自西方的所谓观念的控制与束缚",比男诗人"更加本能地具有草根性"。至于80后年轻诗人,能否超越前辈的关键就在于"有无真正的草根性"。

以上论调,我已在前文《掀开"中国性"的红盖头》中作过分析与批评。"草根性"仅是对本能的、普遍的心理共性的揭示。"中产阶级性"则是对时代的、特殊的心理共性的揭示。前者不能反映后者,后者却能反映并包容前者。强调"中国诗人本能具有草根性"就像强调"没有五个指头不是人手"一样,属于没什么错的空话,这种对常识的强调,解决不了新诗转型的任何实际问题。

但是,既然开出了"药方",草根论者一定期望它能解决问题,也就是要找到新诗转型的突破口。突破口在哪里呢?综合草根论者各种文章的论述,不难看出,他们把突破口主要放在了两个地方:

一是反复强调"三大传统"。即:中国古典诗歌、西方现代诗歌、发展了仅九十年的新诗。究竟怎么突破三大传统实现新诗转型呢?草根论者作了很多论述,但皆是隔靴搔痒,语焉不详。汇总起来无非就是这么几句话:"认真消化、融会贯通"、"有所突破"、"有所创新"。这基本等于没说。

当然,草根论者也列举了一些具体例子,比如他们认为:新诗经历了朦胧诗、口语化努力、叙事性强调等"三次实质性的突围",但"都做得还不够"。那怎么做才算够呢?草根论者说了,必须触及诗歌的"根性"才算够。由此不难看出,说来说去,还是像兜圈子一样把问题兜回到了传统上,即所谓的"根性"。如果把这些论述总结为一句话,那就是:突破"三大传统"实现新诗转型的方法就是回到"根"上。这还是等于没说。

什么是"根"?草根论者解释说:"一种是对传统之根的重视,一种是对地域之根的重视,还有就是对自然之根的重视。"这依然是空话。试问哪一种写作没有重视传统、地域、自然这些"根"?只要是个中国诗人,这些"根"想摆脱也摆脱不掉,关键问题是如何把"根"与当下时代新元素相结合并激活它,这需要系统的理论和方法,草根写作提供的理论方法难道就是"重视"二字?

二是关于草根写作的定义。即以下四条:一、针对全球化,强调本土性;二、针对西方化,强调传统;三、针对观念写作,强调经验感受;四、针对公共化,强调个人性。此外,草根论者还作了一些细化的诠释,诸如"一种自由、自然、自发的诗歌写作","一种日常化的深入普通人生活和心灵深处的诗歌写作","真正有强韧生命力的诗歌创作","立于本土传统,从个人切身经验感受出发的创作",等等。

所有以上阐述,依然是空话。"针对什么强调什么"似乎有点纠风意味,可是纠风的具体理论方法在哪里?此外,还有点中间道路的意味,但草根论者显然不是这个意思,否则就更是空话了。总的来说,他们无非是要把话说得具有辩证统一意味,这样一来,你要说这话错了,它也没什么错,你要说这话对当下新诗转型有何意义,它也没有什么实际意义。

在关于草根写作的模糊定义中,"观念写作"当然应该反对;"西方化"应该一分为二地看,需要作背景分析;"全球化"与"公共化"则必须正确面对,不能以好坏来简单衡量,这里面有一个"度"的问题。与上述这些概念相对应,草根论者强调了"本土性、传统、经验感受、个人性"。其实,他们强调的这些从来都是诗歌写作中常见的反映,都是中国诗人一直在做的事情,只是做的程度不同而已。而且,做到了这些,仍然没有触及新诗转型的关键。也就是说,重复强调常识,讲到具体方法却含糊其辞,这等于没讲。

所以说,面对当下新诗的转型与突破问题,草根论者开出的"药方"不过是一剂常见的补药,没病也能吃,吃了也没坏处,但有病吃了却治不好。

二

草根写作高呼新诗转型,但却仅从表象上强调"三大传统"与三种"根",面对具体的转型与突破束手无策。仔细阅读草根写作相关理论即可发现,关于新诗转型的内容,草根写作泛泛而论,不断改头换面重复常识;关于新诗发展的艺术形式（比如语言）问题，一点都没有涉及。

由于仅从表象上强调传统，又对之束手无策，草根写作自然就要沦为以下结局：要么成为传统的旁观者，要么成为传统的盲从者。这两种结局之所以形成，都是因为没能让传统真正激活。为什么草根写作不能真正激活传统？因为没有让传统有效地结合当下时代新元素——三个新经验。

基于"草根性"的草根写作，由于一味强调"根"，强调从"本土性、传统、经验感受、个人性"等层面抒写传统。其实质，已成了一种基于本能心理共性的、为了写传统而写传统的、封闭式的写作。这种写作，由于不能积极反映当下时代心理共性，实质上又成了回避"当下"的、时代旁观者的写作，其引导下的新诗必将毫无生机。

旁观传统的写作没有出路，而盲从传统的写作不仅也没有出路，还必然要被传统自身遮蔽。为什么呢？因为传统是"活"的，诗歌写作如果对之旁观或盲从，将会使传统僵死。也就是说，如果当下新诗只强调传统而缺乏时代元素，诗人就会淹死在"巨大的习惯"中，作茧自缚，自救尚且不能，何谈转型突破？

正如海德格尔所说："人（此在）有一种倾向，就是要沉沦到他所在的世界里去，并依靠这个世界的反光来解释自身，而且与此同时，他也就沉溺于他的或多或少是把握了的传统之中。"传统有一种巨大力量，即深厚沉淀，但传统是活的，单纯或僵化地沉溺于其中，就会身在此山中，不识真面目，因为"巨大的习惯"将掩盖传统中闪光的真理之源。

当下新诗转型，旁观传统就好比围着传统转圈；盲从传统就好比蜷缩在传统内部坐井观天，两者都解决不了问题。围着传统转圈显然无效，蜷缩在传统内部坐井观天不仅从文本的社会意义上反映不了时代精神，从美学意义上也转变不了旧语境，更谈不上推动建立新的汉语系统。结果就相当于温水里的青蛙，等死而已，而且死得很难看，就像穷死在金矿里的乞丐，饿死在米缸里的叫花子。

诗歌反映时代精神，即是包容传统精神。而且，只有在反映时代精神的同时，诗中的传统才是活的。中产阶级立场写作强调传统，并非简单地固守旧元素,而是让传统在时代新元素中积极植根,让传统活起来,活到未来去。强调传统不是单纯强调历史积淀,而是在不同时代的新元素中把它激活。强调传统不是简单地反映本能心理共性(草根性),而是在时代心理共性(中产阶级性)中结出新果实,只有这样,才是既把握了传统又突破了传统。

所以说,草根写作对传统的旁观或盲从不仅无益于新诗转型,而且是在置传统于死地。中产阶级立场写作以激活者的姿态,把传统植根于当下时代新元素中,等于放传统一条生路。只有放传统一条生路,新诗才能真正实现转型与突破,呈现盎然生机。

2010 年 12 月 24 日,北京

新诗百年"盘点"纲要

新诗运动一百年,有什么值得"盘点"呢?

依拙见,所有关乎百年新诗发展问题的讨论,皆可纳入七个范围:一、新诗现代性与中国现代性之关系;二、人的解放与新诗反映公民意识的历程;三、新诗推动新的汉语系统走向成熟的历程;四、新诗与传统传承;五、新诗走下观念祭坛的历程;六、西方元素的本土化;七、新型阅读互动关系的建构。

首先该盘点的,是两个大道理:"中国的现代性"与"人的解放"。这是新诗运动之初就确立的理想,如今实现得如何?第三,要看语言发展,因为我们用白话文写诗,这是全新的汉语系统,一百年来它经历了如何的演变,是否已走向成熟?第四,要反思传统,传统问题有大有小,大的方面是传承中国文化,小的方面是传承古代汉语诗歌的艺术内核"直接抒写",其实这个问题并不小。第五,要反思我们的"家丑",就是在观念祭坛上打打杀杀的习惯,就是新诗如何摆脱腐朽的阶级论文学观。第六,要总结外来元素的本土化问题,新诗一开始即受西方因素影响,比如欧美现代派,九十年代以来也深受西方因素影响,比如后现代解构风潮。第七,高度重视阅读问题,时代变了,阅读心理与阅读习惯变了,不要忽略新诗读者。

以上"盘点",仅是纲要,旨在提供一种鸟瞰百年新诗的宏观思路,不展开分析。但"盘点"并非局限于这七个方面,我们应该首先了解这些方面,再换成多视角重新去看:从流派角度看新诗演变,如现代派、新月派;从代际写作角度看新诗演变,如60后、70后、80后;从各种思潮或运动的角度看新诗在各阶段所受的影响,如抗战、文革;从地域上看新诗演变,如台湾、大陆;从新诗的几大分水岭上看演变,如朦胧诗、第三代;从新诗的语境转变上看演变,如农业语境、城市语境。此外,还可以把某些细分的群体写作分离出来,单独去看,比如大学生诗歌、女性诗歌。如此,才能越看越清晰。

以上关乎新诗的各种问题,中产阶级立场写作均已作出全面系统的研究梳理,揭示了存在的问题,提出了一整套新诗转型新理论,清晰实用,囊括诗学各种层面,论述没有丝毫含糊其辞,而且所有新理论都建立在大量新文本基础上,并非闭门造车。

试问,草根写作的理论涉及了上述哪一方面?草根写作洋洋洒洒数十篇文论,仅提出了一小部分现象,没有任何实质性解决方案,没有一条清晰实用的理论,也没有令人信服的文本。可以说,草根写作关于新诗转型与突破的"方法论"约等于零。简要列举如下:

关于"中国的现代性"与"人的解放"问题,草根写作除了在相关文章中出现了"中国现代性"这个概念之外,几乎没有一句展开的论述。

关于推动白话文这种"新的汉语系统"问题,乃至关于新诗语言发展问题的任何方面,草根写作一个字也没有论及,仿佛草根写作只关心"写什么",至于"怎么写"根本不知道,而且就"写什么"而言,也是脱离当下时代的。

关于"反思传统"问题,这个问题有大有小。从大的方面看,草根写作虽然提出了"三大传统"与"三种根"的说法,但绕来绕去,最后不过是落在这样一个空话逻辑上——新诗转型必须突破传统,而突破传统的方法就是重视传统、融会贯通。从小的方面看,即如何传承古代汉语诗歌的艺术内核,草根写作根本就没有去讨论。

关于"观念祭坛"问题,草根写作也明确提出反对,这一点是好的。但究竟如何走下观念祭坛?也是一个字也没有论及。

关于"本土化"问题,草根论者倒是讲了不少。他们认为,本土化是"中国新诗的一个主要问题"。但究竟怎么去本土化呢?说来说去,还是像说传统问题一样落了空,无非就是要求诗人去"转换"、"潜移默化"、"草根化"。说到底,还是一句"需要时间与积累",或者"需要诗人们的艰苦卓绝的努力",这等于没说。

关于构建新型的"诗人—读者"互动关系问题,草根写作也没有提出任何探讨,仅仅只提到人人皆知的"诗歌网络化"现象,也没有深入分析网络化写作的特点,还是等于没说。

此外,草根写作从其他视角来看百年新诗,也基本属于空谈。比如:无论从流派、代际写作、思潮运动、地域、新诗分水岭等任何一个角度谈论新诗,草根写作都只是为了证明一个传统的普遍心理,即所有的写作都具有"草根性"。这种揭示由于缺乏当下性,根本反映不了时代精神。特别是从语境转变上看新诗,草根写作不仅有固守农业语境之嫌,而且在中国城市文化兴起之后,对城市语境写作的道德探索,认识也非常落后。

至于把细分的群体写作分离出来,比如讨论女性写作,也是基于说明"草根性"这个目的。把当前女性写作现象命名为新红颜写作,无非就是希望把"草根性"话题推向深入,目的是好的,但缺乏有效的理论建构与文本分析,依然流于空谈。什么是新红颜写作?说来说去,一句"中青年女性在网上写诗的现象"就把内涵全部概括了,这也算是"内涵"?至于其他关于新红颜写作的展开描述,完全与草根写作的描述相同。从根本上讲,新红颜写作就是把草根写作中的"女性"部分单独拿出,重新命名,而对当下女性诗歌写作的实质问题,根本没有触及到。

从以上粗略"盘点"可以看出,草根写作面对百年新诗的发展演变缺乏宏观视野,面对当下新诗的真实境遇缺乏深入认识。例如,他们认为:"可以从三个角度来把握当代诗歌的真实面貌,一是诗歌的地方性,二是诗歌的网络化,三是诗歌的民刊现象。"这一视角显然很不全面。所谓诗歌的"地方性"是任何诗歌发展阶段都很重要的现象,中国古代诗歌的例子很多,即使在全球化的文化现象中,也是以地方文化的异质性为主导的,如何谈得上是当下真实面貌？至于"网络化"与"民刊现象"倒的确是当下现象，但仅仅属于创作平台或传播平台方面的问题，如何代表得了当代诗歌的真实面貌？

草根写作对新诗认识的局限，还表现在这样的观念中："即使我们现在再有感慨，脱口而出的也必然是一些古诗，或是旧体诗，很少有人会脱口吟诵一些新诗。"看得出，草根论者希望新诗能像经典诗词那样被人传颂。这种观念看似很有道理，其实很狭隘。现如今，"高尚是高尚者的墓志铭"、"面朝大海，春暖花开"已经没有流行的意义。网络时代，如果一定有警句流行，"你妈妈喊你回家吃饭"、"我爸是李刚"就是警句。这个道理大家可能不容易明白，其实是现代诗歌的结构问题，不展开分析了。

所以说，把草根写作理解为当下新诗的真实面貌，非常狭隘。本土性、传统性、草根性、个人性、地域性等元素，是任何时代诗歌写作都习惯性反映的元素，这些元素在当下诗歌中存在，不能解释为当下诗歌的真相，也代表不了当下诗歌的精神面貌。草根写作由于当下性缺失，充其量只是重新梳理了一部分诗歌常识，从局部上强调了中国诗人本来就具有的习惯性的东西，它的"方法论"约等于零。当下新诗，如果只看草根性或草根写作，转型无从谈起，突破毫无希望。

2010年12月27日，北京

辑三：赌诗笔记
——汉诗传统与直接抒写

直接的艺术
《诗经》、《楚辞》与两条论纲
乐府直说
汉史诗上的两波赋论
"兴"简史
古文运动即直接抒写运动
唐诗直说
宋诗纠风
"妙悟"三部曲
宋词直说
"黄雀在后"与明诗复古
清词直说
"语语都在目前"
"性灵说"的变数
"神韵"之误

直接的艺术

诗的艺术内核,归纳起来就是两个字——直接。这是诗歌艺术的核心力量。汉诗史上任何一次具有进步意义的反动或创新,其背后都或明或暗有一种直接的艺术力量在推动。"直接"作为一种美学原则,正是现代汉语诗歌要从汉诗传统那里继承的东西,是打破古代汉语诗歌与现代汉语诗歌气场的关键点。

何谓直接抒写?从语言艺术形式上理解,其真实含义并非直白地叙事,也不是"赋",而是"一切词语,诗意本具"。每一个词语皆可入诗,因为每一个词语本来就诗意具足。若从意识形态或文学功能层面理解,直接抒写就是要求"生活在没有受到事件化、观念化、史话干扰的状态下直接进入诗,并产生诗意"。

诗的叙述策略,最核心的手法就是直接抒写,其产生诗意的方法叫"结构陌生化",产生的阅读效果叫"可能性"。以直接抒写为核心的叙述,让诗归于结构探索的正途。也就是说,诗,通过以直接抒写为核心的叙述策略产生结构,诗歌结构让词语自己呈现出本来具足的诗意,而不是依赖对词语意义的扭曲、变形或暴力干预。编成顺口溜的"口诀"就是:诗意本来有,日常即陌生,叙述成结构,结构出诗意。

直接抒写的诗学理念由来已久,可追溯到《诗经》里的"思无邪"(并非孔子说的"思无邪")、屈原的"发奋以抒情"、白居易和元稹倡导的新乐府运动、唐宋古文运动倡导的"以文为诗"、明清之际的"尊唐"与"宗宋"之争、胡适倡导的"作诗如作文",等等。可以说,从古至今,直接抒写一直是汉语诗歌的写作理想。

史上每一个变革的文学时代,都曾提出直接抒写理念。每次重提直接抒写都意味着一次文学自觉,直接抒写即是每个时代文学自觉的反映,自然也是当下时代文学自觉的反映。从唐宋至明清,文学史上的复古思潮此伏彼起,每一次复古思潮的内容概括起来,基本就是三种自觉:一是意识形态层面的自觉(比如复兴儒学);二是文学功能层面的自觉(比如提倡美刺);三是写作技法层面的自觉,比如魏晋诗论所谓的"情志结合",唐宋诗论所谓的"以文为诗",即是关于直接抒写的自觉。

直接抒写理念是动态的,不同时代提出的直接抒写理念,内容不尽相同。每个时代,诗的发展总不可避免受当时歪风邪气遮蔽,重提直接抒写即是针对前一个时代以及当时的文坛弊病,是对固有的陈腐诗观的反动,或对不良诗风的纠正。因此,重提直接抒写往往是迫不得已的事。

比如屈原那个时代,直接抒写理念的核心是"抒情",因为当时的诗坛弊病是言志不言情,情志分离;再如唐代白居易领导新乐府运动,提倡"歌诗合为事而作"的直接抒写理念,因为当时的诗坛弊病是"嘲风雪、弄花草"。所以,汉诗史上的直接抒写理念始终是动态的、相对的、具有纠风意义的。

汉诗演变蔚为大观,其伟大传统可从无数角度去看,多角度看的目的,不是锁定某种唯一结论,而是让汉诗的艺术真相更加丰富澄明。历代诗论凡是流传后世者,必是活理论,后人看它,什么样的眼睛看出什么样的结果,每一种不同的结果即是一种不同的活法,如果把活理论看死了,必是诗的瞎子。

《汉诗传统与直接抒写》这组随笔,仅从"直接抒写理念"这个视点出发,简要梳理中国古代各种诗论,旨在揭示一个基本道理——"直接"是汉诗的传统共识与艺术内核。这组随笔不涉及具体的文本分析,对曹操、陶渊明、白居易、元稹、柳永、周邦彦、苏轼、辛弃疾、李清照、吴梅村、张惠言等经典诗人也不做个案研究。

2009年10月26日,芜湖

《诗经》、《楚辞》与两条论纲

汉诗源头,一眼望去,首先看到的是什么?概而论之,无非是三种文本、两条论纲、六字口诀。三种文本是"诗经、楚辞、乐府";两条论纲是"思无邪、诗言志";六字口诀是"赋、比、兴、风、雅、颂"。汉诗史上最早关于直接抒写的自觉即藏在这些源头中。第一次自觉与《诗经》有关,与"思无邪"有关。第二次自觉与《楚辞》有关,与"诗言志"有关。

《诗经》的直接抒写理念,体现在"思无邪"的本意。

中国诗人大概没有不知道"思无邪"与"诗言志"的。所谓"思无邪",本来只是《诗经》里的一句诗,出自《鲁颂·駉》的最后一句,原文是"思无邪,思马斯徂"。这句诗并无特别含义,只是诗人直抒胸臆,形容原野上的牧马自由奔跑、畅通无阻的样子。"邪"不是指邪恶,"思"也只是个发语词,没有实义。

这句诗,既展现了原野上的一幅自由画卷,又抒发了诗人的自由心情。如果把这句诗提取出来,用以象征《诗经》的某种风格,或用以概述诗歌的某种特点,那即是自由、抒情、直接,即是汉诗史上最早关于直接抒写的自觉。

问题是,孔子也说过"思无邪"。他说的"思无邪"是对《诗经》的一句评语,算是孔子的诗论,但意思却与《诗经》里的原意完全不同。孔子强调诗的教化作用，"思"的意思变成了"思想"，"邪"的意思变成了"邪恶"。在孔子教育观念支配下，诗的意义主要在于教育他人，促进社会和谐，即所谓"教诗明志"、"温柔敦厚"，至于诗人的主体性问题，他似乎没有太当一回事。

当然，孔子在《论语》中也提及了"情"的内容，看起来与直抒胸臆、宣扬主体性的直接抒写沾了一点边，但作为教育大师，孔子论《诗经》主要是取诗的教化作用，他至少是无意中遮蔽了诗人的创作主体性，从而阻碍了诗本身的发展。汉诗史上最早关于直接抒写的自觉，是被孔子害了。

也就是说，《诗经》本来就是自觉的直接抒写，侧重点是"自由"，但经孔子用"思无邪"那么一评价，反而坏了事，因为他把《诗经》中"思无邪"的本来面目改变了，把事情搞复杂了。孔子说："《诗》三百，一言以蔽之，曰：'思无邪'。"结果，《诗经》的直接抒写就真的被他一言给"蔽"了。

有意思的是，孔子也作诗，而且诗作得很不错，比如"习习谷风，以阴以雨"这句，就非常地道，看这身手，险些以为抄袭《诗经》。后来司马迁也说过"国风好色而不淫，小雅怨诽而不乱"之类的话，出发点也不是《诗经》中"思无邪"的本来面目，而是受孔子误导，做了一番并无新意的发挥罢了。

《楚辞》的直接抒写理念，体现于对"诗言志"的反动。

孔子既然篡改《诗经》"思无邪"的本意，宣扬诗的教化作用，接下来，他当然要强调"诗言志"。不过最早提及"诗言志"的并非孔子，而是《尚书》。后来的种种"诗言志"之说也非孔子一家之言，而是见诸多种典籍。

诗到底要言什么"志"呢？汉诗史上关于"诗言志"的争论甚多，总体上看，无非两大类：一类重理，强调诗歌言他人之志；一类重情，强调诗歌言自我之志。孔子的意思当然属于前者，这是有悖于直接抒写理念的，所以他必然会遭到反对。

最有成就的反对者是屈原。屈原在《惜颂》里说，他要"发奋以抒情"，屈原强调的"抒情"显然是对孔子关于诗歌"温柔敦厚"之功能论调的反动，屈原没留下什么长篇大论，只有诗歌文本，他的文本可以看作汉诗史上关于直接抒写的第二次自觉。换句话说，《楚辞》也是自觉的直接抒写，侧重点是"抒情"与"主体性"。

当然,孔子也说过"发愤忘食"之类的话,但与诗没关系,孔子说的"发愤"就是勤奋的意思而已。孔子甚至没说过一句跟诗本身有关的话。有意思的是,孔子本人作诗,与他的理论不太相符,比如"今非其时来何求,麟兮麟兮我心忧",听这口气,方知孔子也郁闷,郁闷才作诗,与那屈原的心思无甚区别,何故后来妄论诗,板起一副言志的面孔,不问抒情之事?

屈原之后,古人对"诗言志"的理解发生根本转变,诗人不再买孔子的帐,诗论家的主要论调也转向了抒发诗人思想情感、呈现诗人内心世界。如《毛诗序》说"在心为志,发言为诗,情动于中而形于言",曹丕《典论·论文》说"文以气为主",陆机《文赋》说"诗缘情而绮靡,赋体物而浏亮"。

后来的刘勰、钟嵘等理论家进一步发挥,使"抒情"这一直接抒写理念逐步成熟。乃至后来的文学史把魏晋南北朝看作文学的自觉期,究竟自觉的是什么东西呢?即是诗人的主体性,即是直接抒写。

2009 年 10 月 28 日,芜湖

乐府直说

何谓"乐府直说"？就是基于直接抒写理念，考察乐府诗的发展演变。乐府的历史，即是一部未曾中断的直接抒写史，乐府诗的演变充分体现了汉诗的一种艺术精神——直接。

乐府诗，以采制的民间歌谣为主，但毕竟出自官方机构，除了注重诗的艺术性，更有考察民隐、宫廷娱乐等作用，所以乐府范围极广，不仅指民间歌谣，还包括文人粉饰太平之诗，官方祭祀宴舞之辞，甚至军歌。大凡配乐演唱之诗皆可称之乐府。及至唐宋，乐府概念之外延进一步扩大，唐乐府包括美刺之诗，宋乐府包括词与曲。

早在《诗经》之前，即有采制乐府。作为诗体，乐府形成于魏晋六朝。乐府的早期文本有《陌上桑》、《木兰诗》、《孔雀东南飞》等经典，中晚唐出现了多种体现"新乐府"精神的诗人诗集，宋代有郭茂倩汇编的《乐府诗集》，若把明清各类民歌总集诸如冯梦龙汇编的《挂枝儿》、《山歌》等都算上，乐府文本蔚为大观，从头至尾未曾中断。

汉乐府的理论问题，刘勰《文心雕龙》、昭明《文选》、徐陵《玉台新咏》均有论及，主要强调"感于哀乐，缘事而发"。从文本上看，汉乐府做到了浪漫抒情与关注现实两不误,突出了诗人的个性自由,既表现出《诗经》的自由,又表现出《楚辞》的主体性抒情,属于典型的直接抒写。

从语言上看,汉乐府无论慷慨还是婉约,皆注重口语,天然去雕饰,质朴真情,素淡有力。五言与杂言打破了之前的四言与骚体,单一的押韵也被打破,而且在那么早的时候,乐府诗中就已出现对话与独白的叙事。后继者如曹操五言、李白杂言等皆源于乐府。长篇叙事诗、曲子词更源于乐府。甚至唐传奇、宋话本等皆受乐府之喂养。所以,汉乐府之影响深远已无须赘述,它真正影响后世文学的是什么东西呢?从骨子里看,最关键的影响就是直接抒写。

唐代韩愈、柳宗元集团掀起古文运动,一直波及到宋代,影响到明清的"尊唐"或"宗宋"之争。这其中,诗歌运动即是由乐府来唱主角的,谓之"新乐府运动"。

新乐府运动,先有杜甫、韦应物等发其先声,再有白居易、元稹等掀起高潮,后有皮日休、杜荀鹤等继承延续。从白居易五十首《新乐府》以及杜甫、元结、顾况、元稹、张籍、王建等人的传世作品中不难看出,新乐府诗人追求的目标除了"美刺"之类,就是直接真实地再现生活,也就是直接抒写。

新乐府运动的诗学理论,是汉诗史上关于直接抒写理念的第一次系统阐释。其核心理论家是白居易和元稹。新乐府的直接抒写理念体现在白居易的《与元九书》、《新乐府序》、《寄唐生》、《伤唐衢》、《读张籍古乐府》以及元稹的《和李校书新题乐府序》、《乐府古题序》等诗文中。

就写作立场而言,新乐府诗人倡导"上以补察时政,下以泄导人情"、"文章合为时而著,诗歌合为事而作"、"因事立题"、"为君、为臣、为民、为物、为事而作,不为文而作"、"非求宫律高,不务文字奇。惟歌生民病,愿得天子知"等观念,他们关注当下现实,与如今提倡的当下性原则、收拾大众心灵残局意思相近。

就诗的艺术形式而言,新乐府诗人强调"根情、苗言、华声、实义",特别是白居易在《新乐府序》中总结的十六字口诀,堪称唐代诗论关于直接抒写的理论纲要:"辞质而径"、"言直而切"、"事核而实"、"体顺而肆"。

乐府精神即"直接"精神,乐府对汉诗的深度影响主要是直接抒写的影响。唐以后,乐府精神依然像禅宗传灯录一样代代相传,延续于宋词元曲、明清民歌乃至于各种俗文学的文本中,延续于明清之际"尊唐"或"宗宋"的理论之争中。

可以说,汉诗史上历次重要的诗学争论都与复古有关,只是程度大小不同,历次复古都与纠风有关,历次纠风都与直接抒写有关。唐宋古文运动,撇开其复兴儒学等意识形态层面的意义不谈,其中的诗究竟要复什么古呢?就是复乐府的古!复直接抒写的古!诗人为何复古?因为诗坛积弊久矣,需要纠风,直接抒写就是用来纠风的。

2009 年 10 月 28 日,芜湖

汉史诗上的两波赋论

读《诗经》，从内容上读出"风雅颂"，从手法上读出"赋比兴"，这是汉诗源头的六字口诀。就《诗经》内容而言，"风"是直接抒写的典范，"雅颂"当然也是直接抒写，只是典型性不足。就《诗经》手法而言，一般认为"赋"是平铺直叙开门见山，"比"即比喻，"兴"即托物起兴，先言他物，然后引出所要表达的东西。这些诗学理念早在汉代即已成熟，今天说来已是常识。

正是基于这种常识，我们往往误认为"赋"就是直接抒写。其实不然，"赋"只有与"比兴"融为一体才称得上直接抒写。单一的"赋"所表现的只是目的性叙事，达不到可能性叙述的高度。基于直接抒写理念去看"赋"与"兴"的区别，即在此。

大量古代诗论明确定义，"赋"的本意是平铺直叙。

郑玄的定义是"直铺陈今之政教善恶"，钟嵘的定义是"直书其事，寓言写物"，朱熹的定义是"敷陈其事，而直言之"。从平铺直叙这个本意出发可以看出，"赋"实质上只表现了目的性叙事，而非可能性叙述。直接抒写是超越叙事目的性，建立叙述可能性，所以"赋"不是直接抒写。

认为"赋"不是直接抒写，还有一个原因是汉赋几乎把"赋"的形象破坏完了。汉赋表面上铺张华丽,能用得上的比喻辞藻全都喷涌而出,非常唬人。实质上正如挚虞批评的那样,汉赋"不以情义为主"而"以事形为本",缺乏"情义"。挚虞发现了问题的关键——缺乏"情义",其实就是缺乏性情,缺乏"兴",缺乏"赋比兴"的融合,也就是缺乏可能性叙述。所以刘勰也抨击汉赋说:"日用乎比,月忘乎兴,习小而弃大。"

从汉赋的诸多弊病中,古代诗论家意识到"赋"的不足,其实就是意识到目的性叙事的不足。再观察汉乐府、南北朝民歌、唐代叙事诗的创作成就,诗论家意识到"赋比兴"融合的重要性,其实就是意识到可能性叙述的重要性。所以,古代诗论家讨论"赋",历经了从"赋"到"赋比兴融合"的认识过程,此即是从"目的性叙事"到"可能性叙述"的认识过程,即是对直接抒写的认识过程。

文本在先,理论在后。在"平铺直叙"这个本意的基础上,汉诗史上关于"赋"的理论发挥、创新和总结,比较集中的有两次,不妨称之为"两波赋论"。

第一波赋论,主要基于汉乐府、南北朝民歌等文本实践,集中体现在魏晋六朝诗论中,其中论述得最系统的不是挚虞、刘勰等人,而是钟嵘。钟嵘明确指出"赋比兴"各有所长不能割裂,他说:"若专用比兴,患在意深,意深则词踬。若但用赋体,患在意浮,意浮则文散,嬉成流移,文无止泊,有芜漫之累矣。"

第二波赋论,主要基于唐代叙事诗等文本实验,集中体现在唐宋诗论中。文本的例子如杜甫《北征》、《自京赴奉先咏怀五百字》、"三吏三别",白居易《长恨歌》、《琵琶行》、《卖炭翁》等。这些文本毫无疑问具有"赋"的特点,但"赋"在文本中已发生根本变化,与汉赋味道迥异。这是怎么做到的呢?其实就是融"赋兴"为一体,"去华艳,抒情义",从目的性叙事走向可能性叙述,走向直接抒写。

第二波赋论,宋代诗论家李仲蒙的论述最精准,他重新给"赋"下了一个定义:"叙物以言情谓之赋。"所谓"叙物"即是"铺陈其事",这是"赋"的本意,但须结合"言情"才能有效,也就是说,"赋比兴"应融为一体方能谈得上直接抒写。李仲蒙所做的事,就是把"赋"里面丢掉的性情给补上了。

2009 年 11 月 1 日,芜湖

"兴"简史

关于"兴",古人的理解可谓五花八门,但有规律可循,因为"兴"有一个最基本的定义——托物起兴。抓住这个基本定义,"兴"的核心问题就不难把握,归结起来无非两句话:"托物"究竟托什么?"起兴"究竟起什么?

在对上述核心问题的思考过程中,古人对"兴"的认识不断创新,一步步靠近直接抒写理念。"兴"之演变,一直深度影响着直接抒写理念的兴衰。汉史诗上,"兴"的理念究竟是如何发展演变的?以下即对"兴"的简史略作梳理。

汉代诗论说"兴",重点只强调托物起兴与美刺,总的来说缺乏"情义"。这其中,要数郑众讲得最清楚,他说"兴者,托事于物",又说"兴,见今之美,嫌于媚谀,取善事以喻劝之"。郑众的理解主要基于政治视角,意在发挥诗的美刺作用。后来的大儒朱熹,将"兴"解释为"先言他物以引起所咏之词也",此话影响甚大,被今人当作权威定义,其实朱熹的论调也是基于政治视角的,同样缺乏"情义",有什么好追捧的?

魏晋六朝诗论说"兴"同样强调美刺,但"兴"的重点已由"托物"转向"起情",进步大矣!比如刘勰说:"兴者,起也。……起情者依微以拟议。起情故兴体以立"。挚虞也说"兴者,有感之辞也"。这一时期关于"兴"的种种论调,以钟嵘之说最为后人津津乐道:"文已尽而意有余,兴也。"

唐宋至明清,各类诗论已很少说"赋",主要说"兴"。这意味着古人已明白"赋"不是理想之物,不是直接抒写。唐代诗论说"兴",核心话题当然还是托物与美刺,但视角与以前迥异。陈子昂、柳宗元、白居易、元稹等人的美刺之说,已落在文学视角,而非政治视角,这种转变是根本性的,是重大进步。可以说,美刺理论所体现的正是直接抒写的当下性原则,从汉到唐,对美刺的认识由政治视角演变为文学视角,此即是剥去观念外衣,还生活以常态,让生活直接进入诗歌。

值得一提的是,唐宋至明清诗论多将"比兴"混在一起论述。那么"兴"与"比"的区别何在呢?关于这种区别,论者甚多,其中清代沈祥龙的"比兴互陈"之说表述得最干脆也最清晰:"兴"就是"借景以引其情","比"就是"借物以寓其意"。归结起来,"兴"与"比"的主要区别其实就在于一个主体性的"情"字。

宋代诗论家李仲蒙,是个实力派,此人重新精准定义了"赋",也重新精准定义了"兴",他说:"触物以起情谓之兴,物动情者也。"李仲蒙不仅特别突出了"起情",还揭示了外部环境、客观事物对诗人内心的作用。宋代大诗人梅尧臣亦有类似观点。这个"起情"之说很重要,可追溯到屈原的"发愤以抒情",是汉诗早期直接抒写理念自觉的核心内容。

明清诗论说"兴",基于民间视角追求自然而然,返璞归真,境界更高。

明代"前七子"老大李梦阳,主张官方学习民间,这是很了不起的意见!用今天的话说,他看到知识分子写作多是"出于情寡而工于词多",所以强调"比兴"源于真情,而真情即在民间。李梦阳说:"夫途巷蠢蠢之夫,固无文也。乃其讴也,詈也,呻也,吟也,行唱而坐歌,食咄而寤嗟,此唱而彼和,无不有比焉、兴焉,无非其情焉,斯足以观义矣。"把李梦阳的意思发挥一下,无非就是回到真实的生活现场,剥去观念外衣,表现老百姓无史可录的常态生活。李梦阳的写作理想,就是直接抒写。

清代周济论词,提出"非寄托不入,专寄托不出"的观点,强调"托物"与

"起兴"两者皆不执著皆不偏废。王夫之说"兴在有意无意之间,比亦不容雕刻",此话非同小可,因为他已触及到诗歌创作的随心所欲、撒豆成诗的境界,层次更高。把周济、王夫之的意思用现在的话表述出来,不就是直接抒写理念么?

上述"兴"的简史,可以看出古人对"兴"的理解是不断修正、不断进步的,其实质就是一步步靠近理想的写作目标——直接抒写。

2009年11月2日,芜湖

古文运动即直接抒写运动

汉诗史，就是一部不断在复古中自觉的诗歌史。这当然不是说汉诗史仅仅是复古的，而是换个视角看问题。说复古也不是厚古非今，复古皆手段，均怀有文学变革之目的。

说到文学复古，谁都知道唐宋古文运动，历时漫长，成果卓著。唐宋古文运动之兴起有多重原因，撇开复兴儒学等意识形态方面的意义不谈，它其实就是一场直接抒写运动。直接抒写是用来纠风的，唐宋古文运动最早即是为了纠南北朝以来的骈文之风。

唐代以前，古文运动的痕迹已很明显。隋以前就有人提倡商周古文，改革文体文风，但未形成多大影响。隋朝时有大臣上书隋文帝，强调改革文体的重要性，导致文学变革之事闹到皇帝都出来干预。隋文帝真的就下过一份诏书，全国上下禁止"文表华艳"，可见当时文坛风气已恶劣到何等程度。尽管有皇帝出面干预，到了唐初，骈文仍是文坛主流，可见纠风难度有多大。隋文帝就凭这一纸诏书，即可算他是个文学理论家，此人竟然从"政治高度"支持直接抒写。唐太宗虽然伟大，但在文学纠风方面远不及隋文帝，因为唐太宗也好写诗作文，且文风浮华。

文学复古,主角当然不一定是诗。韩愈、柳宗元集团针对文坛时弊打出复古旗号,显然使用了直接抒写的武器,但运动的重头戏并非诗,而是文章。若撇开文章仅从诗的层面看,这场运动的诗歌主角就是白居易、元稹集团了,即新乐府运动。新乐府运动是汉史诗上一件非常重要的事件,其实整个汉诗史都是复古的,只是后来的若干诗歌复古事件没有新乐府运动闹得那么大,但作用一点也不小,只不过不是轰轰烈烈,而是潜移默化。

古文运动最初的理论主张是围绕"宗经明道"展开的,真正的理论体系形成于韩愈与柳宗元。韩柳集团的文学复古主张随便挑出几例,皆与直接抒写理念有关。比如"养气",直接抒写为何要"养气"?用今天的话说就是解决诗意问题,解决"气象-情怀"问题。再如著名的"以文为诗"之论,从诗的范围看,韩柳集团提出"以文为诗"的实质显然是提倡直接抒写,但重点并非落在语言上,并非倡导口语写作,更不是倡导诗歌散文化,而是强调"养气"。"以文为诗"的主旨应该是"以文之气为诗",是指把古文的气韵与气象融入诗中,也就是"养气"。

有人研究认为,唐宋"以文为诗"理念成形之前,有一个"以诗为诗"的理念时期,代表诗人是晋代陶渊明。此言不虚!如果说屈原是以"诗人主体性"为着眼点对直接抒写的自觉,那么陶渊明就是以"诗本身"为着眼点对直接抒写的自觉。

早在晋代写诗的陶渊明,已有注重叙述的倾向,有了"以文之气入诗"的意识,至少他努力抽掉了诗中的哲学拆解,还原万物常态,用现在的话说就是摒弃知识分子写作,拒绝玩玄。"采菊东篱下,悠然见南山",这两句千古传诵的诗,不就是陶渊明对直接抒写理念的表白么?后来,金代元好问在《论诗三十首》中评论陶渊明,说他的诗"一语天然万古新,豪华落尽见真淳",一语天然,豪华落尽,这不就是对陶渊明直接抒写的美誉么?

"以文为诗"这一直接抒写理念,真正在创作实践上成熟起来还是在宋代。宋代词论多数围绕苏轼与辛弃疾的文本,延伸出"以诗为词"或"以文为词"的讨论。宋代诗论延伸这一理念的也比比皆是,张戒说"其情真,其味长,其气胜",陆游说"工夫在诗外"、"大巧谢雕琢",即是。

"以文为诗"的理念一直影响到新诗运动。其实只有到了胡适倡导的"作诗如作文",这一理念的重点才不是指"养气",而是落在了语言上,即倡导白话文,因为新诗运动的关键点是以白话文代替文言文。而此前所有的"以文为诗"理念重点都不是指口语。但无论重点落在养气还是落在语言,都提倡直接抒写。

韩柳集团的文学复古主张,明确反对语言浮华内容空洞。柳宗元说:"是犹用文锦覆陷宎也。不明而出之,则颠者众矣。"此话完全契合直接抒写理念,若用来批评当下诗坛某些现象,就好像批评那些语言花哨、空洞唬人的神性写作长诗。

由此不难理解,浩浩荡荡的唐宋古文运动即是一场直接抒写运动。甚至可以说,汉诗史上的种种运动,凡是得到后世文学史肯定的诗学理念或主张,没有任何一种是违背直接抒写理念的。汉诗史上的任何一次反动,都或明或暗地有一种直接的艺术力量。

2009年11月4日,芜湖

唐诗直说

何谓"唐诗直说"？就是基于直接抒写理念，去考察唐诗。

唐诗大兴，诗论专著自然不少，但更多有见地的精品诗论藏在诗人书信、随笔、序言或诗歌文本中。最精彩的一封书信要数白居易的《与元九书》，最精彩的一篇序言大约是《新乐府序》，也是白居易的。唐人诗论甚至藏在墓志铭里，元稹评价杜甫的话"上薄风骚，下该沈宋，古傍苏李，气夺曹刘"，就是在墓志铭里找到的。

唐代有影响的大诗人，多提倡复古，具有直接抒写的理念倾向。

初唐诗人陈子昂强调风雅，大倡"风骨"与"兴寄"之说；王勃主张务实，反对以上官仪为代表的那一伙诗人；此即说明他们有直接抒写的理念倾向。足以代表初唐诗风转变的、有点"冷僻"的两位大家刘希夷和张若虚，与其说他们是唐诗浪漫主义先驱，不如说是唐诗直接抒写先驱。但从宏观上说，初唐诗歌文本总体上并未跟上直接抒写的前沿理念，而是相对滞后。后来杜甫诗云："杨王卢骆当时体，轻薄为文哂未休。尔曹身与名俱灭，不废江河万古流"，虽信心气势十足，也似有为初唐诗人辩护的意思。

到了盛唐，具有直接抒写理念的诗人更多，他们除了讲究风骨美刺，更注重立意、气象与情怀,此即是关于诗的品质与诗意的探讨,主要见于李白、杜甫等大家的诗歌与言论,以及王昌龄的专著《诗格》。中唐诗人更是了得,除了将上述论题进一步推向深入,美刺理念更趋成熟,此即是强调诗歌的社会功能。美刺之说,不应完全理解为意识形态层面的儒家诗教,它实质上是提倡诗歌写作的当下性,即收拾大众心灵残局。

中唐,不仅有诗歌写作技巧的理论专著《诗式》,更有元稹、白居易两位影响深远的大家,如果把他们的零星诗论梳理总括起来看,即是对直接抒写理念的第一次系统论述。晚唐时期,诗歌景象喜忧参半,虽有诗论专著《二十四诗品》体现了高度的诗歌整体观,但由于美刺理念衰微,意象与艳体流行,晚唐多数诗人的创作实践在一定程度上偏离了直接抒写理念。

由此不难看出,唐人论诗喜欢讲美刺与气象,喜欢讲诗的"骨头"。王勃、陈子昂都大肆讲过风骨问题,李白更有诗云"蓬莱文章建安骨",后来的殷璠选编唐诗,重要的标准之一即是"言气骨则建安为传"。诗的骨头是何物?即所谓汉魏风骨也。唐人仰慕汉魏风骨即是追求直接抒写的理想,其实体验到了诗的"骨头",也就是体验到了直接抒写。总之,唐人眼中的诗学标准是多元的,主流是符合直接抒写理念的。

以下基于直接抒写理念,看几个唐代大诗人的诗论。

唐代有不少诗格类诗论,探讨律诗相关问题,且不管它。但不难看出,大多数研究律诗的诗人也倾向于直接抒写理念。最生动的例子莫过于律诗宗师宋之问和他外甥刘希夷的故事。相传刘希夷写了一首《代悲白头翁》,宋之问看后爱不释手,为了将诗据为己有竟然杀掉刘希夷。此事真假难辨,且不论它,但在《全唐诗》中,宋之问的《有所思》和刘希夷的《代悲白头翁》的确只有三个字不同,宋诗是"幽闺女儿惜颜色",刘诗是"洛阳女儿好颜色"。这至少说明一个事实:刘希夷的《代悲白头翁》在当时很多大诗人眼里,是诗中极品。

这首诗究竟有什么了不得,闹得大诗人互相抢了起来,还要杀人灭口呢?说白了,无非是模仿东汉宋子侯的乐府歌辞《董娇娆》而已,至少是深受《董娇娆》影响,只不过宋子侯的诗是五言,刘希夷的诗是七言。也就是说,当时的大诗人一致推崇的这篇诗中极品,就是一篇与汉乐府气息相通的作品,也就是一篇符合直接抒写理念的作品。

"清水出芙蓉,天然去雕饰",李白曾如是赞美一个朋友的诗,他显然是追求直接抒写的。李白很牛,他认为从《诗经》以后所有文学都失去了"正声",此话在今天的一些教授听来可能有点狂妄,但却反映了大才子李白急于纠正诗坛弊病的心情。李白打算怎么纠风呢?也是提倡复古,提倡直接抒写,"正声"就是他心目中的直接抒写。

李白曾感叹"大雅久不作",此话出自他的组诗《古风》,从诗的标题就能看出他的诗歌理念。李白的确很牛,在《古风》中他这样讽刺那些矫揉造作之辈:"丑女来效颦,还家惊四邻。寿陵本失步,笑煞邯郸人。"此话说得太狠了,但用在今天诗坛无数自以为是的小诗人身上,实在是太恰当不过了!

与李白不同的是,杜甫论诗的着眼点不在于大雅正声,除了讲究"法度",杜甫更注重比兴美刺,但基于直接抒写的理念去看,李、杜论诗并无本质区别,他俩分别强调了直接抒写理念的某个方面而已。此外,杜甫论诗还有点和事佬的风格,很像现在的学院派诗评家口吻,比如"杨王卢骆当时体",或"转益多师是汝师",还有"后贤兼旧制,历代各清规",这些话一直为后人津津乐道,其实都是些正确的空话而已,谁不知道转益多师呢?谁不知道任何诗人留在文学史上都有他留下来的理由呢?

后来,元稹与白居易领导新乐府运动,非常推崇陈子昂与杜甫,这反映了直接抒写理念的一脉相承。白居易的诗学理论强调美刺,为时为事,还有"辞质而径"、"言直而切"、"事核而实"、"体顺而肆"等论述,几乎就是唐代直接抒写的理论纲要。白居易还详细分析了自《诗经》以来直接抒写理念是如何不断被淹没的,比如在《与元九书》中,他说到"六义"的丧失过程,其实就是感叹直接抒写的兴衰。

再基于直接抒写理念看几个唐诗流派。

先说山水田园诗。王维之诗空而灵,孟浩然之诗远而淡,为多数人喜爱。他们首先师法陶渊明,其次师法"二谢"。这是合理的现象,因为陶渊明的直接抒写实践比"二谢"典型得多。多数人以为王维的诗成就高于孟浩然,其实孟浩然更得陶渊明直接抒写之精髓。由于王维是所谓的"诗佛",读者便以为其诗歌意境如何如何了得,其实在读懂了一些佛经的人眼里,王维的诗境实在与佛境没多大关系。不管王维与孟浩然的诗歌格调、意趣如何不同,创作成就谁高谁下,总的来说,山水田园诗多数是"即景会心"之作,主流是契合直接抒写理念的。

再说边塞诗。唐代写边塞诗的诗人很多,何止高适、岑参、王昌龄?一般认为,烽烟、兵马、铁器、大漠之类是边塞诗中常见的意象,这没错,但与今天所谓的意象派诗歌没什么关系,因为这些意象与其说是意象,不如说是情境或对象。我们常说边塞诗的意象壮美、气势昂扬,其实也是从直接抒写理念出发而论的。不难看出,唐代边塞诗中有很多思乡、别离主题,这些主题皆融入了直接抒写理念,特别是边塞诗的体裁,歌行体占了大多数,此即说明边塞诗的主流也是直接抒写的。

唐代最有代表性的几部诗论专著,也是契合直接抒写理念的。

司空图的《二十四诗品》基于多元化视角,将诗分为"雄浑、冲淡、高古"等二十四品,分别予以发挥;皎然的《诗式》同样基于多元化视角,将诗分为"高、逸、忠、怨"等十九式,招招予以拆解。其实"二十四诗品"与"十九诗式"在理念上完全相通,前者侧重情怀,后者侧重气象,就像两套高级的武功秘籍,完全符合直接抒写理念关于诗歌品质与诗意的论述,即产生真正属于汉语传统的诗意:气象-情怀。

王昌龄在诗论专著《诗格》中也提到一个类似概念:诗的"十七势"。他主要是从诗歌写作技巧层面来讲的,就像写诗入门指南。但要注意的是,他还提出了诗歌的"三境"与"三格"。所谓三境,是指物境、情境、意境,强调诗的表现对象;所谓三格,是指获得诗境的方法,即生思、感思、取思。

王昌龄提供的这个方法,说白了就是直接抒写的方法。感思就是"感而生思",是从时间上来讲的;取思就是"神会与物,因心而得",是从空间上来讲的;生思则是从诗人自己的内心出发来讲的。究竟怎么生思呢?王昌龄说得很明白,"心偶照境,率然而生",这不就是直接抒写理念么?

最后,基于直接抒写理念说说"小李杜"。

杜牧论诗,主张"以意为主,以气为辅,以辞采章句为兵卫"。需要注意的是,杜牧说的"以意为主"并非指现代意象派的意象,也不是说用典,与李商隐的诗歌理念是两回事,因此杜牧的诗学主张与直接抒写理念并不矛盾。杜牧还自诩"不今不古",追求"高绝",他的诗论虽谈不上系统,但这个"不今不古"的态度很关键,至于啥叫高绝?无非就是气象情怀!

唐代名声最大的十几个诗人中,李商隐的诗是距离直接抒写理念较远的一个,用现代诗论的眼光,一般把他理解为意象派。李商隐的诗重在意蕴,有点"艺术高于生活"的味道,某种程度上缺乏了当下性,且典故太多,这在古代诗论中叫"用事",刘勰《文心雕龙》里的"事类"部分即是讨论这个问题。

李商隐的很多诗,弄得读者一头雾水,但又觉得很有吸引力,什么原因呢?看看皎然《诗式》谈到的"诗有五格",再看看袁枚《随园诗话》对李商隐的评论,就明白了。

皎然评价诗的高下,标准是"用事"与"情格"两方面。基于皎然的理论去看李商隐的诗,即可发现,李商隐的诗之所以既晦涩又吸引人,是因为他用事失败、情格成功。堪称代表的是他的无题诗与爱情诗,"用事"弄得你一头雾水,"情格"弄得你心生喜爱。袁枚在《随园诗话》中评论李商隐说:"稍多典故,然皆用才情驱使,不专砌填也。"袁枚的意思很清楚,李商隐诗中典故"稍多",令人喜爱的原因是"才情",也就是直接抒写的部分;令人不喜爱的原因是"砌填",也就是不直接的部分。

近些年李商隐很火,究其原因,与八十年代朦胧诗的兴起与风靡有关,他是依赖特定时期读者的诗歌审美观火起来的。唐诗一直讲求风骨美刺,到了晚唐,有些诗人偏离了这个轨道,最著名的偏离者就是李商隐、温庭筠。当然,晚唐最严重的偏离并非"李商隐现象",而是以《香奁集》、《才调集》为代表的复古之风,这是走六朝宫体路子的倒退复古。文学史已明白无误地告诉我们,凡是与直接抒写理念无关的复古,皆是倒退的复古。

2009 年 11 月 12 月 15 日,旅途中

宋诗纠风

晚唐时,诗歌图景喜忧参半,已在很大程度上偏离了直接抒写理念。经过碌碌无为的五代,至北宋初,诗风已一片萎靡,继艳体之风还出现了一个典型的小文人写作"西昆体"。在此情形下,北宋初期头脑清醒的诗人,大多自觉地投入到诗坛纠风中去了。

宋诗如何纠风?当然还是提倡直接抒写。名气最大的如梅尧臣,他重提《诗经》与《楚辞》传统;还有王禹偁,呼吁大家学习白居易与杜甫,他自称"本与乐天为后进,敢期子美是前身"。这是特别鲜明的例子。梅尧臣有一句非常经典的话:"作诗无古今,惟造平淡难。"他的态度与晚唐杜牧"不今不古"的态度差不多,至于"平淡",正是梅尧臣心目中理想的直接抒写。

唐宋古文运动即是直接抒写运动,宋代古文运动的几个著名"头目",自然也倡导直接抒写。只需看看他们都推崇哪些诗人就明白了:欧阳修为梅尧臣的诗集写序,高度赞扬他;王安石一心复兴美刺理念,故而崇拜杜甫;苏东坡夸奖陶渊明、谢灵运、柳宗元、李白、杜甫等人,把他们抬到很高的地位。由此足见直接抒写理念的传承。

后来的明清文坛,既然能掀起"尊唐"或"宗宋"之争,即说明宋诗肯定有它了不起的地方,并非一定不及唐诗,而是与唐诗不同。若把各家论点归结起来大约如下:唐诗主情,宋诗主理。唐诗境虚,宋诗境实。唐诗重兴,宋诗重赋。总结得最干脆的,是吴乔的《围炉诗话》:唐诗"婉而微",宋诗"径以直"。

以上区分,意味着宋诗与唐诗一样,主流也是直接抒写,但宋诗的直接抒写理念在实践过程中偏离了"兴"与"情",落入了"赋"与"理"。其实重"理"也不是坏事,但过之则落入议论,就像所谓的江西诗派。

讲宋诗,黄庭坚与江西诗派是不得不说的事。

江西诗派基于黄庭坚诗论而形成,但后人评价很不好,甚至成了南宋诗坛众矢之的。凭心而论,这种结果不能怪黄庭坚,只能怪跟着他写诗的那群小诗人没才。黄庭坚讲诗歌复古,虽提倡引用古人之言,发点议论,但他明确说了这样做的前提是"真能陶冶万物",又明确要求诗"有宗有趣"。显然,"陶冶万物"是强调诗人之情,"有宗有趣"是强调文本之情。由此不难看出,重视"情怀"的黄庭坚也是倾向直接抒写理念的,只是那些追随者过于盲目,断章取义,偏离了他的理论主旨,乃至于黄庭坚之下,仅有一个陈师道还算不错。

南宋很多堪称大家的诗人,一开始也未看透黄庭坚理论与江西诗派文本之间的矛盾。陆游、姜夔、杨万里、戴复古、刘克庄等大腕级诗人,都是先受江西诗派负面影响,后才明白黄庭坚诗论中直接抒写的实质,自觉进行了纠正,各自有了很大建树。与其说他们是大诗人所以看破了江西诗派,倒不如说他们看破了江西诗派所以成了大诗人。而所谓"看破",就是捅破了一层窗户纸,就是发觉江西诗派偏离了直接抒写,就是还原了黄庭坚诗论的本来面目。

黄庭坚是个活神仙,他影响下的江西诗派虽小文人甚多,但作为一个负面教材意义非凡,黄庭坚拿它竖了一个靶子,让后人在打靶过程中看见了直接抒写的真相;同时,江西诗派也提供了一面镜子,让后人看见文学史上背离直接抒写的诗群之下场。后来,陆游、尤袤、杨万里、范成大等人在纠风江西诗派之后,被文学史誉为"中兴四大家",他们究竟中兴了什么呢?直接抒写也!

2009 年 11 月 18 日,北京

"妙悟"三部曲

宋代诗论,诗话居多,以直接抒写理念为主流。其中最著名的,是南宋严羽的《沧浪诗话》,这部诗话的核心理念被后人提炼出来,就是两个字——妙悟。乍一听很玄乎,是一个讲不清道不明的论调,其实"妙悟"很好理解,就是直接抒写。

严羽说"妙悟",究竟悟什么?当然是悟禅,所以《沧浪诗话》开篇即说"论诗如论禅"。如何通过"妙悟"而悟禅呢?后人总结过严羽的意思,就是"以禅喻诗"。但这样总结比较含糊。若将严羽"以禅喻诗"的意思重新拆解梳理,大概就是这样的妙悟三部曲:识—神—禅。

妙悟三部曲的第一步是"识",即"学诗者以识为主"。严羽这么一说,后人便津津乐道这个"识"字。严羽所谓的"识"是什么意思呢?不管怎么理解,有一点必须把握住,它绝不是推理意义上的"认识"。因为严羽说了,"诗有别材,非关书也;诗有别趣,非关理也",既不关书也不关理,你怎么去推理呢?

既然不是推理,那是什么呢?是心灵的直接体验。直接体验又能体验出什么东西呢?体验出"神"!"神"就是严羽妙悟三部曲的第二步,所以他说:"诗之极致有一:曰入神。"严羽将诗歌的各种门道细分为"九品"、"五法"、"三用工"、"二大概"等方面,但归根结底还是落在了"入神"上。严羽认为,诗学修为达到入神之境界的,只有李白杜甫,其他人都要矮一截。

严羽说的"神"又是什么意思呢？不管怎么理解,有一点必须把握住,它绝不是另外还有个什么神,那样理解就是画蛇添足、头上安头了,就不是直接抒写了。严羽所谓的"入神"与他物无关,就是打开自己的心,花开见佛,就是识得自性,识得本来面目,做回自己的主人翁。心打开了就是直心,直心就是佛,佛就是本来如此,本来如此就是当下,当下就是直接……

以上,严羽说的是"识—神"关系。说到这里,严羽就不想再往下说了,因为诗道的最高境界无非是当下一念,越往下说越罗嗦,于是他赶快这样收场:"不涉理路,不落言筌"、"羚羊挂角,无迹可求"。其实,这就是把"识—神"关系进一步归结为"禅","禅"就是严羽妙悟三部曲的第三步。

禅又是个什么东西呢？本人读过一堆禅宗语录也不知禅为何物,至今仍堕落到写诗的地步,也许禅根本就不是个什么东西。但不管怎么去理解禅,有一点可以把握住:禅就是直接,就是当下,所谓"直指人心,见性成佛"。说到这种不想再往下说的地步,严羽终于完成了他对"妙悟"之说的解释系统:"识—神—禅"三部曲。

但事情至此还不算完。既然"论诗如论禅",既然建立了"识—神—禅"这种有关妙悟的诗学系统,最后一个问题就是:诗与禅怎么结合？这个问题严羽讲得再清楚不过了,"不涉理路、不落言筌"的前提是"多读书、多穷理";"羚羊挂角,无迹可求"的前提是"吟咏情性"。这两个前提即是诗与禅的结合,如此而已,如此即是"论诗如论禅"也！

总结一下就是:在严羽的妙悟三部曲中,"识—神"路线是直接体验;"神—禅"路线是打开直心;最后到了无踪无迹的境界也还是基于"吟咏情性"的,也就是基于直接抒写。由此不难理解,《沧浪诗话》的"妙悟"理论就是对直接抒写理念的发挥,只不过发挥到禅的地步,显得有点高蹈罢了。

说"妙悟"就是直接抒写,还与这一理论的起因有关。

严羽的"妙悟"说也是在批评江西诗派的基础上形成的。针对江西诗派"文字、才学、议论"过多之弊,严羽倡导复古汉魏、复古盛唐,提出"妙悟"与

"别趣"主张。我们知道,江西诗派依托黄庭坚的理论而发起,一开始并不违背直接抒写理念,这从他们奉杜甫为"远祖"就能看得出来,只是后来在创作实践中舍本趋末,偏离了直接抒写。严羽的"妙悟"之说,正是对江西诗派偏离直接抒写的纠正。

虽然严羽公然反对黄庭坚,但他明确主张"诗者,吟咏情性也",这就等于告诉我们,他的主张与黄庭坚"陶冶万物"、"有宗有趣"的主张其实并不相悖。所以严羽最终批倒了江西诗派,却批不倒黄庭坚。严羽为何要把黄庭坚连带着一块儿批呢?这恐怕是因为严羽只懂理论不会实践,他毕竟算不得一流诗人。

严羽论诗,喜欢讲"自然悟入"、"直截根源"、"单刀直入"、"优游不迫"、"沉着痛快"之类的话,这些话几乎就是禅话,就是赞美直接抒写的形容词。

《沧浪诗话》非常高蹈,非常直接。一个诗人如果悟性很高,读罢《沧浪诗话》第一部分《诗辨》,后面的内容就不用读了。就像读《金刚经》读到"应如是住,如是降伏其心",后面的内容也不用读了,读下去是多余的话,落入第二义。不过,严羽如此论诗虽毫无疑问正确,且是最上一乘,但也很有危险,危险在于两点:

其一,平庸者论诗论不出结果,也东施效颦把诗的终极问题归结到禅,那就无异于告诉我们:"我实在讲不清楚了,你们悟禅去吧。"比如当今诗坛所谓的"现代禅诗",简直就是个笑话。别看古代禅师悟道之后写了那么多禅诗,实质上那不是诗,只是禅。

其二,严羽以禅论诗,让不明白的人也自以为明白了,长期下去必成谬误。《沧浪诗话》的理论就是因为太高蹈,乃至于到清代影响出了一个"神韵说"。王士禛的"神韵说"就是对严羽"妙悟说"的误导,就是伪造的武功秘籍,诗学修行人的障道阴魔,一修炼就要走火入魔。

2009 年 11 月 20 日,北京

宋词直说

所谓宋词直说,即是基于直接抒写理念去考察宋词。

词是什么?本来是源于民间的长短句歌词,或曰源于胡乐。词的本来面目就像乐府诗一样,也是直接抒写的典范。但后来,词被小文人写坏了,一度成了文学的小儿科,乃至在晚唐宋初,"词是诗余"、"词为艳科"差不多成了共识。

不过后来,词不再是小儿科了,因为北宋词人基于直接抒写理念,改革了词的创作理念,对词坛进行了纠风。纠风的先声是王安石、范仲淹等人发出来的,苏东坡将之推向高潮,后人评价苏东坡是"以诗为词"的。及至南宋,辛弃疾也对词坛进行纠风,后人评价他是"以文为词"的。如此,词的身份一度得以转正。

但好景不长,继"苏辛"纠风之后,词的直接抒写理念此伏彼起,忽兴忽衰。至清代,著名的常州词派"头目"张惠言论词时,还有为词争地位的意思,此即说明词的身价一直不稳定。为何不稳定?因为历代词人的直接抒写理念不稳定。这当然很正常,因为汉诗史就是一部理念不稳定的直接抒写史,就是一部不断用直接抒写理念去纠风的历史,它总是从自觉到迷失,再到自觉,再到迷失……

凭什么说"苏辛"对词坛的纠风基于直接抒写理念?

这要看苏东坡的"以诗为词"是什么意思。一般以为,"以诗为词"是增加了词的"言志"功能。这么理解虽有点狭隘,但毕竟是针对词的"诗余"、"艳科"而论的,当然正确,而且已经跟直接抒写理念沾了一点边,至少此说强调了词的当下性,强调了直抒胸臆。

说辛弃疾"以文为词"是什么意思?很多人认为是提倡词的散文化,此说就像把诗的可能性叙述理解为诗歌散文化一样幼稚。如果真是这种意思,辛弃疾之后,词必然完蛋。说辛弃疾词风散文化,可能是看到他的语言"俚俗",但这种"俚俗"皆是直接流淌而出,辛弃疾的"俚俗"实质上是打破了词的意象派手法,而不是倡导词的散文化。

前文讲过,唐代韩愈提倡"以文为诗"并非倡导口语,更非倡导诗歌散文化,其核心意思是"以文之气为诗",这样理解才符合他的"养气"之说,也符合直接抒写理念。谈到苏东坡"以诗为词",意思也一样,主旨是"以诗之气为词",辛弃疾"以文为词"自然也是"以文之气为词"。

气是何物?对诗人而言即情怀,对文本而言即气象。古人关于诗文之"气"的体会即是关于直接抒写理念的体会。正如南宋刘辰翁评价苏东坡的词"倾荡磊落,如诗,如文,如天地奇观",这就是说他的文本有大气象。又如刘克庄评价辛弃疾的词"横绝六合,扫空万古",这也是说他的文本有大气象。清代评论家刘熙载读了苏辛之词,评价二人"皆至情至性人",他没见过苏辛二人,凭什么说他们至情至性?显然是通过文本感受到二人的大情怀也!

文学史已经证明,韩柳集团对文坛的纠风是进步的,元白集团对诗坛的纠风是进步的,苏辛对词坛的纠风是进步的,若把史上进步的诗词改革归结为促进了诗词散文化,实乃笑话!那只需请你去改革就行了,何劳历代大师?这可能是因为现在的作家基本只会写小散文的缘故,其实散文奥妙很大,现在的绝大多数散文根本就不配叫散文,只能叫小文章。

所以说,诗歌散文化绝不是诗歌直接抒写的特征,这就像把直接抒写理解为叙事与口语一样狭隘。汉诗史上的"以文为诗"、"以诗为词"、"以文为词"诸说,都是倡导直接抒写,但都不是倡导诗歌散文化。任何一首诗,如果有人评论它是散文化的,要么评错了,要么就不是好诗。

苏辛之后,或者说苏辛之外,词的直接抒写理念多数情况下被遮蔽了。

当然,遮蔽并非完全丧失,也不是说婉约派就不是直接抒写。各路词人无论婉约还是豪放,无论推崇还是反对苏辛,直接抒写理念都不同程度隐藏在他们的创作实践中,只是不够明显罢了,这不仅反映出各路词人的个性、审美之不同,也反映出他们对直接抒写理念的自觉程度不同。

比如北宋早期名家欧阳修,成就主要不在词,其词风总的来说虽未挣脱"花间"一路,但笔触随性淡泊,有一种朴实透彻的力量,并不花哨,而且他是"以文为诗"最重要的倡导者之一,所以他毫无疑问是怀着直接抒写理念的。

早期名家再如柳永,词风被归为婉约一路,堪称词人中的词人,大师中的大师,他对长调慢词的实践极有价值,多是直接抒发,有口语写作倾向,空前发展了词的叙述性。他的后继者周邦彦的词,虽多男欢女爱,在慢词的叙事性方面更有新发展。

人尽皆知"苏辛"与"柳周"词风迥异,一路豪放,一路婉约。其实,豪放或婉约并非大词人互相影响或传承关系的真正密码,也就是说,豪放或婉约不是真正的"脉"。若把柳永《望海潮》和苏东坡《江城子·记梦》放在一起读,假定不知作者是谁,哪个豪放哪个婉约?大家都说李清照婉约,"凄凄惨惨戚戚",你看她的《题八咏楼》:"千古风流八咏楼,江山留与后人愁。水通南国三千里,气压江城十四州。"这是一个五十岁丧夫的失意女人在落难途中写的,而且写到"愁"了,几个男诗人能写出这种豪放心气?而她在同一地点同一时间写下的《武陵春》,那才叫凄凄惨惨戚戚!故知豪放婉约多是诗人心境不同而已,不可以"脉"论之。

柳永之下,周邦彦直接传承其婉约一路,苏东坡则另辟蹊径创豪放一路,各有突破,但究其实质,都是对柳永慢词实践的继承发扬。真正的"脉"不是婉约也不是豪放,是慢词即诗歌叙述美学的实践。苏东坡不是与柳永风格相对的诗人,而是柳永的学生。顺着这个"脉"去看,可知周邦彦、苏东坡、李清照、辛弃疾均受柳永慢词影响。这,就是宋词的叙述心法正脉。

　　早期名家还有张先,也是婉约一路,他与柳永一样对慢词多有实践。贺铸也是婉约路子,但亦有少数豪放慷慨或结合传统题材的作品,具有一定的当下性。秦观过于花哨,唯美但气象不足,他也是深受苏东坡直接抒写理念影响的,只是他过于偏重自己的个性。名气较大的词人还有吴文英,他是距离直接抒写理念比较远的一位,有点李商隐诗歌的味道。

　　李清照这位大才女,比较自负,在《词论》中她几乎把之前的词坛名家统统批评了一遍。撇开李清照的女性写作经验不谈,撇开李清照批评苏东坡的观点不谈,仅看她作品中常见的白描语言风格,即可说明她自觉或不自觉地接近了直接抒写理念。婉约派早期"大腕"如李煜、晏几道等人的白描手法,更为后人津津乐道。

　　讲到李煜,想到后来清代才子纳兰性德,想到历代词作中广为读者喜爱的小令,小令这东西多是白描功夫了得,这里面即隐藏着直接抒写的力量。讲到晏几道,自然想到他老爹晏殊,晏殊是一位很有意思的婉约派大家,他有两句极富直接抒写理念的名句"无可奈何花落去,似曾相识燕归来",他竟然将这两句词重复使用在另一首诗中,这在古代诗人的创作中十分罕见。这说明晏殊太喜欢这两句词了!他实质上喜欢的是什么呢?直接抒写也!

　　对苏辛直接抒写理念继承得最好的,是姜夔。

　　姜夔论词,主张"清空"与"骚雅",这分别是对苏东坡、辛弃疾直接抒写理念的继承,而且他支持"以诗为词"与"以文为词",并体现在创作实践中。姜夔词论在创作风格上影响了后来的江湖词派,在理论上影响了后来张炎的专著《词源》。张炎作为宋词最后一位大家,推崇并发展了姜夔的"清空"与"骚雅"之论,因此不管张炎的文本如何哀怨,他一定是有直接抒写意识的。

　　但姜夔终究不如苏辛成就高,因为他太讲究"法度"了。用现在的话说,他宁可损害作品的气场也不愿让作品粗糙一点,这就少了原汁原味,就是对直接抒写的遮蔽,只是姜夔对直接抒写理念的遮蔽比较少,因为他的自觉性比较高。另外值得一提的是,姜夔的诗论比词论更精彩,这一点少有人注意。

　　直接抒写理念之所以会被遮蔽,与诗人所处的时代有一定关系,相应地,与诗人的心理变化也有一定关系。这种关系体现在词的领域比诗的领域更明显。宋初至清末,词的直接抒写理念此伏彼起,忽兴忽衰,与时代因素及其影响下的词人心理因素密切相关。清代评论家刘熙载在《艺概》中论词,主张"情",反对"欲",认为历代词风有的"贵于情",有的"误以欲为情",这是什么原因呢？刘熙载一语道破其中甘苦："欲长情消,患在世道。"世道啊！世道这东西太强大了！

2009 年 12 月 1 日,北京

"黄雀在后"与明诗复古

或受唐宋古文运动影响,及至明清,诗人的复古主张层出不穷,流派理论甚多,各领风骚三五十年。他们或学秦汉,或尊盛唐,或宗两宋,争来吵去数百年矣!如今回头一看,明清之际所有的诗风兴衰与理论纷争,几乎都是在通往共同理想"直接抒写"的过程中发生的。

明初诗人高启,谈到诗的"格、意、趣"问题,也就是体裁、内容与艺术形式的统一问题,但最后,他把诗的最高境界归结为"时至心融,浑然自成",这是明显的直接抒写倾向。可惜高启的理论影响不大,未能开启一代诗风,却让"台阁体"那一类小文人写作流行了起来。

"台阁体"泛滥之际,曾有"茶陵派"诗人李东阳站出来批评,但他的批评着眼于音律而非直接抒写,所以终究隔靴搔痒,未能切中要害,自然也没多大效果。直到明代中期,前、后七子掀起复古诗潮,直接抒写理念才稍有恢复,但也是不痛不痒,时兴时衰,总体的文本成就也很一般。可以说,明代诗坛的直接抒写理念是不稳定的。

有意思的是,在一阵高过一阵的复古呼声中,明代诗歌犹如螳螂捕蝉,黄雀在后,不断出现后浪纠风、推倒前浪的情形,一波接着一波。只需对前七子、唐宋派、后七子、台阁体、公安派、竟陵派、复社、几社等"派别"之间的关系略加考察,即可看出,明代诗歌在自始至终的复古思潮中,呈现了一幅"纠风——迷失——再纠风——再迷失——再纠风"的有趣图景。其发展与演变的形势,始终就像"黄雀在后"。

前七子老大李梦阳,认为"真诗乃在民间",他领导前七子复古,主张学习民歌与汉魏诗风。他们的文本除了多有拟古,亦多有政治题材,这说明前七子的写作具有一定的当下性和民生本位思想,是趋近于直接抒写理念的。

前七子复古,遭到归有光等"唐宋派"诗人反对。如果把前七子比喻成螳螂,唐宋派便是黄雀。前七子学秦汉,唐宋派学唐宋,也就是说,归有光也倡导复古,所以他并非反对复古,他要争的是:复什么古?如何复古?

在反对中,唐宋派提出"文从字顺"的主张,语言上要求直白,这种主张的实质就是直接抒写。虽然后人评价唐宋派流于肤浅,那只能说他们没写好,缺了才气,并非理论主张有错。其实整个明代的诗也就是那种档次。前七子和唐宋派,都对后来的诗歌产生了影响,他们共同的正面影响即是直接抒写理念。

李攀龙、王世贞领导后七子复古,意义也一样,他们主要针对"台阁体"进行纠风,一开始是有先进性的。如果把台阁体比喻成螳螂,后七子便是黄雀。后七子强调"格调说",其实前七子也讲过格调,唐代皎然与宋代严羽两位理论大家也讲过格调,只是前人没有把格调问题夸得那么大。最后,过分强调"格调说"的后七子模拟成性,走向了偏门。

不过,后七子有大量的乐府古体诗,虽成就不太高,但直接抒写理念很明显。所以,若论前、后七子复古之得失,一言以蔽之,就是直接抒写理念的强弱与持续性决定了他们的成就大小。

及至晚明,诗坛复古之风依然。公安派推崇白居易和苏东坡,在李贽"童心说"的基础上发展出了影响很大的"性灵说"。袁宏道认为诗应该"从自己胸中流出",他所谓的"任性而发"即是倡导直接抒写。后人虽认为其文本过于随意,或有浅俗,那也是"率直"这把双刃剑导致的结果,说白了,顶多是诗没写好,不是主张有问题。

公安派认为,宋代以来的"以文为诗"理念给诗歌带来了弊病,这实质上是说,直接抒写理念在实践过程中出现了偏差。于是公安派想纠风,怎么纠风呢?"性灵说"就是他们针对弊病的纠风。

"以文为诗"的直接抒写理念,为什么会出现偏差?因为它被"法度"化了,被技术化了。前文说过,直接抒写并非仅是就写作技法层面而言的,它还包括意识形态与文学功能层面的内容。把直接抒写理念技术化,就像今天把口语和叙事当作直接抒写一样,死路一条!

后来,公安派自己也出现了偏差,诗风随性变成了随意,大约就像今天的口语变成了口水。于是竟陵派揭竿而起。如果把公安派比喻成螳螂,竟陵派便是黄雀。竟陵派也讲"性灵",提出"真诗"之说,倡导个人情性的自然流露。竟陵派也复古,但反对拟古,为了纠正公安派在"性灵"道路上的偏差,竟陵派注重诗的"意境"以求平衡。但久而久之,意境也出了偏差,虽然不随意了,却越来越脱离现实生活,丧失了当下性。

针对竟陵派出现的问题,自然也有人站出来纠风,那就是明末的几个社团。明末文人有结社的风气,最著名的是"复社"与"几社"。如果把竟陵派比喻成螳螂,复社、几社便是黄雀。撇开政治上的因素不谈,文学上,复社、几社皆以复古为宗旨,企图从文化上复兴传统精神。这一时期的诗论家如陈子龙,主张诗歌"刺讥当时",回归当下现实,并批评公安派和竟陵派的诗缺少"天然之资",这显然是批评他们丧失了直接抒写理念。

事实上,公安派或竟陵派出现之初,皆是有直接抒写理念的,只是好景不长,流于偏执,渐渐背离了初衷。所以还是那句话:汉诗史上的直接抒写理念,是纠风、迷失、再纠风地演绎下去的。

此外要注意的是,明代有一种不可忽视的诗歌成就,就是被称为"我明一绝"的民歌。明代民歌流行范围广,数量多。明末的冯梦龙选编了两部明代民歌总集,《童痴一弄·挂枝儿》和《童痴二弄·山歌》,在诗歌史上颇有地位。这些民歌没有被小文人污染过,就像现在的农家菜,直承了乐府的直接抒写理念。明代诗歌的最高成就或许就是这些民歌。这就应了李梦阳的话:"真诗乃在民间!"

2009 年 12 月 7 日,北京

清词直说

清词直说,就是"以直接抒写理念"为视角,去考察清词。

宋以后,词坛上的直接抒写理念受到不同程度遮蔽,至明末清初,气象才略有恢复,出现了"词的中兴"。中兴的具体表现,是词人、流派、文本、理论多了起来。据说清代有一万多个词人,文本多得令人眼花缭乱,那时若有互联网,大小词人恐怕要高达几十万人。总的来说,清词对写作技巧的探索多于对境界、气象的追求,甚至可以说,清代"词的中兴"是理论高于文本的。

清代多词派,先后涌现了云间、阳羡、浙西、常州、疆村等派。这些词派可都是正儿八经的"派",不像宋代所谓的豪放、婉约、苏辛、姜张等概念,那其实不是派,是经后人总结之后贴上去的标签。这些清代词派都摆出了继承者的姿态,或学北宋,或学南宋,或尊苏辛,或尊姜张。同时他们也都摆出了纠风者的姿态,词学主张五花八门,但基于共同的纠风目的,都或多或少体现出了直接抒写理念,只是体现的程度不同,有自觉与不自觉之别。

比如浙西词派,它的出现,是为了纠元明以后"词曲合流"、"强作解事"之词风,推崇姜夔和张炎,继承"清空"之说,力图恢复词的特色。但发展到后来,过分讲究声律格调等法度,偏离了原来主旨,文本越来越空虚。

于是常州词派出现了,针对浙西派进行纠风。经过从张惠言到周济的理论建设,常州词派形成了以"浑化"为最高境界的、强调性情自然直接流露的比兴寄托之说。周济论词,有一句名言:"非寄托不入,专寄托不出。"他解释说:"初学词求有寄托,有寄托则表里相宣,斐然成章。既成格调求无寄托,无寄托则指事类情,仁者见仁,智者见智。"这简直就是诗的可能性之说。

周济所谓"非寄托不入"似乎值得商榷,且不论它。关键是"专寄托不出",周济说的无寄托、无痕迹的"浑化"是什么意思呢?其实就是直接抒写理念。这套"浑化"理论与严羽的"妙悟"理论有相通之处,都通于禅境。就像严羽说"不涉理路,不落言筌"、"羚羊挂角,无迹可求",周济的理论和他一样高蹈,后学者按照"浑化"修行,若把握不准,就容易走火入魔。常州词派的后继者们,也许就是因为没把握准"浑化"的奥秘,才走向了晦涩。后来,王国维的词学理论就有纠风常州派的作用。汉诗史上的直接抒写理念,就是这样纠风、迷失、再纠风地演绎下去的。

清代词人数量甚多,他们提出的词论主张零乱繁复,无法一一论述。清代专门的词论著作也蔚为大观,各家观点侧重不同,若从直接抒写的理念倾向上看,有的很典型,有的不太典型。以下,就清代影响较大的词论著作与直接抒写理念之关系,略作梳理。

谢章铤的《赌棋山庄词话》,就是推崇直接抒写理念的典型。他谈到了"词"与"音"的分离问题,这个问题十分重大,相当于今天说的"诗"与"歌"分离问题,或者"诗"对"歌"的依赖问题。白话新诗发展了一百年,这个问题还没有很好地解决。谢章铤说:"与其精工尺而少性情,不若得性情而未精工尺",这句话,相当于我们常说的"诗写得粗糙一点没关系,关键是气场要通"。

刘熙载《艺概》的"词曲概"部分,也是推崇直接抒写理念的典型。刘熙载不反对晚唐五代词风,但称之为"变",而称苏辛的词风为"正",这说明,刘熙载眼中的苏辛是基于"正"去纠风"变"的,也就是基于直接抒写理念去对词坛进行纠风的。

刘熙载认为写词"先要辨得情字",他明确表示自己论述的"情"与古人"发乎情"、"诗缘情"诸说一脉相承,这就等于宣称自己是直接抒写理念的继承者。此外,刘熙载还崇尚自由质朴的词风,他这样赞美乐府:"古乐府中至语,本只是常语,一经道出,便成独得。词得此意,则极炼如不炼,出色而本色,人籁悉归天籁矣。"说得多好!极炼如不炼,出色而本色,人籁归天籁。言下之意,词的最高境界就是返璞归真,当下直接,正如他说的一个形象比喻:"异军特起,如天际真人。"

刘熙载给词作了一个很高级的概括:"词之大要,不外厚而清。厚,包诸所有;清,空诸所有也。"这番话很有禅味,已入空有无碍、神形俱夺之境界,相当高蹈。可以说,严羽的"妙悟"、周济的"浑化"、刘熙载的"厚而清",还有况周颐的"重拙大",都是古代诗歌理论中的高级武功秘籍。

谭献的理论也很典型。在《复堂词话》中,谭献说自己活到四五十岁才明白一些词的道理,他究竟明白了什么呢?"古乐之似在乐府,乐府之馀在词。……旁通其情,触类以感,充类以尽,甚且作者之用心未必然,而读者之用心何必不然。"显然,谭献明白的这个道理就是直接抒写的道理。一方面,他明白了词应当继承乐府的优秀传统,即继承直接抒写的传统;另一方面,他明白了文本与读者之间互动的意义,他能明白这一点很不简单,与我们今天倡导的"建立充满可能性的叙述"、"产生阅读的互动性"几乎是一个意思。

当然,关于直接抒写理念,也有不太典型的理论。比如冯煦,他在《蒿庵论词》中把晚唐五代词风吹捧得很高,不过他又高度称赞了辛弃疾,这意味着冯煦论词的主线不是直接抒写,但他并非一点直接抒写理念都没有,只是不自觉而已。

清代词论著作,影响最大的还是"晚清三大词话",即:陈廷焯的《白雨斋词话》、况周颐的《蕙风词话》、王国维的《人间词话》。这三种词论,都从不同角度清晰呈现出了直接抒写理念,特别是《蕙风词话》与《人间词话》,最为显著。

在《白雨斋词话》中,陈廷焯强调比兴,推崇《诗经》、《楚辞》之传统,但他论词的主要尺度并非直接抒写理念,而是精心打造的"沈郁说"。总体上看,陈廷焯倾向于婉约词风,但他毕竟是一个眼界很高的理论家,因为他说了,纵观历代词人文本,还没有哪一位超越了陶渊明和杜甫,要想超越他们还需"以待后贤"。

陶渊明和杜甫的诗,都是直接抒写理念的典范,但他们不写词,陈廷焯为何将词人的文本与这二位诗人相比较呢?这可能说明他对词的总体成就不太满意,依然有"词是诗余"的观念。他为何不将词人的文本与苏东坡、辛弃疾或李白相比较呢?这反映出他论词比较讲究法度,倾向婉约词风的调性。

陈廷焯要等"后贤"来超越什么呢?自然是超越陶渊明和杜甫的诗歌境界,自然是要抵达"直接"的写作理想。可惜的是,再往后世道就变了,就到白话文运动了,还到哪里去找他要的"后贤"呢?陈廷焯的期望终究落了空。

也就是说,陈廷焯论词的主线虽不在直接抒写,但与直接抒写理念息息相关,他期望词能够超越的那种理想境界正是直接抒写的境界。推崇陶渊明和杜甫就是一个明证,他期望词的文本超越陶渊明和杜甫的境界,实质上就是期望词的文本符合直接抒写理念,只是他的观点不够明晰,没有表述充分,没有在直接抒写这条线索上继续着力,有点可惜。

况周颐的《蕙风词话》就不同了,直接抒写理念非常清晰。《蕙风词话》的理论核心,是揭示了词的三大要素:"重、拙、大。"重即重情,拙即拙朴,大即大旨。这一揭示简单直接而准确,具有相当的高度,简直就是在宣扬"作词如做人"了。重情,揭示了词人情怀;大旨,揭示了作品气象;完全契合直接抒写的诗学理念。

特别是况周颐说的"拙"字,揭示了大家之气与聪明情调的区别,与严羽"妙悟"、周济"浑化"、刘熙载"厚而清"的旨向基本一致,皆是论诗论词的最上一乘。其实汉诗史上的天才与大师,无论是做人还是作诗,最奥妙的特征即是"拙",而非聪明。美国诗人史蒂文斯说"真正的诗人都有某种庄稼人的气质",他说的庄稼人气质即是拙气,而非土气。

甚至可以说,经过唐宋"以文为诗"、"以诗为词"、"以文为词"的美学实践之后,到了清代况周颐那里,已经上升到"以人为诗"的境界了。

晚清三大词话中的《人间词话》,影响就更大了,直接抒写理念也更清晰,且留待下文讨论。综观清代词人各类主张,以及清代各类词论专著,不难看出,历代大家论诗论词,论到最后都归结到直接抒写理念上来了,只是程度不同,有的出于自觉,有的出于不自觉而已。

            2009年12月3日,北京

"语语都在目前"

王国维的《人间词话》影响太大,是个文人都知道。他论词的主线是中西合璧的"境界说",但处处呈现出直接抒写理念。王国维说的"境界"虽然概念范畴较广,但有一个立论的基础,就是"写真景物、真感情",情景交融,此即有直接抒写的理念倾向。

关于"境界",王国维作了种种细分的论述,诸如"有我之境,无我之境","入乎其内,出乎其外"。在此略举一例:比如"造境"与"写境",虽然形成了虚实不同的文本风格,但归根结底都是"求之於自然"的,骨子里还是直接的。换句话说,你是浪漫主义也好还是现实主义也好,与你是否直接抒写没有必然关系,这就像我们经常说的"口语写作与直接抒写没有必然的亲密关系,……意象写作与直接抒写也没有必然的敌对关系"。

值得玩味的是,《人间词话》里有一段著名的话,影响非常大,被无数的后人说来道去,但不知津津乐道者有几人真正弄懂了,这就是所谓的人生三境界,或曰三个层次:第一层次是"昨夜西风凋碧树,独上高楼,望尽天涯路"。第二层次是"衣带渐宽终不悔,为伊消得人憔悴"。第三层次是"众里寻他千百度,蓦然回首,那人却在,灯火阑珊处"。

王国维这番话显然是个比喻,自有他的深意,既说了人生三境界,也说了文学三境界,涵盖了诸多方面。我们不妨比较一下这三个层次的境界,看他究竟把最后的制高点落在了何处?其实就是落在了"当下"与"直接"上。王国维所谓的最后一个层次"众里寻他千百度,蓦然回首,那人却在,灯火阑珊处",如果换一种表述就是:历尽千山万水,如今转身归来,一切合于当下,如如在目,了无分别,本来如此!

显然,王国维的这个比喻是诗境合于禅境的。古代诗词特别是禅宗语录中,合于此境的诗句实在太多了,就如同"看山是山,看水是水",又如"云在青天水在瓶"、"山重水复疑无路,柳暗花明又一村"、"本地风光即佛天"、"踏破铁鞋无觅处,得来全不费功夫"、"十年云水上,高卧旧时身",等等。事实上,王国维这个看起来很高蹈的比喻,与严羽的"以禅喻诗"是一个路子。

且看两个禅师的诗,与王国维的这番话比较一下。

宋代女禅师梅花尼,悟道后作诗云:"十年寻春不见春,芒鞋踏破岭头云。归来笑拈梅花嗅,春在枝头已十分。"多少年啊,潜心一处却总也不能突破自己,忽一日,转身处,一切当下现前,本来具足,俗境圣境本无分别!此中消息,几人识得?其实王国维"回头蓦见,那人正在"之境,与梅花尼悟道之境完全一致。

南宋著名疯和尚济公,临终留下这样一首诗:"六十年来狼藉,东壁打到西壁,如今收拾归来,依旧水连天碧。"多少年啊,东奔西走不识本来面目,忽一日,归来时,水连天碧一切依旧,如如自性何曾动过?其实王国维说的第三层境界,与济公和尚这首诗的境界也是完全一致的。王国维的制高点是"蓦然回首,那人却在",济公和尚的制高点是"收拾归来,依旧水连天碧"。这就是诗境合于禅境。禅到此境,死蛇弄活。诗到此境,当下直接。若用四个字来形容此境,即是"原来如此"!或曰"本来就是"!

以上所述,可能有些高蹈,不太好理解。其实《人间词话》中也有关于直接抒写理念的具体论述,这就是王国维提出的"隔"与"不隔"的概念。王国维认为优秀的诗词是"不隔"的。什么叫"不隔"?他列举了一些古人的诗词进行比较说明,但最关键的地方,还是他说了一句颇有禅机的话来作解释:"语语都在目前,便是不隔。"

这句话很关键,什么叫"语语都在目前"? 即是禅宗所谓"当下现前"、"这个!这个!"。即是佛经所谓"如是!如是!"。请注意,这里说的"目前"绝不是指眼睛看到的景物,而是指过去、现在、未来的统一,即是指当下。若从诗词理论的角度去理解,就是直接抒写。所以说,王国维讲的"隔"与"不隔"之区别,后人虽多有长篇大论的研究,其实也没什么特别奥义,就是"不直接"与"直接"之区别!

2009 年 12 月 4 日,北京

"性灵说"的变数

清代诗歌,流派理论甚多。值得研究的,如清初遗民诗风,吴伟业"梅村体"叙事诗,钱谦益融"性情、世运、学养"为一炉的、立足当下性与真情论的"诗有本"之说,还有查慎行、陈维崧、朱彝尊、纳兰性德、顾贞观、张惠言的诗词,等等。这些文本或理论,表现直接抒写理念的程度不同,或明或暗。

且不谈清代诗人零星的诗歌主张,以下梳理一下清代各种重要的诗论著作,看它们与直接抒写理念是何关系。

清人论诗,五花八门,基本都是在继承前人的基础上各有新说。清人的核心诗学理念聚焦于"四大诗论"中。即:王士禛"神韵说"、袁枚"性灵说"、沈德潜"格调说"、翁方纲"肌理说"。其中,直接抒写理念最清晰的是袁枚的性灵说。影响巨大的神韵说,其源头也具有直接抒写理念,但王士禛在继承前人神韵理念的基础上走向了死胡同,是一种倒退的说教。被誉为"一代诗宗"的王士禛,某种意义上就是个误导者。格调说的源头也具有直接抒写理念,但发展到后来走向狭隘,一代不如一代。至于肌理说,总体上流于技法说教,并没有那么高的诗学价值。

诗歌理论上讲的性灵说,源于李贽的童心说,发挥于公安派袁宏道的诗论,升华于袁枚的《随园诗话》。究其核心,就是直接抒写理念。

凭什么这么说呢?且看"性灵说"的源头。李贽是思想家,他写《童心说》的主要目的是抨击儒家理学的"伪情",所以特别强调一个"真"字,童心即"赤子之心"。李贽的伟大之处在于他要解放人性,在中国的资本主义萌芽时代发出了现代性的声音。李贽的"真"字后来被袁宏道借用并进一步发挥,形成了"情真而语直"、"独抒性灵,不拘格套"的诗学理论,这就是初步成型的性灵说。

从李贽的"童心"到袁宏道的"性灵",还只是粗浅的直接抒写理念。到了袁枚的《随园诗话》中,"性灵说"就是非常清晰的直接抒写理念了。

《随园诗话》抛出了一些关于诗的基本论断,皆充分体现了直接抒写理念。诸如"诗者,心之声也,性情所流露者也"、"诗者,人之性情也"、"凡诗之传者,都是性灵,不关堆垛",等等。特别是袁枚的"性情遭遇,人人有我在焉"这一句,不比笛卡尔的"我思故我在"差到哪里去。

《随园诗话》里有一段颇有意味的话:"诗宜朴不宜巧,然必须大巧之朴;诗宜澹不宜浓,然必须浓后之澹。"袁枚说的大巧之朴、浓后之澹,显然是强调诗歌写作的积累与回归,而不是如今冒充口语的口水,也不是如今冒充可能性叙述的目的性叙事。换句话说,简单的诗最难写,直接的诗最难写。至于那些忽悠型的遐想、意象、口水之类,实在太容易制作了。

杜甫说"转益多师",是一句正确的空话。袁枚也说过这样的话,却不是空话。为什么呢?袁枚认为,不仅要把老师当作老师,还应该"村童牧竖,一言一笑皆吾之师",袁枚这个学习姿态才是了不起的姿态,比杜甫真诚得多,也直接得多。就像陆游说"功夫在诗外",李梦阳说"真诗乃在民间",一草一木,忽云忽雨,皆是吾师。又如慧能大师的弟子南阳慧忠禅师的话:"郁郁黄花,无非般若。青青翠竹,尽是法身。"

袁枚这种真诚直接的姿态,还体现在他对《诗经》的评价上,他说《诗经》"半是劳人、思妇率意言情之事",并认为"妇人女子,村氓浅学,偶有一二句,虽李、杜复生,必为低首者"。你看,连李白、杜甫也未必比得上妇人村氓,是诗的水平比不上吗?当然不是,是"率意言情"比不上。这番话,说明袁枚真的领悟了直接抒写之妙,他的自觉性很高,绝不是碰巧瞎蒙的。

当然,在具体的诗歌创作中,若对"性灵说"把握不好,也会带来负面影响,因为诗人的个人才能不一样。当"性灵说"的核心理念——直接抒写被遮蔽的时候,负面影响自然就出现了,此所谓"性灵说"的变数,主要表现在以下三个面:

一是走向低俗恶趣,就像明代中后期的色情类写作,或现在的崇低写作。性情的直接流淌并非恶趣俗趣的发泄,现在的崇低写作用佛家的话说就是堕入了"恶趣空"。清代评论家刘熙载就在《艺概》中明确区分了"贵于情"与"误以欲为情"两种文风。所以对性灵说的把握必须做到诗风"干净",这需要用直接抒写理念来纠风。

二是走向小文人写作,使诗歌变成风花雪月、闺中之物,一如逗鸟遛狗。就像现在的中产阶级立场沦落为中产阶级趣味。所以对性灵说的把握必须做到诗风"有力",也就是有风骨,这也需要用直接抒写理念来纠风。

三是走向神性写作的偏门,脱离当下性,落入空洞与遐想。如果说女性私人写作的最大特征是身体写作,那么男性私人写作的最大特征就是神性写作。所以对性灵说的把握还必须做到"当下",不离生活现场与时代精神,这更需要用直接抒写理念来纠风。

总之,"性灵说"作为一种直接抒写理念,它之所以后来被遮蔽就是因为"干净、有力、当下"这三种要素被遮蔽了,是被什么遮蔽的呢?惯性写作、小文人写作、神性写作也!

接下来,看看沈德潜的格调说。

汉史诗上,格调之说的演变大约经历了三个阶段。第一阶段是萌芽期,源于唐宋诗论中的一些零星片段。比如皎然《诗式》中的"格高、体贞、调逸、声谐"之论,严羽《沧浪诗话》中的"体制、格力、气象、兴趣、音节"之论。第二阶段是成熟期,主要体现在明代诗论中。比如前七子李梦阳的"格古,调逸"之论,后七子王世贞的"才生思,思生调,调生格。思即才之用,调即思之境,格即调之界"之论。第三阶段是衰弱期,也就是清代沈德潜的格调说。

沈德潜的格调说,基本丧失了当下性,且流于"法度",玩技术化的把戏,还不如前后七子的格调说。前后七子倡导格调，不论怎么说，还有拿直接抒写理念纠风台阁体的意思，沈德潜倡导格调，俨然摆出了一副"忠孝"的模样，更像宣传部口吻，或作代会文件。

倡导"格调"并非不好，但实践它的诗人层次有高低。诗之"格调"，该讲究的时候还是要讲究，只是沈德潜把"格调"理解得太低级。说来道去，"格调"到底怎么理解才有高度呢？还是袁枚说得好："有性情，便有格律，格律不在性情外。"

至于肌理说，同样流于技术化的把戏。

翁方纲倡导肌理说的目的或许是好的，但一方面，他想充当神韵说与格调说之间的和事佬，结果自己的东西太"软"了，落得两头不是人，就像一个太平洋小岛国的总统去调解中美矛盾一样，资历尚浅。另一方面，肌理说看起来像作文入门指导，终究小道末技，岂能与性灵说同日而语？所以袁枚挖苦翁方纲"误把抄书当作诗"，翁方纲当然不服气，要跟性灵说一比高下，这种自不量力的结果只能是螳臂挡车、蚍蜉撼树。

清代王士禛宣扬的神韵说，影响甚至比性灵说还要大，影响的时间还要长，但若用直接抒写理念的照妖镜一照，王士禛的神韵说就会立即现出原形，它基本就是一种伪诗论。

2009 年 12 月 24 日，北京

"神韵"之误

"入神"是中国古人论诗的关键词之一。千百年来,"入神"与言志、抒情、创境、立象、气场、禅机诸说并列,汇流成了中国古代诗学体系。也就是说,把浩瀚的中国古代诗学体系总括起来,无非就是上述几个关键词。

南宋时,严羽在《沧浪诗话》中力倡"妙悟"与"入神"之说,此说一直备受推崇,但影响到清代时,遭到大诗人钱谦益的反对。钱谦益论诗,讲究当下与真情,从这一点上看,他是不可能完全反对严羽的,钱谦益之所以反对"妙悟"与"入神",显然是看到此说有落入空谈的危险。

果不出所料,随后的王士禛就将"妙悟"作了一番发挥,提出著名的"神韵说"。此说基本上偏离了直接抒写理念。王士禛是宗宋派,是继钱谦益、吴伟业之后名气最大的清代诗人,话语权很大,追捧者很多。如今看来,凭王士禛的理论怎能获得"一代诗宗"之誉?想必出自外行人的乱评。

神韵之说,并非始于王士禛。

早在南朝时,钟嵘的"滋味说"即有强调韵味之意。唐代司空图的"味外之旨"、"不著一字,尽得风流"等论调,亦是强调诗的禅境与神韵。最鲜明的神韵论者是南宋严羽,他在《沧浪诗话》中将诗的最高境界归结为"入神",并进一步描述为"空中之音,相中之色,水中之月,镜中之像"、"不涉理路,不落言筌"、"羚羊挂角，无迹可求"。后来的胡应麟、王夫之等人论诗，也谈到神韵问题，基本与钟嵘、严羽的观点一脉相承。

王士禛在抛出神韵说的时候，曾这样表态："余于古人论诗，最喜钟嵘《诗品》、严羽《诗话》、徐祯卿《谈艺录》。"很显然，王士禛认为自己的神韵说与钟嵘、严羽的相关理论一脉相承，甚至自以为发展了前辈学说，实乃大言不惭。

王士禛是怎么理解神韵的呢？

其实他也没做过什么系统的论述，王士禛所谓诗的最高境界"神韵"，大致就是玩"艺术高于生活"那一套，有点神性写作倾向，更多的还是小文人理论。在艺术表现上，王士禛的神韵说追求文外之美、言外之意，诸如明隽淡远、不露痕迹、圆润回味、镜花水月之类。我们知道，严羽在《沧浪诗话》里讲"入神"，前面做了一大堆铺垫，诸如"九品"、"五法"、"三用工"、"二大概"等，最后才归结为"入神"，并且认为"入神"这个境界"惟李、杜得之"。王士禛论神韵，看似发展了严羽等人的理论，实质是断章取义。

丧失了当下性的王士禛，甚至有点变态，他很反感李白、杜甫、白居易、元稹等直接抒写理念的实践者，还编了一本诗集《唐贤三昧集》，用了一个佛家语"三昧"，以示这本诗集体现了唐诗的艺术真谛。可令人意外的是，他眼中的"唐诗三昧"竟然没有李白和杜甫。我们知道，严羽讲"入神"，最推崇李白与杜甫，不知王士禛讲的"入神"究竟是要入哪门子的神？

此外值得注意的是，王士禛对王维、韦应物推崇得不得了，说韦应物的诗是"菩萨语"，王维的诗是"祖师语"，一副禅师口吻，显然已走火入魔。就这本偏执狭隘的《唐贤三昧集》，王士禛还自认为是"盛唐真面目"，实乃可笑！依我看，它顶多比现在的各种诗歌年选好五倍。

当然，提倡"神韵"并没有错，汉诗史上有很多关于神韵的论述，都是契合直接抒写理念的。搞笑的是，王士禛的神韵说是汉诗史上最著名的神韵说，恰恰也是最低级的。甚至可以说，唯有这个最著名的神韵说偏离了直接抒写理念，其他名气不大的反而没有，这简直是诗歌理论史上的闹剧！其实，王士禛也有很多不错的诗歌作品，史书上说他是个清官，人品也不错，可惜他这套理论太蒙人了！

从王士禛的神韵说往前看,历代诗论关于"神"与"韵"的内容零零星星,归结起来,要害皆在于"气"——先天之气,即本来面目与直接理念。

钱钟书在《管锥编》里作了这样的归纳:"曰气曰神,所以示别于形体。曰韵所以示别于声响。神寓体中,非同形体之显实;韵裊声外,非同声响之亮澈。"钱钟书这段话,揭示了"神韵"理念的两组基本关系:"神—体"与"韵—声"。

有气才有神。比如道教内丹学这样讲述"精气神"之关系:炼精化气、炼气化神、炼神还虚、还虚合道。这里讲的气就是先天之气,是生命中直接的、本来的面目。袁枚还曾用美人作比喻,论述诗的先天与后天关系:"诗文之作意用笔,如美人之发肤巧笑,先天也;诗文之征文用典,如美人之衣裳首饰,后天也。"袁枚区分了素面朝天与涂脂抹粉两种美人,一情一欲,一直一曲,一先天一后天。诗中神韵,一如素面朝天之美人。

有气才有韵。"韵"是声响吗?是,但也不是。韵之奥妙,在于它是"声响之外的声响",绝不是用耳朵听出来的,而是超越了"眼耳鼻舌身意"等感官的东西,是用心听出来的,是主体的全息体验,它必然是直接的,一如大音希声、大象无形、大巧若拙、大成若缺。

神与韵,既然都是无形的东西,诗怎么去表现它呢?钱钟书说的"体"怎么去表现呢?古人讲得很准确——气概成章!得先天之气便得神韵,便得"情怀—气象"之篇章。也就是说,诗之大音、大象、大巧、大成,须有气概方能成章。诗之入神,须有气概方能成章。

无气之韵,只是声响;有气之韵,才是声响之外的声响,才是内在的韵。无气之神,只是有形之神,有形之神就是假神。换一种表述就是:声响之外有声响,韵也!自我之外无自我,神也!诗歌之神韵得乎先天之气,得乎直接抒写!

袁枚论诗,主讲性情,他认为唐诗与宋诗的区别主要在于性情。袁枚曾挖苦清代宗宋派诗人是"乞儿搬家",这话可能说得有点过头了,但他讽刺王士禛的神韵说是"贫贱骄人",沈德潜的格调说是"木偶演戏",翁方纲的肌理说是"开古董店",我看基本可以同意。

2009 年 12 月 26 日,北京

辑四：诨说山海经

忽悠学
绝症
天下之中
"经"的口吻
神模鬼样
吃人
笑
凤凰露出的马脚
谋子
女儿国
君子
制衡
"鬼门"安在？
丑女神
整容
变性
《克隆法》
无史可录

忽悠学

泱泱华夏,上至庙堂下至茅棚,忽悠无所不在,已成国人生活常态。作为华夏古老文明的内核之一,忽悠学若要辨清其原型,溯其渊薮,尽在《山海经》矣!《山海经》堪称中国忽悠学秘籍,或曰,中国特色之忽悠,无论流派类别何等丰富,皆可在《山海经》中找到最初原型,此乃国粹。

数千年质朴的农耕社会,或许不足以让国人血液中的忽悠基因日趋顽固,那么在城市文化轰然兴起的今天,忽悠俨然已成为一种生产力,一些城市的忽悠性格越来越鲜明。不过,中国此前的忽悠学研究好像总是见不得人似的,虽然人人谙熟此道,却一直遮遮掩掩,就像佛教里的密宗,或道教里的阴阳双修,不轻易授人。如今二十一世纪,人类社会高速发展,还有什么羞涩可遮?

忽悠学要想从"密宗"变成"显学",让国人竞相传习,公开交流,还得好好规划一番。

首先,要有几处学术机构,比如某大学当代忽悠研究所,或国学院忽悠专业。这样一来,就可以办杂志、建网站、开论坛、出文集了,全国上下的宣传攻势也就起来了。不过,迫在眉睫的是要编一本高校普及教材,比如《中国忽悠学简史》或《忽悠概论》。杂志和网站的名字就叫《忽悠》,简单直接,还挺大气。如果出版论文集,书名我已替学者们想好了,叫《第三十七计——忽悠学论文集》,要是嫌这书名不中听,还有几个备选。如果出版图文并茂的大众通俗读物,则该取一个吸引眼球的书名,比如《骗人不如忽悠人》,或者《今天你忽悠了没有》。

若再有几个全国性忽悠组织,就更棒了,比如中国忽悠学会,由几家大企业担任理事单位,出点赞助费,就可以给很多机构颁发"忽悠保护单位"称号了。

当然,仅做上述表面工作是不够的,还不能充分体现中国古老的忽悠文化以及当代忽悠精神。中国忽悠史源远流长,是不是该有个象征性的行业守护神呢?古话说,三百六十行,行行出状元,行行都有自己的守护神,比如建筑业的鲁班,酿酒业的杜康,闻说色情业都有守护神,就是那个念念不忘高老庄的大情种猪八戒。忽悠业横看竖看也不逊色于色情业,当然也该有个守护神,否则就不像那么回事了。

谁来担当忽悠业守护神的角色呢?

《山海经》的作者显然当之无愧,不过此书虽是刘歆所编,但并不是他写的,真正的作者或是多人,已不可考。不过也没关系,中国人善于造神,咱们就来造一个什么"忽悠大帝",或曰"忽悠天尊"。中国人还善于制造伪经,咱就模仿道教的套路造一本《太上老君常忽悠经》,或模仿佛教的套路造一本《大佛顶首般若忽悠经》,甚至,也可以模仿儒家董仲舒的套路造一篇《忽悠三策》。对了,中国古代皇帝喜欢给神灵赐封号,那个不知天高地厚的宋真宗跑到泰山封禅之后,就曾给东岳大帝赐过封号,现在,就假托宋真宗也给忽悠天尊赐过封号,比如叫什么"九天德清教化玄冥忽悠天尊"之类,听起来气派否?

但仔细一想,这样无中生有乱造神,恐也不太合适。毕竟,"忽悠天尊"是个虚无缥缈之神,老百姓不一定买他的账,老百姓要是不买账,谁来掏香火钱呢?光靠皇帝一个人掏腰包也不行,再说这也不利于忽悠学的全民普及。所以最重要的,是要把老百姓都忽悠倒。你看,鲁班关公陆羽杜康那些行业神,个个都是史上确有其人,忽悠行业也很有必要从历史上找一位真实可信的人物来当守护神。

依拙见,东方朔是最合适不过的人选。

东方朔对忽悠学秘籍《山海经》极为精通,据刘歆《上山海经表》记载,曾有异域使者来访,献给汉武帝一只怪鸟,汉武帝用各种各样的食物喂它,都不肯吃,东方朔只瞥了一眼,就立刻说出了怪鸟的名字,还说出了怪鸟要吃的食物,结果被他言中。汉武帝很好奇,问他是怎么知道的,东方朔得意地说:"《山海经》里明明白白写着的!"

东方朔不仅精通《山海经》,还写了一本足以与《山海经》相媲美的、堪称中国最早的忽悠学专著,叫《神异经》。写了一本书,倒也算不了什么,关键是他在《神异经》中详细考证了"忽悠"二字的由来:"南海之帝为倏,北海之帝为忽,中央之帝为浑沌。倏忽乃相遇於浑沌之地,浑沌待之甚善。倏与忽谋,欲报浑沌之德,曰:人皆有七窍以视听食息,此独无有,尝试凿之。日凿一窍,七日而浑沌死。"

经东方朔这么一考证,后人便将传说中的倏、忽二位天帝视为"忽悠"二字的来源了。很奇怪,像东方朔这样罕见的忽悠天才,诸子百家怎么就没有个"东方子"呢?

若说忽悠学入门功夫,实也无他,唯皮厚耳,关键在于活学活用。手搭凉棚,眺望中国各行各业,处处涌动着一望无垠的忽悠大军,滥竽充数者,骗吃混喝者,已见怪不怪。某友人走南闯北,博学高才,干过多种职业,混迹江湖多年后有一心得:"干一行厌一行,干哪行瞧不起哪行的人。"其言恐非耸人听闻。

忽悠学入门功夫虽是"唯皮厚耳",但入门之后,还是有相当技术含量的,绝对有档次高下之分,就像学围棋,易学难进。你若有机会当上政委,或宣传部长什么的,就能深切体会到做个忽悠官员也很不易,因为乱忽悠很容易被老百姓识破,识破了可不叫忽悠,至少不能算资深忽悠,顶多只能叫骗人。

忽悠一如偷窃,是不能让别人发觉的;骗人则如抢劫,其技术含量不可同日而语。再说了,骗人是违法犯罪行为,忽悠则不是。忽悠作为华夏古老文明的重要内涵之一,是老祖宗传下来的非物质文化遗产,是地地道道的国粹,与国人生活如影随形,其重要性相当于行住坐卧、吃喝拉撒、婚丧嫁娶。

子曰:"饮食男女,人之大欲存焉。"人一旦基本解决了"饮食"、"男女"二事,大约就要开始忽悠了,忽悠的目的,小则更好地"饮食男女",大则治国平天下,故知忽悠乃人之天性,是积极向上的追求,无可厚非也。基于此,告子那句名言也该改改了:"食色性也,尔后忽悠,天下兴矣。"

读闲书的人会发现,进入二十一世纪,中国的文化史研究越发兴旺了,皇帝用什么玩意儿避孕,妃子用什么好东西做护垫,都已纳入文化史研究范畴,这真是好事,可是充满了民族大智慧的忽悠学研究为何如此滞后?窃以为,今逢盛世,忽悠学已迎来复兴的绝好历史机遇,即便不像计划生育那样列为国策,举国上下忽悠总动员,至少教育部也该下个文,要求各大学及研究机构参照红学会模式成立一批"忽学会",积极展开忽悠学研究与普及,使这门古老的国学更加系统化、实战化。

忽悠学复兴之构想,绝非闭门造车,其"好处"已有目共睹。一方面,可提升国人及后世子孙参与社会竞争的综合素质;另一方面,由于忽悠不算骗人,可将大部分骗子改造收编到忽悠队伍里来,从而减少社会上的骗子数量,实乃"利国利民"之善举矣!

2008 年 9 月 18 日,芜湖

绝症

有人将《山海经》视为中国最早的医书,甚有道理。那里面记录了上古时候种种疾病之疗法,用现在的话说,大多数属于"食疗",因为它每介绍一种奇草怪兽,就会煞有介事地说:"食之"将如何如何。也就是告诉你,吃了这种东西会有什么神奇效果。有些东西吃到肚子里,效果神得不得了,这可不由你不信,因为《山海经》是"经","经"上说的话都是一本正经的,没啥好商量。

比如吃了就不怕打雷的东西,《山海经》里多的去了,有长着人的脸以及一条腿的兽(见卷二《西山经》),有所谓的"飞鱼",还有一种名叫"嘉荣"的植物(见卷五《中山经》)。吃了就要杀人或患精神病的怪鱼,至少有三种(见卷三《北山经》)。甚至,现代人很难攻克的不孕不育症,卷二《西山经》也有记载:"有木焉,员叶而白柎,赤华而黑理,其实如枳,食之宜子孙。"至于吃了不生孩子、吃了不迷惑、吃了能治好痔疮的东西,那就比比皆是了,总之,上古时候满山沟里都是药。

《山海经》最伟大之处,还不在于治疗那些普通疾病,而在于它宣称可以治疗一种人间绝症——嫉妒。《山海经》至少记载了三种东西是可以"食之不妒"的,也就是说,吃了可以让人不生嫉妒之心。这就邪门了!人之嫉妒,与生俱来之天性,绝症也,但《山海经》偏偏宣称有药可治,而且还不止一种药可治。可见,《山海经》要不是一部空前伟大的书,因为它攻克了绝症"嫉妒"的医学难题,要不就是天下最不靠谱的书,因为它竟然连治疗嫉妒也敢宣称。

卷一《南山经》说:"又东四百里,曰亶爰之山。多水,无草木,不可以上。有兽焉,其状如狸而有髦,其名曰类,自为牝牡,食者不妒。"这里说到一种叫作"类"的兽,吃了它就没有嫉妒之心。值得注意的是,这种兽是"自为牝牡"的,用现在的话说,既是公的又是母的,不男不女。这就越说越有道理了,一般而言,男人嫉妒男人,女人嫉妒女人,现在让你吃下去一种不男不女的兽,你就一会儿把自己当作男人,一会儿又当作女人,自然就不怎么嫉妒了。

按《山海经》的说法,能够治疗嫉妒的东西还有一种"黄鸟"。卷三《北山经》说:"又东北二百里,曰轩辕之山,其上多铜,其下多竹。有鸟焉,其状如枭而白首,其名曰黄鸟,其鸣自詨,食之不妒。"值得注意的是,这个黄鸟是"其鸣自詨"的,也就是说,它叫起来的声音就像是叫自己的名字:"黄鸟"、"黄鸟"。这种说法要是琢磨琢磨,也有些道理,一种只叫自己名字的鸟,一定是无比自信、目中无人的。现在让你吃下去一种唯我独尊的鸟,让你只觉得自己最牛,眼里根本就看不见别人,自然就不怎么嫉妒了。

此外,卷五《中山经》还说,往东三十里有一座叫"泰室"的山。山上长有一种叫"栯木"的树,"服者不妒",吃了它的叶子也能治疗嫉妒之症。不过书中仅介绍这种树是"叶状如梨而赤理",至于其他特征,并无描述。由此猜想,"栯木"可能是上古时候一种常见的树木,无须过多介绍。

《山海经》的成书年代何其久远,据说还是大禹治水的时候,那个年代的人与人之间阶级未分,贫富也未分,但已有了"食之不妒"的记载,可见嫉妒在远古时候就已经是一种普遍的疾病了,或者说是人类的基因,而且可能是永远不会变异的基因。时至今日,嫉妒之品种越来越多,已经普遍到难以下定义的地步了。善于下定义的弗洛伊德曾把嫉妒心理分为三种层次:正常型、投射型和妄想型。这种基于性爱的分析仍然远远不能涵盖嫉妒的全部意义。但无论怎么去定义嫉妒,它都有一个十分明了的特点,就是"永无休止",故而难治,堪称绝症。

《红楼梦》里也有一副治疗嫉妒的药方子。在"王道士胡诌妒妇汤"那一回,曹雪芹写道:"上好的秋梨一个,冰糖陈皮,水三碗,梨熟为度,每天早起吃一副,吃来吃去就好了。"不过,曹雪芹明白无误地写着"胡诌"二字,可见这个"疗妒汤"未必能保证疗效。贾宝玉当时听了也甚是怀疑,就缠着王道士追问是否有效,王道士被逼无奈,最后摊牌说:"一剂不效吃十剂,今日不效明日再吃,今年不效吃到明年。横竖这三味药都是润肺开胃不伤人的,甜丝丝的,又止咳嗽,又好吃,吃过一百岁,人横竖是要死的,死了还妒什么!那时就见效了"。按王道士这么说,要想根治嫉妒之病,最有效的药方就是去死。凭曹雪芹的学问,不可能没读过《山海经》,看来他也不信"食之不妒"的说法,他笔下之嫉妒,是地地道道的绝症。

嫉妒是足以杀人的。男人之间的嫉妒,古来有之,如秦始皇时,丞相李斯嫉妒老同学韩非,把他置于死地。女人之间的嫉妒就更加悠久了,汉朝时,后宫乱政的那个吕后,因嫉妒戚夫人,竟将她四肢砍去,还将她的眼睛耳朵嘴巴全都戳成血窟窿,就这样,还不让她尽快死,而是活生生地把她做成一种叫作"人彘"的东西。"人彘"大约是能见到的记载中最接近于鬼的人了,这是活生生的恐怖,比起车裂、凌迟、炮烙等古代酷刑来,"人彘"更有一股阴森逼人的怨气。这大约是中国历史上女人嫉妒之心最彻底的一次释放,也是源于嫉妒之心的惊天动地的大创意。

"人彘"这个惊人的创意是怎么来的呢?已无可考。但从《山海经》中可以找到关于"彘"的记载。卷一《南山经》说:"有兽焉,其状如虎而牛尾,其音如吠犬,其名曰彘,是食人。"卷五《中山经》中还记载了一种类似于"彘"的兽,区别是头上长了角:"又西二百里,曰昆吾之山,其上多赤铜。有兽焉,其状如彘而有角,其音如号,名曰蛊雕,食之不眯。"也就是说,上古时候就有一种叫作"彘"的兽,长相挺威猛,模样像老虎,叫起来像狗吠。最重要的是,"彘"是一种吃人的兽,这可能是关于"彘"的最早记载。至于上古吃人怪兽"彘"与汉朝吕后创作的"人彘"有何渊源关系,且待好事者去考证。

中国小文人之间的嫉妒,和女人之妒一样悠久。文人相妒的例子,最出色的大约要属初唐诗人宋之问了,传闻他嫉妒外甥刘希夷的诗作《代悲白头翁》,想据为己有,刘希夷不肯,宋之问竟将他杀掉。当然,这是未必一定可信的具体例子,若想了解小文人之间嫉妒的普遍性,可参看八十年代末柯云路写的一部长篇小说,叫《嫉妒之研究》,说的是一伙地方文联里混饭吃的小文人,只会写几篇花拳绣腿溜须拍马的文字,却经常到处开会,交流研讨一些他们根本就没搞懂的主题。骗吃混喝之余,小文人们就五十步笑百步,互相嫉妒起来,实乃贻笑大方。

可惜!《山海经》里描绘的"黄鸟"没有了,"类"也没有了,"枏木"也没有了,若想根治人的嫉妒之心,或许只能像《红楼梦》里王道士说的那样,去死。

2008年9月26日,芜湖

天下之中

伏羲画八卦，文王演周易，是我们老祖宗之壮举也。忽悠学秘籍《山海经》里有些什么壮举呢？当然也有！而且和伏羲、文王比起来，有过之而无不及。

关于《山海经》之壮举，有一句大话概括得极好，叫"定四海九州"。不过我以为，《山海经》之举虽壮，还不能称其为"定九州"，顶多只能叫"划九州"而已，因为定九州那种大事儿是一定要靠皇帝的，要靠杀人，要靠真刀真枪地去打才行，仅靠写一本忽悠学小书，纸上谈兵，是定不了天下的。所以准确地说，《山海经》的壮举就是"划"出了九州。

看上去，这九州还是用圆规划出来的。

其实，《山海经》里划出来的四海九州，就是我们老祖宗心里头的精神地理，也是《山海经》中最大的一个忽悠。老祖宗们在长期的幻觉中发现，自己吃喝拉撒的地方竟然是"天下之中"，也就是世界的圆心，就是圆规固定着的那一只脚。在老祖宗们的幻觉中，其他的地方都是边缘荒蛮之地，不足挂齿，都是圆规的另一只脚，是活动的一只脚，只需按照"南西北东"的方位一圈一圈地划出去就是了，想划多远就划多远。这一划不要紧，竟划出了我们这个国家的名号,即所谓"中国"也。

老祖宗们之所以一定要按照"南西北东"的方位去划,是与他们"天南地北"的空间观念有关的,这也是皇帝们一定要坐北朝南的道理。就这样,《山海经》按照幻觉中的圆规模式,由自己所处的"天下之中"出发,一圈一圈地向外部世界划出去,那种划的感觉一定是令人陶醉的。老祖宗们一边划,一边描述,越描述范围越广,直到实在划得太远了,实在描述不清了,就干脆统称为"海外"吧,于是就有了海内海外之界。最后,《山海经》硬是给我们划出了一个"四海九州"的规则世界。

北京故宫,大约也是用圆规划出来的。

故宫的建筑套路,直接传承了《山海经》里"天下之中"的忽悠思想,只不过,它不是圆形的,而是方形的,这或许又契合了中国人"内圆外方"的忽悠性格。最要命的是,自从有了故宫,北京人大多就以"天下之中"自居了,倍感荣耀,乃至于荣耀到除此之外别的都不重要了。不难想象,在这种颇有娱乐观赏性的荣耀感支撑下,自以为身居天下之中的北京人会怎么看待外来居民。

北京人的口中,经常会吐出一个颇具反讽意味的称谓——外地小偷。可见他们把自己的心态修理得多好,只是"外地小偷"或许很疑惑:在一个穷人热衷养狗、壮汉无业而深夜放风筝、中老年人多数以出租房子为生、青年人基本不从事智业的地方,北京人家里能有什么东西值得冒险去偷?这样一想,外来居民也就见怪不怪了,比如每逢年底,北京一些小区总会有老太太戴着红袖章上演这样的闹剧:一边挥舞小旗子,一边喊"防止外地小偷"。殊不知,外来居民还真担心回老家过年的时候,被当地人偷一把呢。

与北京人相比,上海人可就没这份自慰的福气了。上海在海边,中国人自古的观念中就有海内海外之别,既然在海边,就肯定不是天下之中,所以上海人不得不从其他方面寻找自慰,比如挣钱,大力建设温柔型的小男人城市,把天下美人吸引到上海来定居。你们北京人身居天下之中又怎么样?天气干燥事小,器官干燥事大,所以从这个意义上讲,上海人的脑瓜子比北京人好使多了。

也有脑子特不好使的,中国这片林子太大,啥鸟都有。

安徽阜阳居然有人想建造一座故宫。人家北京人早已铁定自己那地儿是天下之中,你一座小小的外地城市也想以天下之中自居,岂不是有谋逆之嫌?这事儿要是放在过去,朝廷定然要派兵清剿。但阜阳人骨子里实在是太想"天下之中"了,咋办呢?于是有高人献策,说故宫太敏感,是无论如何不能建的,但可以建造一座白宫嘛,或者克里姆林宫也行啊。于是乎,一座仿白宫的建筑就像一根洋人的领带,系在了阜阳这个穿马褂的城市脖子上。

以上忽悠故事,从骨子里或根子上讲,都源自《山海经》用圆规划九州的伟大传统。既然四海九州都是老祖宗们忽悠出来的,我等后世子孙,无论再忽悠出什么大事来,也都不值得大惊小怪了。

2008 年 9 月 30 日,芜湖

"经"的口吻

比《山海经》流传得更早,而且也敢叫作"经"的书,谁见过?

所以不难猜想,如今像"经"那样十分普及的口吻,最早可能就是由《山海经》忽悠出来的。所谓"经"的口吻,自然就是不容置疑的、弄你没商量的那一类口吻,就是貌似有些来头却不一定有来头的人说的、不准你问为什么的口吻,就是西方圣人所谓的"要有光,便有了光"的那一类口吻。

"经"的口吻,自《山海经》发源以来,历经数千年传承而不绝迹,现在似乎到处都有了,可谓生命力强矣。如今,"经"的口吻已不再局限于经书上,你甚至在一张村委会的告示中都能看到,也不再局限于神佛的口中,你甚至从一个北京保安的口中都能听到。

据不完全考察,"经"的口吻在《山海经》里得到了极其充分的体现,主要集中在四种表述方式上:食之、佩之、见则、祠之礼。《山海经》每说到一种草木或怪物,都要以"经"的口吻告诉你:食之如何如何,佩之如何如何,见则如何如何。《山海经》每描述完一座山系,都要以"经"的口吻郑重其事地介绍一下"其祠之礼如何如何"。

所谓"食之"就是告诉你,吃了某种草木或怪物之后会有什么效果。所谓

"佩之"就是告诉你,将奇草或怪兽的骨头佩戴在身上会起到某种神秘作用,类似于今天人们佩戴的玉器、袖章或辟邪之物。如卷一《南山经》,说有一种叫猼訑的怪兽,"佩之不畏",佩戴了它就会变得勇敢。卷二《西山经》说有一种熏草,"麻叶而方茎,赤华而黑实,臭如蘼芜,佩之可以已疠",佩戴了它就能治好麻风病。而所谓"祠之礼",就是祭祀山神的相关规定,这是《山海经》里极严肃的话,是不折不扣地以"经"的口吻说出来的,只能遵照执行而不能问为什么,其实你只要一听那口吻,自然就不敢多问了。

至于"见则如何如何"这样的话,《山海经》里就更多了。"见则"的意思是说,某种怪物只要在某地出现,就会给某地带来相应的后果。这种后果当然是坏的多、好的少。如卷二《西山经》就有一连串的描绘:"……其状如雕而黑文白首,赤喙而虎爪,其音如晨鹄,见则有大兵。……其状如鸥,赤足而直喙,黄文而白首,其音如鹄,见则其邑大旱。……其音如弯鸡,其味酸甘,食之已狂,见则天下大穰。……有天神焉,其状如牛,而八足二首马尾,其音如勃皇,见则其邑有兵。"又如卷四《东山经》说:"……有兽焉,其状如狐而有翼,其音如鸿雁,其名曰獬獬,见则天下大旱。……有鸟焉,其状如凫而鼠尾,善登木,其名曰絜钩,见则其国多疫。……是神也,见则风雨水为败。……其中多薄鱼,其状如鳣鱼而一目,其音如欧,见则天下大旱。……有兽焉,其状如豚而有牙,其名曰当康,其鸣自叫,见则天下大穰。……其状如鱼而鸟翼,出入有光,其音如鸳鸯,见则天下大旱。……是兽也,食人,亦食虫蛇,见则天下大水。"总之,在《山海经》前五卷中,"见则如何"的话随处可见。

以上这些口吻,看起来仅是一些具有占卜意味的说辞而已,其实意义何止于此!这可是华夏古老文明中最重要的内涵之一——忽悠学的原型。这都是用不容怀疑的"经"的口吻说出来的。

也许你要问,《山海经》里"经"的口吻是怎么来的?最初当然是神说出来的。可是后来,人这种东西越来越不听神的话了,在地球上放纵,乃至于放纵到今天这么乱七八糟的样子,还沸沸扬扬地闹什么解构运动,要把神统统都解构掉。神一看,这人也太没意思了,还是不要再管人间的鸟事了,人这东西要是再放纵得过分了,就给他们来点儿非典、地震、海啸、金融风暴、UFO什么的,对付人这东西,只能这样了。

神一失望,就懒得再和人说话,于是"经"的口吻就自然少了许多。可是,没了"经"的口吻怎么忽悠老百姓呢?就只好改由人来说"经"的口吻。可是,人说没有神说管用,人和人之间,谁买谁的账?于是只好又改,改成由人打着神的旗号,为神代言。这一代言就有效多了,"经"的口吻得以重返人间。过去有皇帝的时候,为神代言叫"奉召",现在没皇帝了,为神代言就改叫"奉上级指示"。

令人欣慰的是,《山海经》首创的"经"的口吻在今天已得到很好的普及推广,去不用特别注意,就可以听到保存完好的"经"的口吻,满大街的"不准"、"严禁"之类用语便是。最生动的是在公交车、出租车、电梯以及各种档次的饭店里,没上过中学的服务员、售票员或根本就是多余人的电梯司机们,会经常严肃地告诉你:"我们有规定"、"这个不准搞",你可千万别问为什么,这些服务员、电梯司机都是忽悠的活化石,都是"经"的口吻的普及宣传员,他们的口吻是质疑不得的。

2008 年 10 月 07 日,芜湖

神模鬼样

司马迁这种人，想必是骨头比较硬的，用现在的话说就是不识时务，否则也不至于被汉武帝处以那么不体面的刑罚。他妄称不信鬼神，想必一开始的态度也很坚定，但就像他那么坚定不移的人，在读了《山海经》之后，还是被鬼神忽悠住了。这大约是因为《山海经》里形形色色的神模鬼样实在太生动了，就连司马迁这样的老顽固看着看着，立场也动摇了起来。于是在自己的书中他改了口气，小心翼翼地说："《山海经》所有怪物，余不敢言之也。"你看，连他那么牛的人都"不敢言"，我们还敢乱说些什么呢？

如果说《山海经》的第一大忽悠是用圆规划出了"天下之中"，第二大忽悠是宣称找到了治疗嫉妒的药方子，那么第三大忽悠就是定型"神模鬼样"了。

《山海经》洋洋洒洒十八卷，从头至尾都在描绘上古时代山川草木之怪异，前五卷侧重描绘了不少"怪物"，后十三卷大多是关于诸国的记录，像一本啰唆的流水账，但侧重描绘了不少"怪人"。怪物和怪人我们都没见过，只好笼统地理解为神怪了。你见过神怪是啥模样吗？没见过？那就好办了。且看《山海经》忽悠出来的各种各样的神怪模样：将各种动物及人的部分肢体重新组合，或夸大或夸小，一幅栩栩如生的"神模鬼样图谱"就呈现在我们眼前了。

中国人组合出来的神模鬼样,最典型的是"龙"。

龙,集百兽肢体之所长,混为一体,是中国人用各种肢体组合起来的、最复杂也最完美的一款神怪杰作。毫无疑问,"龙"是上古先民在《山海经》的忽悠思想指导下,为神模鬼样定型的代表作,堪称绝对经典。之后,无论再定型哪一种神模鬼样,诸如麒麟、凤凰之类,都未能突破龙的套路,未能突破《山海经》习惯性的忽悠思维。

西方人的神谱里也有"龙",但和中国人定型出来的龙相比,实在是小巫见大巫。西方的龙,忽悠来忽悠去,也不过是个动物罢了,无非是一只放大的蟒蛇、蜥蜴或恐龙,顶多它还会飞起来。西方人关于龙的忽悠只能到"飞翔的大蜥蜴"为止,继续往下忽悠,就忽悠不下去了。中国的龙则大不一样,在《山海经》的忽悠思想指导下,中国人定型出来的龙符合了"见首不见尾"的高级忽悠原则,是不折不扣的神。

如果再延伸一下,西方人忽悠出来的所有神怪,都很俗套,不仅没有什么神味,还有一股子人味。西方人忽悠出来的神竟然还会性交,而且还公开性交,神如果挨了打,竟然还会哇哇大叫地喊疼,真是太不体面了。中国人忽悠出来的神绝对不会这样,充其量也就是会生气或害人,即使性交了也不能告诉你。因此,和中国人的造神术相比,西方人简直就没有造出一个像模像样的神。

从人类之共性来看,西方人也有忽悠传统,但和东方人的忽悠比起来,档次低多了。最鲜明的区别大约就是:在两种不同档次的忽悠思维支撑下,西方人造出来的神太像人了,中国人则把人造得太像神了。换句话说,西方的神有人味,中国的人有神味。这可能是因为西方人没有读过忽悠学秘籍《山海经》的缘故。从《山海经》里流传出来的忽悠与被忽悠的精神习性,一如婴儿吃奶、少年发情,已成中国人之本能。

想起小时候,村里人一看见穿中山装的公社干部路过,就像遇到鬼神,或像经过田埂头的土地庙一样,肃然起敬。印象中的童年,冬天总能看见这样的图景:村里人把双手拢在破棉袄的袖子里,退到水杉树边,给干部让路,他们欠身,点头,微笑,偶尔还说几句干部们并不答理的话,嘴里冒着热气。至于为什么要对干部恭敬如此,村里人自己也说不清楚,只知道干部虽也是人,但无论从脑袋上看还是从屁股上看,都有点神模鬼样,都像个神,恭敬他们是一个好老百姓应该做的。长大以后才明白,原来这是《山海经》忽悠思想深入国人骨髓所致。

三十年前的一个腊月,雪地里麻雀翻飞,几个小伙伴围着大队部的墙角戏耍,听到两个大队干部商量给县里干部送年货的事。一个小伙伴不知天高地厚,嬉皮笑脸地插嘴:"送个粪桶嘛!"大队干部立即瞪眼喝骂道:"妈的,再瞎讲把你们抓起来!"一旁晾衣服的大妈一听,也急了,神秘兮兮地说:"小娃子不能乱讲,要倒霉的!"其实中国人从小都知道得罪了神要倒霉,但那一天我很疑惑,送粪桶给县里干部有什么不好?难道县里干部不用上茅坑?那么省里干部是不是不用吃饭?

大队干部的脑子里,确实存在着这样与生俱来的疑惑:既然公社书记家的粪桶里一点臭味都没有,难道县长家还用得着茅坑?那年头,大队干部只要一联想到县长蹲在厕所里的样子,心里就怦怦跳,就好像看到墙上挂的圣母画像,忍不住产生了强奸念头,然后又甚是惶恐,坐卧不安。后来我才研究出原委,大队干部的疑惑,原来是从忽悠学秘籍《山海经》里继承下来的。

《山海经》定型神模鬼样,虽说以肢体组合的形式为主,但技术含量也非那么简单,里面的忽悠学问大矣!据不完全考察,有如下一些规律:

其一,动物和植物一般不互相组合,你不会看见背上长着一颗小树的猪。其二,肢体以外的东西一般也不用来组合,你不会看见一只鸟的翅膀是水做的。其三,肢体组合的数字颇有讲究,一般而言,"九、二、一"这三个数字用得最多,如九头鸟、九尾狐、双头蛇、独腿人之类。其四,关于人的组合,最主要的形式是身首分离,诸如"人首什么身"或"人身什么首",也有极少数是长出了尾巴或独角的人。其五,飞翔是一种古老的理想,让不会飞的东西长出翅膀,大约是《山海经》里最浪漫的组合,而让会飞的东西能自由地出入水火,大约反映了古人对"地水风火"四大元素互相融合的渴望。

有人感叹,《山海经》中的神模鬼样再也见不到了,由于捕杀不到一只活的神怪,想克隆它们也无从下手。窃以为不必多虑,现在的空气里,各种离奇古怪的病菌正在蔓延,一些上古神怪的基因混在病菌里重现于未来,也不是没有可能。随着工业社会的跃进、克隆技术的突破、地球大灾的频发、水资源的枯竭、健康婴儿数量的下降,各国政府也许迟早会以毒攻毒,破罐子破摔,比如宣布废除家庭、为人兽乱交立法等,想必那样总能生出一些有意思的小神怪来,而在这项事业上,中国应该比西方列国更有远见一些,毕竟,人家西方是没有《山海经》的。

2008 年 10 月 15 日,芜湖

吃人

这年头,人是什么玩意儿都敢吃的。那些敢于吃人的玩意儿却遭了殃,差不多被人吃灭绝了。有时候自我安慰地想,上古时候的人可能不像我等现在这样乱吃,深山里可能还活着不少吃人的怪物。究竟什么怪物如此胆大包天,敢吃人呢?若按照忽悠学秘籍《山海经》的描述,绝大多数吃人的怪物都具有两个鲜明特征,一是"音如婴儿",二是"人面"。这两个特征很有意思,恰恰是人的特征。这似乎意味着:吃人者,人也!

翻开卷一《南山经》,即可在"青丘之山"见到一种"状如狐而九尾"的怪兽(不知道与"瑞兽"九尾狐是不是同一种兽),"其音如婴儿,能食人"。又有一种叫"蛊雕"的怪物,也是"其音如婴儿之音,是食人"。卷三《北山经》也记述了两种吃人怪物,一曰"窫窳",一曰"狍鸮",这两种怪物与卷五《中山经》记述的吃人怪物"马腹"一样,它们不仅都能发出婴儿一样的声音,而且都长着人的脸,一个是"人面马足",一个是"羊身人面",一个是"人面虎身"。至于卷五《中山经》描绘的吃人怪物"犀渠",则与卷四《东山经》描绘的两种吃人怪物"蠪侄"和"合窳"一样,它们虽然都没有长着一张人脸,但都是"音如婴儿"的。

值得注意的是,《山海经》卷十《海内南经》和最后一卷《海内经》,也提到了上述吃人怪物"窫窳",但既无婴儿之音,又非人面马足,而是"龙首"。同一种吃人怪物在书中出现了至少三次,造型却不同,何故?我想,要么是刘歆在整理《山海经》时疏忽了,要么是彼"窫窳"非此"窫窳",或是变种?且待好事者去考证。

也可以反过来考察一下:大凡《山海经》中提到的吃人怪物,不具有"音如婴儿"之特征的非常少,大约仅有三种。一是卷一《南山经》所载的吃人怪物"蛊",它的声音听起来像狗叫,比"音如婴儿"少了许多恐怖色彩。二是卷四《东山经》所载的吃人怪物"獨狙",它倒是一点儿人的特征也没有。此外还有一种叫"蚨雀"的吃人大鸟,也见于卷四《东山经》。

当然,"音如婴儿"又不吃人的怪物,《山海经》里面也有记载,不过数量极少,只有两种,而且都是鱼类,一曰鲐鱼,一曰鯑鱼,都见于卷三《北山经》。大约是因为鱼只能在水里活动,吃人不太方便,否则恐也难说。有意思的是,这两种能像婴儿一样啼叫的怪鱼不吃人,人却可以吃它,而且吃了之后能生奇效,吃了鲐鱼能克制狂躁症,吃了鯑鱼则无痴疾。

此外,卷二《西山经》中还讲到一种植物,似与"婴儿"也能扯上一点关系:"其草多条,其状如葵,而赤华黄实,如婴儿舌,食之使人不惑。"当然,这样的关系扯起来似乎有点勉强。卷五《中山经》还描述了一种叫"蛮蛭"的怪物,说"其音如号",这就与"音如婴儿"很相似了。号,可以想象成婴儿啼哭之声,也可以想象成别的什么声音。这种叫"蛮蛭"的怪物不吃人,但人可以吃它,而且"食之不眯",吃了更具神效。

可见,忽悠学秘籍《山海经》里描绘的吃人怪物,绝大多数都是"音如婴儿"的。其实当你想到"吃人"一词的时候,也许并不深感恐怖,因为我们从小就听说过吃人的大灰狼,还有老虎,故事中的妖魔鬼怪多数是吃人的,早已习以为常。但如果听说"人吃人"呢?当吃人的怪物发出婴儿一样的声音,你是否感觉背后有一股凉气升起?

窃以为,《山海经》关于"音如婴儿"的吃人怪物之描绘,是目前可见的中国文学史上最早的恐怖叙事。"音如婴儿"这四个字,堪称中国恐怖小说的源头,应该纳入中国文学史的研究范畴。因为这四个字既充满阴气,又充满人气,极其精准传神地表现出了吃人怪物的本来面目——它本性上就是一个人。

说到中国文学史上最早的恐怖叙事,卷二《西山经》中还有一个生动的例子:"西南三百六十里,曰崦嵫之山,……有兽焉,其状马身而鸟翼,人面蛇尾,是好举人,名曰孰湖。"这种叫"孰湖"怪物虽然未必吃人,但它有一个令人十分恐怖的习惯,就是"好举人",它喜欢把人抱起来。想想看,一个怪物突然把你抱起来,会是啥感觉?

小时候做过一个梦,梦中有一只大黑狗,它先是看着我摇尾巴,然后突然把我抱起来就跑,我惊恐万状,大呼"奶奶救命",然后惊醒了。这个梦让我终身难忘。我一直以为,能把人抱起来就跑的东西只有梦中的大黑狗,读了《山海经》才知道,上古时候就有这种嗜好的东西了。

或是受"音如婴儿"的影响,吃人作为恐怖叙事,在中国古代文学中很常见。

晋代著名道士葛洪,在其道教名著《抱朴子》中写到:"山中有小人乘车马",这里的小人是指像精灵那一类的小矮人,或是人参精,他们竟然还会乘车马,在山中游逛,多有意思啊!不过,葛洪竟然把这些可爱的小人当作修丹的药引子,捉来吃掉,真是有些恶心。仅凭此一条,即可怀疑大神仙葛洪是个妖道。从葛洪吃"山中小人",又想到《西游记》里还有一个更牛的吃人妖道,在比丘国那一节,妖道要抓一千一百一十一个小孩儿来,用他们的心肝做药引子,幸亏遇到孙悟空。

如此说来,吃人的人都是妖怪或坏人吗?

否也!到了《水浒传》里,吃人者就变成英雄好汉了。李逵就是水泊梁山排名第一的吃人英雄,他打死冒充他的李鬼之后,肚子饿了,便从李鬼腿上割下一块肉来烧烤。这还不算很英雄,李鬼毕竟是死了以后才被吃肉的,那个倒霉的黄文炳则是活活地被李逵割下几块肉来吃的,而且还不是李逵一个人独享,是一群梁山哥们儿争食。

中国古代小说里的吃人情节,吃得最豪迈、最优雅、也最义气的一回,恐怕要数《三国演义》第十九回了"下邳城曹操鏖兵,白门楼吕布殒命"。一个叫刘安的猎户为了款待偶像刘备,寻野味不得,竟急中生智,杀掉自己的老婆做成下酒菜。仅此一笔,已非《水浒传》所能及!李逵吃人肉,吃的是仇人坏人,刘安却是吃自己的老婆,可见吃得豪迈。李逵一伙只是用火烤烤便吃,刘安却是精心加工,烹制成美味菜肴,可见吃得优雅。李逵是自己饿了吃人,刘安却是杀老婆待客,可见吃得义气。

其实罗贯中最精彩的描写,还不在于"刘安杀老婆待客"这件事情本身,而是刘备和曹操对此事的反应。刘备先是在不知情的情况下饱餐一顿,事后发觉吃的是人家老婆的肉,不胜伤感,一把鼻涕一把泪,觉得刘安这兄弟真够义气。后来刘备将此事说与曹操听,曹操立刻派人送给刘安百两黄金,奖励他的义举。可见,这两个皇帝级别的人,对刘安杀妻做菜之举的评价是高度一致的:够哥们!

闻说当代也有吃人的。鲁迅在小说《药》里面写到过"人血馒头治痨病"的事,也许你觉得那还不能算是吃人,只不过舔了舔人血而已,但前几年出现过的"婴尸大餐",则是地地道道的吃人了,那个吃人的家伙还接受外国记者采访,宣称这是行为艺术,他说:"宗教并不禁止人吃人,我也找不到任何一条禁止吃人的法律,我利用了道德和法律之间的一个空隙作为我的艺术基础。"

吃人的怪物"音如婴儿",究竟是真的,还是《山海经》的一个大忽悠呢?实在判断不出来。但如果从"人吃人"这个社会常识上讲,吃人怪物往往具有人的某些特性,似乎还是顺理成章的。鲁迅曾感叹说:我翻开历史一查,这历史没有年代,歪歪斜斜的每页上都写着"仁义道德"几个字。我横竖睡不着,仔细看了半夜,才从字缝里看出字来,满本都写着两个字是"吃人"。

看来,《山海经》这部忽悠学秘籍也不完全是在忽悠,也有不忽悠的内容,比如"人吃人",就没忽悠你。

2008年10月25日,芜湖

笑

有人说,动物和人的最大区别就是不会笑,似有道理。读了《山海经》之后,方知此言差矣!《山海经》里面的动物就会笑,这大约是最早关于"动物之笑"的描述了,只不过那些动物的相貌怪异,或可称之为怪物罢了。值得注意的是,关于动物之笑,古人虽也有"鹊笑鸠舞,来遗我酒"之类的妙句,但和《山海经》比起来,那不过是一介文人所作的比喻耳,不能算是对动物之笑的描述。

若要以"笑"来比喻什么,那就不仅是动物会笑了,树也会笑,民间故事《天仙配》里有一棵老槐荫树,不仅会哈哈大笑,还做了牛郎和织女的月老。天也会笑,在忽悠学专著《神异经》中,忽悠学祖师东方朔出人意料地把闪电比喻成"天为之笑",这可真是一句冷不丁吓人一跳的象征主义描写,生动无比,足以和李白的"月下飞天镜"有一拼。

《山海经》里描述的动物之笑,可不是什么文学比喻,而是实打实地笑,是真笑!想一想,要是你在深更半夜翻开此书,猛地读到一只动物在向你发笑,会不会心里发怵?会不会觉得你家小狗也正躲在沙发下面偷笑?抑或一回头,你自己还没笑但镜子中的你却不易察觉地笑了起来?所以我想,《山海经》里面最神秘的一页,恐怕就是动物之笑了。

会笑的动物,《山海经》里介绍了大约四种。

卷二《西山经》云:"有鸟焉,其状如乌,三首六尾而善笑,名曰鸰䳜,服之使人不厌,又可以御凶。"这种鸟长相怪异,三个脑袋六条尾巴,最邪乎的就是"善笑",而且看起来不像人类的笑那么复杂多变,应该是天然之笑。此外,这种怪鸟是可以吃的,吃了它不仅可以治疗梦癫症,还能起到护身符的作用,可以"御凶"。

如果说上述这种怪鸟的笑很单纯的话,卷三《北山经》所描绘的两种怪物之笑,就要复杂一些了:"又北百一十里,曰边春之山,……有兽焉,其状如禺而文身,善笑,见人则卧,名曰幽鴳,其鸣自呼。"又说:"又北二百里,曰狱法之山。……有兽焉,其状如犬而人面,善投,见人则笑,其名山挥……"

这两种怪物除了会笑,还有很重要的特点:一个"见人则卧",一个"善投"。这两个特点,说明它们比那只会笑的怪鸟聪明多了,也警觉多了。就像卷三《北山经》提到的聪明怪物"孟极",它"善伏",善于隐蔽自己,这些小聪明大约都是被人类逼出来的。总的来说,这两种怪物的笑虽然看起来聪明复杂一些,但和人类的笑比起来,还是简单幼稚多了,也只能算是天然之笑。

在《山海经》中,真正谈得上有些复杂之笑的,不是怪物,而是人。

比如最后一卷《海内经》,就记载了一种会笑的东西,它看起来很像野人,有两个极为奇怪的特征,一是嘴唇巨大,可以遮住脸,二是脚趾向后,脚跟向前:"南方有赣巨人,人面长臂,黑身有毛,反踵,见人则笑,唇蔽其面,因可逃也。"

据郭璞考证,这里所说的会笑的野人,就是卷十《海内南经》所说的枭阳国人:"枭阳国在北朐之西,其为人人面长唇,黑身有毛,反踵,见人则笑,左手操管。"为什么说这种野人的笑复杂一些呢?因为它聪明,它不是一见人就逃跑,而是先吸引你注意它的大嘴唇,然后趁你好奇之际逃走。这种野人一样的怪物,因为差不多就是一个人,所以笑起来就有了心术,诡异得多,不太天然了。

何谓"笑"?《说文》曰:"笑,喜也。"此解恐不确切。

汉语中关于笑的成语约有一百多条,真正表示喜庆快乐的其实并不多。我们平时脱口而出的关于"笑"的成语或俗语,几乎全部都落在了对"笑技"的描绘上。动物的笑是没有技术性可言的,人则不同,笑对于人类而言主要是一种技能。人之笑,更多的时候并非因为心中有了喜庆,当人的心中涌起酸甜苦辣,或轻慢或妒忌或仇恨或邪念,或出于掩饰的需要,人都会笑。笑,对于人类而言既是喜庆的表情,也是无奈的表情,甚至是危险的表情。总之,人之笑,真假难辨,复杂到难以尽述其奥妙。

人之笑,概而论之,约有三类。以"天然一笑"为纯粹,以"会心一笑"为高妙,以"技术之笑"为主流。婴儿出生之后,在会说话之前就会笑,这大约就是人类最珍贵的"天然一笑",具有先天气质,可与《山海经》里的怪物之笑相媲美。但好景不长,人渐渐长大,阅历渐渐增多,天然一笑也日渐被尘俗之心遮蔽,落入"笑技"。再随着世事浮沉,人的天然一笑丧失殆尽,笑技则日趋成熟。

人之笑技,品类复杂。据说法国人柏格森对"笑"很有研究,他可能没读过中国的忽悠学秘籍《山海经》,所以在自己的名著《笑的研究》里说:"笑是对不和谐、不合生命、不合社会的一种反应和纠正。"这种说法显然太不全面,而且有点装腔作势!看来,在他的研究里,发笑的人是近乎完美的,或者是近乎虚假的,基于这样的出发点,笑的复杂性,他顶多只说出了五分之一。

不过柏格森又说了:"凡是一个人给我们以他是一个物的印象时,我们就要发笑。"这句话倒是有些意思,因为他揭示了人类发笑的普遍心理原因之一,即"习惯性的笑",也就是人通常在什么情况下最容易发笑。就像你看到一个人不慎滑倒在地,或者裤子的拉链没拉上,你的第一反应是什么?只能是哈哈!但你想过没有,你为什么会因此而哈哈呢?正如听相声,看小品,你每每发笑都是因为什么?往往是发生了不正常的事,而且,这种不正常的事一定是发生在别人身上的。这里面暗藏着人类共有的某种习性,"笑"正是这种习性的普遍反映。看来,柏格森对这一点把握得比较准。

窃以为,天地间有始以来最伟大的一笑,当属佛教禅宗初祖摩诃迦叶的一笑。那是真正的"会心一笑"。摩诃迦叶是释迦牟尼的大弟子,当年在灵山法会上，释迦牟尼拈花示众而不语，大众皆不识其宗旨，也沉默不语，唯有摩诃迦叶破颜微笑。释迦牟尼于是说："吾有正法眼藏，涅槃妙心，实相无相，微妙法门，直指人心，见性成佛，不立文字，教外别传，现付诸摩诃迦叶。"

摩诃迦叶这一笑，实在高妙。这是缘乎会心、发乎天然的直接一笑，轻松无拘，平实无华，但却境界全破、气象大开。他究竟为何而笑呢？笑花，笑佛，笑自己？人生之奥义，或者尽在一笑处。正因为摩诃迦叶是会心一笑，所以天机活泼，而非心机重重。诸位切莫去猜想，言语皆多嘴，逻辑更添乱，你若能说得出原委，释迦牟尼拈花就是多此一举了，所以只能如人饮水，冷暖自知。

呜呼！读罢《山海经》，方知动物和人的区别不在于会不会笑，而在于怎么笑。

2008 年 11 月 1 日，芜湖

凤凰露出的马脚

谁见过凤凰？想必都没亲眼见过，但一说起凤凰，中国人仿佛都十分熟悉，就像自己家里养的公鸡，这种亲切感，源于中国人骨子里天然具有的某种文化精神。

凤凰究竟是什么样子呢？《山海经》在第一卷《南山经》和最后一卷《海内经》中，分别有一段关于凤凰的离奇描绘。《山海经》是不是最早描绘凤凰的书，不太好说，但书中数不清的怪异之物，还没有哪一种比凤凰更怪异，因为凤凰身上赫然写着几个大字。正是这几个大字，让《山海经》露出了一个天大的马脚，暗藏着更大的忽悠。

第一卷《南山经》说到的凤凰，身上有"德义礼仁信"五个大字："有鸟焉，其状如鸡，五采而文，名曰凤皇，首文曰德，翼文曰义，背文曰礼，膺文曰仁，腹文曰信。是鸟也，饮食自然，自歌自舞，见则天下安宁。"最后一卷《海内经》说到的凤凰，身上只有"德顺仁义"四个大字："有鸾鸟自歌，凤鸟自舞。凤鸟首文曰'德'，翼文曰'顺'，膺文曰'仁'，背文曰'义'，见则天下和。"

这两段话，说得实在邪乎。其实，《山海经》说到凤凰一点都不奇怪，而且理所当然，但绝不会说凤凰身上写着这么几个代表儒家教义的大字，否则，秦始皇当年焚书坑儒的时候早就把它烧掉了。《山海经》是高深的上古忽悠学秘籍,从头到尾每句话都忽悠得滴水不漏,但在对凤凰的描述中,怎么就露出了天大的马脚呢?

依拙见,这两段忽悠话,是汉武帝时期的儒家学者偷偷加进去的,待到刘歆整理编订《山海经》时,里面已经有了这两段话。儒家学者加入这两段话的目的,要么是为董仲舒游说汉武帝做铺垫,或者就是董仲舒伙同儒生们一手策划的也未可知。要么,是为了拍汉武帝的马屁,为他的"罢黜百家、独尊儒术"的改革政策做宣传或舆论准备,因为当时的《山海经》相当于最牛的"媒体",它说凤凰身上有"德义礼仁信"几个大字,即意味着儒学必将扶正。

值得注意的是,关于凤凰身上"德义礼仁信"五个大字的描述,如果偷偷加入当时最神秘的书《山海经》,即有了政治预言的意味。这套把戏,也就是汉代的"谶纬"之术。汉代谶纬之风十分兴盛,而更关键的是,谶纬这门神秘学问主要就是源于儒家思想的,一是河图洛书,二是阴阳五行,三是天人感应。天人感应,就是董仲舒鼓吹的核心内容。所以,儒生们用谶纬的手法为儒学扶正大业做些手脚,也是顺理成章的事,完全可以理解。试想,如果连神书《山海经》里都有了儒学教义,连神鸟凤凰身上都有了儒学教义,那些个道家的人、法家的人,谁还敢再多言?

当然,也可能是另一种情况,就是刘歆自己偷偷加进去的。刘歆是《山海经》的主编,也是儒学大家,被誉为古文经学鼻祖,他编完《山海经》之后,给汉哀帝写了一份《上山海经表》,其中说:"朝士由是多奇《山海经》者,文学大儒皆读学。"若说刘歆做此手脚,其心思也不难理解,也许他是为了进一步巩固儒家地位?毕竟,刘歆所处的汉哀帝时代,距离汉武帝实行"独尊儒术"的时间还不长。

其实,谁做了手脚已不重要。重要的是:除了宣扬儒学、扶正儒学之外,他们在《山海经》里做手脚还有另外一个可怕的目的,也就是《山海经》关于凤凰的两段话露出的真正马脚。这个马脚是什么呢?粉饰太平也!

也就是说,《山海经》里关于凤凰的两段话,是中国最早的粉饰太平之辞。

想必就是从此以后,粉饰太平之风大开,中国历朝历代之所以遮羞布迎凤飘扬,从汉代一直飘扬到如今,想必都是受《山海经》的影响。这影响甚至是全球化的,现在世界各国的政府公关,想必都是源于中国的《山海经》。如果说天下之中、治疗嫉妒等是《山海经》中的大忽悠,其实这些都不及"粉饰太平"忽悠得猛烈和深远,可以说,正是《山海经》里凤凰露出的"粉饰太平"之马脚,开启了中国几千年的儒教遮羞史。

2008年12月2日,芜湖

媒子

自从《山海经》里有了关于凤凰的两段话,中国历史上的粉饰太平之风便蔚然大兴。当然,若政治清明,天下太平,豢养一些小文人来粉饰粉饰也无可厚非,可问题往往是:社会越不公平,皇帝们就越需要粉饰太平。

粉饰太平,也非一件简单容易的事情,技术含量极高。过去的皇帝,现在的政党,哪个不希望自己千秋留名呢?所以往往好大喜功者居多,但又不能王婆卖瓜自卖自夸,那多不好意思?所以历代政治都需要专业的歌颂者,用现在的话说,就是需要"媒子"。

在忽悠学秘籍《山海经》中,凤凰身上的几个大字,即暗藏着中国悠久的媒子文化。媒子,大约可以理解为"骗子的助手"。也就是说,必有骗局,才有媒子,必有媒子,骗局才能演得逼真。如果仅做一个普通媒子,参与一些简单的小骗局,并不需要多高的文化,有点骗人之心即可。复杂一点的骗局,对媒子的从业要求会稍高一些,但也就是需要一点表演天赋而已,因此,媒子是很容易普及的,算不上什么特殊职业。

中国的媒子行业,从业者多,且有高低之别。

普通媒子大多流于市井之间,地位低下,他们做媒子的目的仅是骗人糊口。民间最常见的媒子约有这样几种：一是街边"玩三张牌"那一类的赌博，必有一群媒子假装投注，假装赢钱，诱你上当。另一种是在长途客车或火车上玩的把戏，当骗子兜售假冒伪劣物品时，媒子们假装购买，诱你也买。还有一种是卖假古董假文物，或用不值钱的外币兑换人民币，干这种勾当，媒子是少不了的。

中高档的媒子，往往混迹于商业或文化产业之中，或西装革履，披着文化的遮羞布，不容易露馅。譬如某电饭煲厂家，推出一款价格超过万元的电饭煲，其实只生产了几台，轰轰烈烈高调上市，然后请媒子去指定商场买走，玩一把假交易，以显示该厂家的实力。又如炒作某人的书画，必有一群媒子帮忙，媒子往往在拍卖会上争购某人书画，甚至以惊人价格将某人书画买走，其实也是玩了一把假交易，媒子不仅一分钱没出，还得到书画家或拍卖公司的奖赏，无非是为了哄抬书画身价而已。

以上这些混饭吃的媒子，都称不上高级大媒子。只有将小骗局上升到政治欺诈高度，帮皇帝忽悠老百姓的媒子，才能算真正的大媒子。大媒子往往才华横溢，智商超人，基本都是载入史册的名人。他们的才华，往往在粉饰太平或政治选举等领域得到最充分的展示。譬如开大会举手表决，如果都像事先安排好的一样一致举手通过，那也太假了，乃至于坐在主席台上的领导们自己也觉得有些脸红，于是乎，为了真实起见，有必要安排一两个媒子举手反对，以充分显示这是真民主。

谁堪称中国古代最牛的大媒子呢？

《山海经》开篇结尾都说，凤凰身上写着几个大字，如果这两段描述真的是董仲舒或刘歆偷偷加进去的，那他俩就堪称中国的"媒子之祖"了。不过，即使他俩当上了媒子行业的祖宗，也算不上历史上最牛的大媒子。因为中国古代杰出的大媒子实在太多了。

宋代著名混子皇帝宋真宗，手下养了个跑腿的叫王钦若，依拙见，此公才堪称中国古代最牛的大媒子，因为他一手导演了中国历史上"混子皇帝泰山封禅"的顶级闹剧。

按理说，宋真宗这样的混子皇帝没资历去泰山封禅，但他实在太想封禅了,又恐说服不了群臣,或被民间传为笑柄,就想出一些"仙人托梦"、"降天书"、"显祥瑞"之类的把戏,以粉饰太平。但宋真宗整天坐在皇宫里,亲自操作这些事毕竟不方便,所以他反复宣称有仙人给他托梦,又说神仙将要于某时降下天书。其实,他是抛出一个暗示,期望有人主动来做媒子,帮他去办这些事。

深谙媒子之道的王钦若一听,立刻意识到这是一个空前绝后的拍马屁机会,于是赶紧回去组织人手,秘密布置"降天书"之事。结果,真的降下了天书,大意是说宋真宗乃继往开来最了不得的皇帝,应上泰山封禅。天书一降,举国哄然,宋真宗心中窃喜,觉得还是王钦若会办事,朕心甚慰,火速提拔王钦若为副宰相,大约相当于分管粉饰太平事务的副总理。

突然升官的王钦若,尝到了为皇帝做媒子的大甜头,更加积极了。他东奔西走,组织社会各界数万人,包括大臣、军官、平民、和尚、道士等,集体上书,言辞恳切,说当今太平盛世,皇上开明,民心所向,非要请宋真宗到泰山封禅不可。宋真宗虽然心里跟喝了蜜似的,嘴上还是要假意谦让一番,朕何德何能?岂敢跟秦皇汉武比?

宋真宗假意谦让,王钦若意识到媒子工作还没做到位,又赶紧下去布置,制造了一出又一出全国各地普现祥瑞的闹剧。一些惯于起哄的地方官员在王钦若授意下,纷纷上报祥瑞和奇迹,有的地方看见了凤凰,有的地方看见了龙,一派《山海经》中描绘的"鸾鸟自歌,凤鸟自舞"的景象。至于灵芝仙草之类,已经满山遍野都是了,比田里的庄稼还多。

把这些工作都做到位之后,王钦若进言说:"陛下,天下形势如此大好,神仙降书请陛下泰山封禅,全国人民也激动恳请陛下泰山封禅,您要是不去,得罪了神仙不说,恐怕人民群众会很伤心哦!"宋真宗一看时机已熟,又作了一番假意谦让,最后无限悲壮地说:"谁伤心也不能让人民伤心啊!为了满足广大人民群众的意愿,朕就拼了老命,上一次泰山吧!"于是乎,中国混子皇帝封禅之风大开,究其功德,媒子也!

可见,同是名垂青史的大媒子,王钦若的档次比董仲舒或刘歆高多了。即便董仲舒或刘歆当年做了一回媒子,也只是在《山海经》里偷偷插进去几句忽悠话，只忽悠了一个汉武帝或汉哀帝。王钦若可就不同了，他不是纸上谈兵，而是实干家，竟把"降天书"这件事策划和执行得如此周密完美，实乃媒子业旷古奇才。王钦若表面上是忽悠宋真宗，其实宋真宗心照不宣，并未真的被他忽悠，王钦若忽悠的其实是整个大宋子民。这样的大媒子，才能算是最高档次的大媒子，他荣膺中国古代最牛大媒子称号，实至名归。选他当公关行业的守护神，也不为过。

那么，谁有资格荣膺当代中国最牛的大媒子称号呢？这是个大问题，只能用一句含糊的话来概括："群众的眼睛是雪亮的。"各人心里都有一杆秤。但是不难看出，时至当代，高级大媒子的市场需求已发生深刻变化，过去主要是皇帝一个人需求，现在是集体需求，乃至社会各阶层都有需求，所以中国悠久的媒子文化应与时俱进，顺势而变，向集体化、机构化方向发展。其实，忽悠学秘籍《山海经》所传承下来的媒子文化，从来就不是个人文化，而是集体文化。

2008 年 12 月 03 日，芜湖

女儿国

中国最早的女儿国,见诸《山海经》。

关于女儿国的想象力,中国文人是远远大于西方文人的。西方文人笔下的美人,无论是人还是神,往往都不成群结队,如海伦、白雪公主、爱斯梅拉达等,都是鹤立鸡群的单个美人,所以算不上是关于女儿国的描绘。

好像仅在古希腊传说中,有一则"伊阿宋率众夺取金羊毛"的故事,算是碰巧写到了女儿国。故事说,伊阿宋途经一个叫"楞诺斯岛"的地方,即所谓西方的女儿国,但与伊阿宋有过云水之欢的女王许普西皮勒并非普通的女人,而是一个神。这个故事属于西方传说中典型的"神人交媾"套路,并没有展开描绘女儿国的群体美女。即便这个故事可以算作西方人笔下的女儿国,大约也只能读出一些性欲的味道来,其生活气息与爱情味道岂能与中国人笔下的女儿国相比?

读《山海经》后十三卷,感觉怪物明显少了,触目皆是怪国怪人。置身其境,恍恍乎一如梦游。混迹于众多奇幻之国,最有意思的大约要属小人国与女儿国了。所谓女儿国,或可理解为女人专属之地,《山海经》中就描绘了很多类似女儿国的地方,可见上古时候的女人专属之地还不少,这当然与母系社会有关,女人的地位一开始就很高。

如卷七《海外西经》说:"女子国在巫咸北,两女子居,水周之。一曰居一门中。"你可别小看这段话,虽然说得很简单,但若稍微展开想象,则可见到一处极美的图景,简直就是一首诗:女子国,巫咸北,两女子,居一门,水周之……

这个女儿国里,想必是没有男人的。

虽然《山海经》没有直接这样说,但郭璞在注释中道出了天机。郭璞说,《山海经》里描绘的"水周之",叫黄池,女人入池洗澡就会怀孕,而且大多数生女孩,若生男孩,三岁即死。郭璞怎么会知道这个秘密呢?我也觉得奇怪,估计他是这样从逻辑上推理的:既然是女儿国,就应该没有男人,没有男人怎么生孩子呢?总得给女人生孩子找个解决方案吧,否则,岂不成了"偷情国"?于是郭璞找到"洗澡怀孕"的方案。这个解决方案后来被吴承恩借用,只是把"洗澡怀孕"改成了"喝水怀孕"而已,《西游记》里的西梁女国,就有一处"招胎泉",女人喝了此泉便会怀孕,而且只生女孩。

西方传说中的女神或女人,怀孕可就没有这么方便了,一般都须上床,这可能是想象力低下的缘故。中国人关于怀孕的想象力则进一步发展,连洗澡喝水也嫌麻烦了,后来干脆改成做梦,梦见一只白象或一只仙鹤撞到怀里,便怀孕了。西方人的小说《百年孤独》里,有一个卖彩票的骚寡妇佩特拉科特,她和情人奥雷连诺在床上翻云覆雨的时候,家里的鸡犬牛羊等畜生的繁殖力会大增,甚至怀孕。这样的描写被小说研究者们津津乐道,却不知中国的《山海经》里早就玩过这一套了,小儿科也!

《山海经》描绘的女儿国并不止一处。

描绘得比较详细的女儿国,见于卷五《中山经》,是一座叫作"青要"的山:"又东十里,曰青要之山,实维帝之密都。……是山也,宜女子。畛水出焉,而北流注于河。其中有鸟焉,名曰鴢,其状如凫,青身而朱目赤尾,食之宜子。有草焉,其状如葌,而方茎、黄华、赤实,其本如藁本,名曰荀草,服之美人色"。

看出来没有?这座山很有来头,是"帝之密都",密都是什么地方呢?莫非是三宫六院?显然不太像。因为《山海经》暗示了,这地方也不需要男人,女人只需吃一种叫作"鹓"的怪鸟即可生孩子,也不需要男人买化妆品,女人只需吃一种"荀草",即可"美人色"。可见,青要之山是原汁原味的女儿国。

同样在卷五《中山经》中,还描绘了一座姑媱之山,亦类似女儿国:"又东二百里,曰姑媱之山。帝女死焉,其名曰女尸,化为䔄草,其叶胥成,其华黄,其实如菟丘,服之媚于人。"这里讲到了一种叫菟丘的果实,也叫菟丝子,郭璞注曰"荒夫草"。虽没说女人吃了这果子就会怀孕,但吃了可以"媚于人",大约相当于现在的美容养颜药,或者歌厅里卖的迷魂药、摇头丸或春药?

还有一些类似女儿国的地方,也散见于《山海经》各卷中。

这些地方一般都由某女神管辖,仅有女神出没,基本没有男人,也属于女人地盘。如卷二《西山经》说西王母的地盘在玉山,卷十六《大荒西经》又改说在昆仑山。卷十七《大荒北经》说女神"魃"的地盘赤水之北。卷十二《海内北经》说:"舜妻登比氏生宵明、烛光,处河大泽,二女之灵能照此所方百里"。卷十四《大荒东经》说"有女和月母之国"。卷十六《大荒西经》说"有女子之国",还说"有寒荒之国,有二人,女祭、女薎"。等等。可惜都惜墨如金,点到为止,没有展开描述,只留给后人无限意淫空间。

此外,《山海经》中还描绘了一些女神故事,极其婉约动人,如帝尧之女娥皇与女英的故事,帝俊之妻羲和与常羲的故事,还有炎帝小女儿精卫的故事,等等。以上所描绘的这些地方,能不能算作是女儿国呢?

窃以为不能算。因为没有人伦之情的女儿国,不能称之为真正的女儿国。西王母所居之地没有丝毫的爱情气息,帝女"魃"所居之地没有生儿育女的世俗生活。娥皇、女英、羲和、常羲虽有过动人的爱情,但事后并无动人的绯闻。一心想着复仇的精卫根本就不知道情为何物。其他语焉不详之地,估计也没啥风流韵事值得纪录。

看看人家西方的女神,往往丰满美艳,性感撩人,甚至经常为爱欲争风吃醋,有的阴谋害人,有的大打出手,为了男女之事完全不顾神的体面。中国的女神就腼腆多了,往往冷冰冰的,甚至根本没有性生活,差不多个个都有资格树立贞节牌坊。

现实生活中的女儿国,是中国的专利,似乎没听说西方也有。

《旧唐书》记载了一个"东女国",有研究者认为是传说中的女儿国:"东女国,西羌之别称,以西海中复有女国,故称东女焉。……俗以女为王。东与茂州、党项接,东南与雅州接,界隔罗女蛮及百狼夷。其境东西九日行,南北二十二日行。有大小八十余城。"从这段记载看,"东女国"的地盘还不小,虽不知是不是女儿国,但可以肯定该国在历史上真实存在过,"俗以女为王"至少说明该国的女人地位很高。

人间最有传奇色彩的女儿国,自然是云南"走婚"的摩梭人了。据说成年摩梭男女之间两情相悦,便可相互结交"阿肖","阿肖"这个词的意思大约介乎夫妻和情人之间。他们互赠礼品,互唱情歌:"好阿哥(妹)哟,人心更比金子贵,只要情谊深如海,黄鸭就会成双对……"最有意思的是,男子深夜探访女阿肖家的花楼时,往往抛石子到花楼顶上,或以烟斗敲门,此乃相约暗号也,女阿肖闻声开门,悄悄将男阿肖引入花房……这种人间女儿国的感觉,显然比天上的女儿国好多了,让人想起黄梅戏《牛郎织女》里七仙女的唱词:架上累累悬瓜果,风吹稻海荡金波,夜静犹闻人笑语,到底人间欢乐多……

最生动的女儿国,还是在中国古代文学作品里。

中国人最熟悉的女儿国,见诸文学作品的,大约是《西游记》所描绘的西梁女国了。西梁女王丰姿绰约,石榴裙轻轻一摆,苦修了几辈子的唐僧险些武功全废,猪八戒也差点因此提前回去探视高老庄。这段故事里,还有个琵琶洞的蝎子精,也软磨硬泡地媚惑唐僧相好,依我看,就让西梁女王做王后,让蝎子精做个妃子,这不挺好吗?可唐僧俨然摆出一副"贫僧不识巫峡梦,空劳云雨下阳台"的态度,他怎么就能忍得住呢?

其实《西游记》里能称作女儿国的地方,至少有四处,除了人间的西梁女国,还有天上的王母娘娘家,她家不是有七个仙女吗?王母这个老太婆让七个仙女孤单寂寞地陪着她,也不把她们嫁出去,纯属浪费美色,实在可惜!说到王母娘娘,想起金庸《倚天屠龙记》里的峨嵋派,那里也是个女儿国,那个特别讨厌男人的灭绝师太,严禁女弟子谈情说爱,真像王母娘娘。

此外,盘丝洞和无底洞也可算是女儿国。尽管这两处写的是妖怪,容易让人想起蜘蛛或老鼠来,或许不爽。但要注意的是,陷空山无底洞的那个白毛老鼠精,可是很有来头的,她的"干爹"是托塔李天王,后来因偷吃如来佛祖的香花宝烛被贬下界,自称"半截观音",不是普通妖怪,而是流亡的小女神。她掳走唐僧也不是为了吃他的肉,而是想成亲,也算是个风情女妖,和西梁女国王的心事差不多。她手里的武器也很特别,是个琵琶(一说是双剑),可见她还有琵琶女的雅气。琵琶一弹,孙悟空就晕头转向,这又很像《山海经》里经常描写的"媚于人"。只不过,无底洞里仅有一个女妖怪,没有盘丝洞的女妖怪那么多,若从这一点上看,似乎确实不太像女儿国。

盘丝洞,应该是非常像女儿国的。盘丝洞的七个蜘蛛美妖怪,动不动就露出白嫩嫩的小腰,从肚脐眼里放出丝来,唐僧一伙就是被这丝捆住的。现在的大街上,常见到露出肚脐眼的美女,估计这种审美情趣源自盘丝洞。蜘蛛美女妖们一开始虽是妖怪,跟着一个蜈蚣精鬼混,但她们最后并没有死于孙悟空棒下,而是被一只千年老母鸡精(毗蓝婆菩萨)救下,带回洞府看护后花园去了,想必她们在老母鸡精的调教下,都已改邪归正,从良了。老母鸡精家的后花园,一定是一处不错的世外女儿国。

吴承恩的西梁女国名气虽大,但和曹雪芹、李汝珍笔下的女儿国比起来,还是差了一个档次。理由有四:一是《红楼梦》和《镜花缘》对女儿国的描绘比《西游记》更详尽;二是《红楼梦》和《镜花缘》描绘的女子人数比《西游记》更多,是真正的女子群;三是《红楼梦》和《镜花缘》都如梦如幻地讲述了女儿国的离奇来历,《西游记》则没有;四是曹雪芹和李汝珍写女人的功夫,比吴承恩略高一筹。

大观园,即是《红楼梦》里的女儿国,令人流连忘返。国中虽然有个小男人贾宝玉,但这家伙讨厌男人喜欢女人,他把男人比作脏石头,把女人比作清水,所以他不仅不妨事,还让女儿国的风流指数攀升了不少。而且,贾宝玉要不是在第五回梦游一把太虚幻境,我们还不知道《红楼梦》里女儿国的来历呢!正是第五回的《金陵十二钗图册判词》,道出了大观园众美人的前生今世,并预见了她们的归宿。

关于女儿国的描绘,《镜花缘》与《红楼梦》也完全不同。《镜花缘》中的女儿国是一个明确的国,《红楼梦》里的大观园只是后人将其比喻成女儿国。而且《镜花缘》不仅仅写了女儿国,故事中,官场失意的唐敖率多九公等人出海经商,途经三十多个怪国,这些怪国都脱胎于《山海经》,《红楼梦》里则没有这些。

这两本经典小说也有相仿之处,《红楼梦》里有"金陵十二钗",《镜花缘》里有"十二花友",还有"百名才女",所以关乎女子之描绘,《镜花缘》的水平虽难以企及《红楼梦》,但描绘的人数远远多于《红楼梦》,李汝珍和曹雪芹一样才情横溢。

要说《镜花缘》里女儿国的来历,似与《水浒传》第一回"洪太尉误走妖魔"的故事差不多。《水浒传》里那么多贼寇横行,与洪太尉有关,《镜花缘》里那么多美人翩翩,则与女皇帝武则天有关。据说某个大雪纷飞的日子,武则天喝了点小酒,一激动,竟然下诏命令百花盛开,众花神吓了一跳,正逢百花仙子不在家,众花神就自作主张开了花,结果触犯天条,天帝一怒之下,以"逞艳于非时之候,献媚于世主之前,致令时序颠倒"为由,把百花仙子贬到人间。这一贬可真好!若不是由此一贬,天下何来那么多美人?

真遗憾没生在武则天那个时候。

2008 年 12 月 7 日,芜湖

君子

《山海经》里有女儿国,当然也有男人国。

翻开卷七《海外西经》,即可见到一个"丈夫国",想必这就是最早的男人国了。但书中描绘得太简单,仅知道"丈夫国在维鸟北,其为人衣冠带剑",这就让后人难以窥其真面目。譬如丈夫国是否有女人出没?或男人之间靠什么玩意儿传宗接代?都无从知晓。

不过,仔细阅读又发现,《山海经》里还不止一次地描绘到所谓的"君子国",说那里的人也都是"衣冠带剑"的。由此看来,"丈夫国"可能与君子国是差不多的。换句话说,《山海经》所谓的男人国,或许就是君子国。

君子国是啥样的呢?据卷九《海外东经》记载:"君子国在其北,衣冠带剑,食兽,使二文虎在旁,其人好让不争。有薰华草,朝生夕死。"卷十四《大荒东经》也说:"有东口之山。有君子之国,其人衣冠带剑"。

看得出,君子国人都很有君子风度,他们不仅穿比较好的衣服,还戴帽子,佩宝剑。那时候,能戴上帽子的人估计就是大富翁了,至于佩剑的人,不是开金矿的也是开铁矿的。照此推理,君子国应该是矿业发达的工业国,经济建设搞得好,若没钱,恐也君子不了。

《山海经》里的君子太多了,多得可以成为一个"国"(还不止一个国),堪称奇观。不过既有这么多君子,想必也有些小人。关于猥琐小人的记载,《山海经》里并不多,但在东方朔的忽悠学专著《神异经》中,记载了一种叫"饕餮"的人,绝对堪称猥琐小人:"西南有人焉,身多毛,头上戴豕,性很恶,好息,积财而不用,善夺人穀物。强者夺老弱者,畏群而击单,名饕餮。"东方朔明确写着"西南有人焉",说明饕餮不是怪兽而是人,他们"强者夺老弱者"而且"畏群而击单",是十足的猥琐小人的品性。所以,人们常常混为一谈的饕餮和螭魅,其实是完全不同的,因为《神异经》中记载的螭魅"人面兽身"而且"四足",虽然螭魅也"好惑人,山林异气所生,以为人害",但它毕竟是怪兽,不是人,也就谈不上是猥琐小人了。

《山海经》中有这么多君子,必有非君子。

非君子是些什么人呢?古代所说的"君子"有时候专指帝王,《大学》里多处提到的君子即是此意。但《山海经》说的君子国,举国上下都是君子,显然不是帝王之意,而是指男人,并且是特指那些不一般的男人,或曰特殊的男人阶级。所以说,"君子"这么高尚的称谓似乎仅与男人有关,据此可知,所有的女人都可以划到非君子阵营里去。

那么,男性的非君子是些什么人呢?如果按照《山海经》以及孔子的思路,没有钱或没有地位的人都有可能沦为非君子,因为他们很难买得起帽子或佩戴宝剑,不能"衣冠带剑"。上不起私塾的人也都可能沦为非君子,因为他们没有机会聆听"三不"和"九思"的儒家教诲,如果这些人再有些个性的话,就很难做到"好让不争"了。

综上分析,天下绝大部分普通男女都是非君子。其实做个非君子也无所谓,非君子毕竟不是伪君子,不是小人,大不了活得卑微一点。

伪君子又是什么样的人呢?

伪君子有两个关键特点:一是有君子身份,一是有小人心理。大量文学作品为我们提供了生动例子。莫里哀的剧本《伪君子》中的答尔丢夫,可能是文学史上名气最大的伪君子,他的名字约等于伪君子的代名词。答尔丢夫虽是伪君子,却有君子身份,他来自教会,与神沾亲带故,不仅有地位有学问,而且看上去很有修为,堪称道德标本。

中国也有一个经典剧本,曹禺的《雷雨》,里面也写到一个伪君子叫周朴园,此人虽没有著名到伪君子代名词的程度,但他和答尔丢夫一样有君子身份,是上等人。中国文学里的伪君子似乎比西方要多一些,如金庸《笑傲江湖》里的岳不群,也是个江湖地位显赫的伪君子,他不仅武功好,还很有水平,儒家仁义之说常挂嘴边。

《红楼梦》里的伪君子就更多了,且不说被喻为中山狼的迎春丈夫孙绍祖,那两个有钱有势也有点学问的大老爷贾政和贾赦,便是特大号的伪君子。看来,要找伪君子,不能去非君子的阵营里找,应该到君子们的内部去找。社会和谐,靠非君子阵营的普通男女也许还有点希望,靠君子是肯定靠不住的。时至今日,用佛家的话说已是末法年代,佛魔混居,佛与魔都辨认不清,谁还能辨清君子与伪君子?

按《山海经》的意思,君子国即是男人国。世上真有男人国吗?闻说西方还真的有一个,即希腊的"阿陀斯岛",岛上居住的都是男人。当地法律还禁止女人上岛,女人的图片或日用品也不准带上岛,甚至连雌性动物也不许存在。听起来很邪乎,但却是真的。

不过,没有女人的地方未必就能称作男人国,阿陀斯岛上都是修道院,男人基本都是修道士,如果那也能叫男人国的话,中国和尚住的寺庙岂不都是男人国了?所谓法律禁止女人上岛,只不过是希腊政府炒作旅游业的把戏罢了。

阿陀斯岛虽然自诩男人国,但没有以君子国自居,只是一群出家人而已。中国的男人国则不同,自上古以来就有了,而且皆自诩为君子所居之地。就算中国的男人国都是真实不虚的吧,不过已有消息说,君子男人丈夫之类的人还能在地球上混多久,已经成了一个大问题,这个问题绝对比北京奥运或华尔街金融风暴更重要,因为一个外国人最近宣布了他的惊人发现。

英国有个叫布赖恩·塞克斯的人,他研究认为,地球原本就是一个女儿国,最早的人类只有女人没有男人,男人只是女人基因变异所致,是女人的变种。你听了这话可别生气,他还宣称男人迟早要从地球上灭绝,而且时间也不长了,只有大约十二万年左右。这岂不意味着君子也要灭绝吗?

布赖恩·塞克斯还描绘说,没有男人的未来世界,将是一个安全稳定系数大大增高的世界,因犯大幅减少,车祸急剧下降,色情业成为无人知晓的陌生行业……更要命的是,他的研究结果显示,没有男人之后的女人可以单性繁衍。这真是令人晕倒的结论,那还要男人干什么?仅供女人取乐?要是那一天真的来临,可能连取乐也不必要了,因为据布赖恩·塞克斯研究,未来的女人不需要男人的爱情,她们只懂得女同性恋之间的爱情,男人对于她们而言,或者就是一种传说中的怪兽,如果还有仅存的男人,只能关进笼子售票观赏。

不知道布赖恩·塞克斯是否研究过中国的《山海经》,反正,他的话越说越像《山海经》了,照他这么说,我得赶快写一本书《男人的最后十二万年》。

2008 年 12 月 11 日,芜湖

制衡

皇帝或政党,要想治国平天下,必须懂得制衡术。中国社会悠久的制衡术,也是源于忽悠学秘籍《山海经》的。为什么呢?这还要从"君子"说起。

《山海经》里的君子国人,不仅文化修养高,审美能力也很高,这从君子们"衣冠带剑"的造型艺术就能看得出来。君子国一定是礼乐之邦,因为人人知礼,这从君子们"好让不争"的德行就能看得出来。此外,《山海经》还说君子"使二文虎在旁",听起来有点吓人,这说明君子国人不仅儒雅,还十分威仪。就连君子国地上长的薰华草,也是"朝生夕死"的,一派君子气节,颇有"朝闻道,夕死可矣"的意思。

《山海经》关于君子国的描绘,对后来的中国文人影响不小。李汝珍就在《镜花缘》里照葫芦画瓢地写了一个君子国,与《山海经》的君子国如出一辙,其国人也是"衣冠带剑"且"好让不争"的。

其实在古代,做一个君子比现在考公务员难多了。

古时候的"君子"称谓,就像一顶绿帽子,不是什么人都敢往头上戴的。儒家大圣人给君子制定过严格的标准。按孔子的说法,君子之道至少包括"三不":仁者不忧、智者不惑、勇者不惧。后来,孔子可能觉得这样说太笼统了,又进一步概括曰"九思":视思明、听思聪、色思温、貌思恭、言思忠、事思敬、疑思问、忿思难、见得思义。要是再加上曾参后来补充的一些严格标准,古人要想通过儒家圣人的考核做个君子,真的比登天还难。

尽管做君子这么难,忽悠学秘籍《山海经》还是宣称,早在孔子之前很多年,上古时就出现了人人怀有君子之道的国家了。凭什么这样宣称呢?不妨做个推测:丈夫国、男人国、君子国之类,可能就像身上写着五个大字的凤凰,也是刘歆偷偷加进去的,目的是为了宣扬儒家教义,或提升《山海经》的男权意识。

刘歆之所以要加进去君子国的描绘,估计是他觉得《山海经》的女权主义成分过多了,比如黄帝打蚩尤的时候,竟然还要请女神"魃"来帮忙,实在有辱祖宗的大男人形象。刘歆作为一个古代大男人,又是大汉帝国高级公务员,他可能实在看不惯,所以就在《山海经》里做了些手脚,把男人适当地夸大了些,这也可以理解。

由此推想,似乎可以得出这样的结论:凤凰身上写着"仁义礼信德"五个字是《山海经》露出的第一个儒家的马脚,君子"衣冠带剑,好让不争"是《山海经》露出的第二个儒家的马脚。君子之国与凤凰身上的五个大字,皆属粉饰太平之辞。要知道,这第二个马脚露的严重后果,不比第一个差,因为把凤凰捧上了天毕竟没多大关系,凤凰本来就会飞,要是把男人捧上了天,迟早是要摔死的。

当然,我们也不能瞎猜,以免冤枉了刘歆。因为《山海经》中的"丈夫"、"君子"之称谓,也可能是上古时候男人地位发生变化之后,在传说中的某种反映。这种反映随处可见,比如那时候的人只知道娘是谁,不知道爹是谁,自然人人都不买爹的账,男人的地位就明显不如女人。后来男人终于想明白了,原来女人会生孩子,男人不会,当然就不受尊重了。于是,男人们就经常想象着男人生孩子的事,想着想着,传说中就有了反映,你看"鲧腹生禹"的传说,那个治水的大禹就是他爹生出来的。

君子最大的特质是什么?

这个问题,孔子和曾子都总结过一大堆,诸如"三不"或"九思"之类,但就像做博士论文,条条框框,总结来总结去,仍似隔靴搔痒,弄不到点子上去。倒是孔子有一次在评价大弟子颜回的时候,随口说出了君子的奥义。孔子曾亲口说颜回比自己还要"仁",颜回究竟"仁"在哪里呢?就因为他穷吗?当然不是。据《论语》记载,鲁哀公曾问孔子谁最好学,孔子说颜回最好学,并给了颜回两句流传千古的著名评语:"不迁怒,不贰过。"

这句话就说得很到位了!窃以为,最能体现君子特质的定义,既非《山海经》所云的"衣冠带剑"或"好让不争",亦非孔子在专论君子时所云的"三不"或"九思",而是他随口道出的"不迁怒"三个字。

细细玩味起来,所谓"不贰过",倒也说明不了颜回有多"仁",顶多只能说明他不是个笨蛋。大凡经常犯同样错误之人,若非孩童,就可能是脑子有毛病,或是弱智,与品德无关。但"不迁怒"就很不容易了,一个人若真的能做到"不迁怒",必定是道德高尚的君子无疑。如果孔子对颜回的赞誉没有夸大其辞,单凭"不迁怒"这一条,就足以说明颜回是个君子。

"不迁怒"显然是一种宽容,但与"好让不争"的宽容境界完全不同。西方的荣格谈论的宽容,是包含了人的独立性的,《山海经》所说的"好让不争"却没有在宽容之中包含人格的独立性诉求。"不迁怒"则不同,并非要求人不怒,该怒的时候还是要怒的,只是很讲原则,不迁怒与他人。这个原则就是君子原则。

如何才能做到不迁怒?无非两个途径:一是克制,二是放下。

克制与放下,区别太大了。"放下"是根本的解决之道,其境界远远高于"克制"。君子不迁怒,往往是因为他能克制,圣人不迁怒,往往是因为他能放下。如果说君子与圣人相比还有差距,差距即在此!

于是可以想象,君子国"好让不争"的美好社会图景是怎么实现的。一般认为,是通过君子高尚的德行来实现的,其实错了,君子国人之所以"好让不争",德行仅是很小的一方面,究其根本,还是因为人人都能"衣冠带剑",这其实就是一种制衡术。因为有了"衣冠带剑"的制衡,所以才有"好让不争"的结果。也就是说,君子们"好让不争"归根结底还是克制的结果。

由此可知,忽悠学秘籍《山海经》是中国古老的制衡术的源头,《山海经》

从骨子里讲，只是一部君子书，算不上是圣人书。

  天下百姓，不知道有多少人能做到"不迁怒"，但可以肯定，皇帝们是做不到的。如果皇帝们都"不迁怒"了，哪来的株连九族呢？如果不株连九族，皇帝的天威何在呢？再说了，如果要求"不迁怒"，是不是也应该要求"不迁恩"呢？那就没有了祖上荫功，没有了鸡犬升天，那遛鸟的八旗子弟们吃啥呢？满城尽是的太子党们混啥呢？

2008 年 12 月 12 日，芜湖

"鬼门"安在?

奇草乱生、怪兽怪人出没的《山海经》里,有没有鬼呢?

谈论这个问题,先要限定鬼的定义——人死为鬼。若从这个意义上讲,尽管《山海经》提到了带有"鬼"字的神,但没有写到真正意义上的鬼。比如卷二《西山经》曾说,有一个槐江之山,是大神英招管理的"帝之平圃",也就是帝俊的后花园,也叫"悬圃"。悬圃北方的山中,有"槐鬼离仑居之";悬圃东方的山中,有"穷鬼居之"。这里写到的"槐鬼"和"穷鬼",并不是真正的鬼,而是神的名字。

如此邪乎的忽悠学秘籍,竟然连一个鬼影子也找不到,实在令人称奇而不解,这大概是老祖宗们太忌讳说"死"的缘故。因此也可以说,《山海经》是一本怕死的书。

怕死的书,当然会写很多不死的东西。

首先是山川草木不死。《山海经》中不仅有很多"食之不劳"、"食之不饥"的树木,还有很多不死树,如《大荒南经》提到的"甘木"就是不死树,郭璞在注释中说甘木"食之不老",陶渊明也有诗云"丹木生何许?乃在崞山阳。黄花复朱实,食之寿命长"。卷十一《海内西经》也说:"开明北有视肉、珠树、文玉树、玗琪树、不死树。"《海内西经》还说到不死药:"开明东有巫彭、巫抵、巫阳、巫履、巫凡、巫相,夹窫窳之尸,皆操不死之药以距之。"在《山海经》的最后一卷《海内经》中,还出现了不死山:"流沙之东,黑水之间,有山名不死之山。"

古人关于仙草救命的思维,并不新鲜,民间传说中也多此套路。《白蛇传》里的白素贞盗灵芝草救许仙,人尽皆知,千年人参娃娃救奄奄一息的穷人一命,更是泛滥的故事。比较生动的记述还有《海内十洲记》,该书说:祖洲近在东海之中,地方五百里,去西岸七万里。上有不死之草,草形如菰苗,长三四尺,人已死三日者,以草覆之,皆当时活也,服之令人长生。昔秦始皇大苑中,多枉死者横道,有鸟如乌状,衔此草覆死人面,当时起坐而自活也。有司闻奏,始皇遣使者赍草以问北郭鬼谷先生。鬼谷先生云:"东海祖洲上有不死之草,生琼田中,或名为养神芝。其叶似菰苗,丛生,一株可活一人。"

《山海经》中有很多不死的人,往往是因为吃了不死的草。卷六《海外南经》就说了:"不死民在其东,其为人黑色,寿,不死。"从郭璞的注释中可知,之所以有"不死民",是因为他们所居之地有一座员丘山,山上有不死树,吃了树叶就不死,还有一湾赤泉,喝了泉水就不死。陶渊明的诗"赤泉给我饮,员丘足我粮",说的就是这个。

此外,卷十五《大荒南经》也说:"有不死之国,阿姓,甘木是食"。卷十六《大荒西经》也说"大荒之中,有山名曰大荒之山,日月所入。有人焉三面,是颛顼之子,三面一臂,三面之人不死,是谓大荒之野"。

既然是怕死的书,自然极少写到死。综观《山海经》,不仅没有写鬼,甚至都没有提到过短寿的人,似乎只有那个"水周之"的女儿国是例外,此地的女人入池洗澡便会怀孕,而且多生女婴,若生男婴三月即死。除此之外,凡是《山海经》中提到的人,多长寿,如卷十六《大荒西经》说:"有轩辕之国。江山之南栖为吉,不寿者乃八百岁。"

说到"不死",想起一则北欧神话故事。

有个人意外获得一个神奇的布袋,无论什么东西都可以装进去。有一天,一群鬼精灵来找他赌博,他赢了很多金币,鬼精灵们想赖账,结果被他装进布袋纷纷求饶,当他决定放走它们时,有一只鬼精灵因为跑得慢了一点,被他掰断一根脚趾头,他把鬼精灵的脚趾头栽在花盆里,长出了黑色花朵……

有一天他生病了,快要死了,就把布袋放在床头,等死神来接他,结果死神也被装进了布袋。他把装着死神的布袋挂在野外的一棵大树上,之后,世上再也不会有人死去了。他以为自己干了一件功德无量的大好事,结果却发现,无数年龄很大很大的人因为死不了而继续在世上挣扎受苦,这些老人躺在家门口呻吟,永远没法解脱。他恍然大悟,于是解开袋子放走死神,世界又恢复了正常的生死秩序。

可是,死神再也不敢来找他,就像阎王爷挨了打再也不敢找孙悟空。别人老了可以死,唯独他死不掉。他活了很久很久很久,身老病衰,实在不想活了,于是主动去找死神。他历尽千辛万苦,终于来到地狱之门,守门的鬼精灵一眼就认出了他,吓得赶紧关闭大门……

陶诗云:"既来孰不去,人理固有终。"不死,就一定很美好么?若按照陶渊明的意思,生死乃自然之事,但长生不死和美酒还是值得追求的,所以他在《读山海经》的诗中对王母说:"在世无所须,惟酒与长年。"

尽管《山海经》里没有写鬼,却暗示了一处有鬼的地方。

此地就是西王母的住所。西王母是上古大神,《山海经》记载她的住所先后有变化,先是住在卷二《西山经》记载的玉山,到了卷十二《海内北经》和卷十六《大荒西经》中,她的住所变成了昆仑山,地位貌似越变越低。其中,卷二《西山经》记载的西王母,在玉山"司天之五厉及五残",掌握生杀予夺大权,相当于死神。死神居住之地怎么会没有鬼呢?就像阎王爷,没有鬼岂不成了光杆司令?所以,玉山即是《山海经》暗示的有鬼的地方。

暗示终究是暗示,我们毕竟不好确定,但历史上有一个牛人,明确地说出了《山海经》里有鬼,他就是王充。

王充在《论衡·订鬼》中引用了一段《山海经》里的话:"沧海之中,有度朔之山,上有大桃木,其屈蟠三千里,其枝间东北曰鬼门,万鬼所出入也。上有二神人,一曰神荼,二曰郁垒。主阅领万鬼。恶害之鬼,执以苇索,而以食虎。于是黄帝乃作礼,以时驱之,立大桃人,门户画神荼、郁垒与虎,悬苇索以御凶魅。"

王充引用的这段话，明确说到《山海经》里的一处"鬼门"，地点明确，在沧海中的"度朔之山"，管理鬼门的官员也是有名有姓的，"神荼"和"郁垒"，还有"黄帝乃作礼，以时驱之，立大桃人"的生动情节，可谓言之凿凿。

也许你会问，既然《山海经》里的"槐鬼"和"穷鬼"不是鬼而是神，那么王充说的"万鬼"为何不是神而是鬼呢？答案很简单，因为王充在作一篇叫《订鬼》的文章，他引用这段话的目的是为了说明世上无鬼，所以王充说的"万鬼"就是"人死为鬼"的鬼。再说了，神荼和郁垒"执以苇索，而以食虎"的"恶害之鬼"，以及黄帝都要"以时驱之"的"凶魅"，当然不会是神，而是恶鬼无疑。

但奇怪的是，今天我们看到的《山海经》里，根本就没有这么一段话，莫非是王充的杜撰？刘歆是西汉人，他编辑的《山海经》篇目最多，比《汉书·艺文志》里面保存的篇目还多，王充是东汉人，莫非王充看到了比刘歆还要全面的《山海经》？

王充的说法，已死无对证。但不妨推测一下：王充这个人，为了证明世上无鬼，整天想着扭断天人之间的关系，但他又不得不从鬼说起，说着说着，就说到鬼门关的问题了，估计他也查不出鬼门关的由来，于是索性将问题推给了《山海经》。王充这么干，显然是小聪明之举，因为遇到神秘兮兮又搞不明白来龙去脉的事儿，就说它源自《山海经》是不会错到哪里去的。

无论是《山海经》里暗示的鬼门，还是王充杜撰的鬼门，总之，忌讳说鬼说死的《山海经》里应该是有鬼的。如果说第一代《山海经》忽悠学宗师是东方朔，那么第二代宗师就是王充。看来，《山海经》在忽悠人的同时，也被人家王充反过来忽悠了一把，这叫以牙还牙。

2009年2月8日，芜湖

丑女神

《山海经》中虽有女儿国,但美人记载不多,丑女倒是不少。

上古时候,可能是我们的老祖宗太穷了,吃东西只求吃饱,不讲究美味,对待女人那么重要的问题也是一样,只关心女人能否生孩子,容貌动人与否就顾不上了。甚至,老祖宗在造神的时候也不太讲究,大多数只注重神的功能,能求个庇护就满足了,不太在意神的容貌。比如《山海经》里记载的众多女神,就不是很漂亮,至少没有直接说她们如何如何漂亮。奇怪的是,有两位容貌实在令人不敢恭维的丑女神,《山海经》倒是不惜笔墨,做了一番细致的描绘。

其中的一个丑女神名叫"魃"。

卷十七《大荒北经》简约地描绘了"魃"的装扮,说她穿着一件青衣,乍听起来,似乎有些迷人,"青衣"总是容易产生美人的联想,于是想追根求源,摸摸她这"青衣"美人的底细,可是翻开郭璞的注释一看,吓了一跳!"魃"不仅不漂亮,而且极难看,因为传说她是个秃顶。

堂堂一个上古女神,怎么能是秃顶呢?不知道是否传说出了问题。一般来说,西方的女神大多数很开放,很骚艳,且有嫉妒之心,中国的女神大多数很贤惠,也很有姿色,可是"魃"怎么就这么难看呢?这是颇令人扫兴的。

一开始,老百姓并不喜欢"魃",因为她是一个带来旱灾的坏女神,但由于她在黄帝攻打蚩尤的战斗中立过大功,老百姓又很敬重她。据卷十七《大荒北经》记载,黄帝当年打蚩尤的时候,蚩尤请来天上的风伯和雨师助阵,一时间暴雨雷鸣,黄帝有些招架不住,也跑到天上求助,结果请来了丑女神"魃"。"魃"用自己的体热制服了暴雨,黄帝才得以擒杀蚩尤。所以说,"魃"这个女神丑是丑了点,本事挺大,丑女无敌。

战斗结束后,"魃"已耗尽神力,无力回天。作为大功臣,黄帝必须考虑怎么安置她的问题,可她身上的温度实在太高了,她住在哪里,哪里就要发生旱灾,最后,黄帝和田神叔均商量,把她安置在一处远离农田的水边,《山海经》上说的是"赤水之北",这地方就成了"魃"的地盘。

"魃"虽然长得很丑,却是个活泼开朗、很有情趣个性的女神,黄帝让她在赤水之北安家后,她却很不安分守己,经常离开自己的地盘到处闲逛,这实在让老百姓头痛,因为她逛到哪里,哪里就发生旱灾,老百姓只好上香拜祭她,并祷告曰"神北行"! 意思是请她赶快回到自己的地盘去。

如此丑貌不堪的"魃",竟然还不是《山海经》里最丑的女神。谁还能比"魃"更难看呢? 那就是大名鼎鼎的西王母。

西王母是中国家喻户晓的大女神,不过,《山海经》里描绘的西王母还没有后来传说中的地位那么高。卷二《西山经》说她的地盘是玉山,是昆仑山系的一部分,她的职务是"司天之五厉及五残",不仅很丑,而且很凶,掌握生杀予夺大权,约等于死神。

最有意思的是,《西山经》说她"其状如人",而且"善啸"。既然是"其状如人",想必还不是人,只是像人,"善啸"也不像是人的特点,莫非她是个怪兽? 可想而知,作为一只怪兽亮相的西王母,样子有多难看。

到了卷十二《海内北经》中,西王母的造型稍微生动了一点点,因为她已经开始"戴胜"了,即头上带着一些装饰品,似乎有了爱美之心,但依然丑得不得了,因为再往后的卷十六《大荒西经》说了"……有人,戴胜虎齿,有豹尾,穴处,名曰西王母",可见,《山海经》最后尽管说西王母是"人",而且学了点"戴胜"的打扮,但她至始至终都是一幅"虎齿豹尾"的模样,比"魃"的造型恐怖多了。

读《山海经》和《神异经》,最容易产生人兽混淆的,大约就是西王母和饕餮。大家都以为西王母是个女人,其实《山海经》一开始说它是"其状如人"的兽。大家都以为饕餮是猛兽,其实《神异经》说他是"西南有人焉,身多毛"的人。此外,令人产生人兽混淆的原因,可能还在于两者都有某些装扮:西王母"戴胜",饕餮"头上戴豕"。

若论《山海经》中的女神谁最丑,大约西王母第一,"魃"第二。

2009年2年9日,芜湖

整容

后来,老祖宗们大约不像以前那么穷了,觉得吃东西不能光顾着吃饱,还要美味,对女人的研究也应该加大力度,不能光考虑会不会生孩子。至于造神,就更应该讲究一些,老祖宗们都是以神的后代自居的,神要是长得太难看了,毕竟有失祖宗体面。于是,在忽悠学秘籍《山海经》广为流布之后,为神"整容"之风大兴。西王母被整过容,颛顼被整过容,受此风影响,大神女娲也被整过容。

不过说实话,很多大神的整容手术并不是《山海经》亲自操刀做的,而是后人做的,但后人的整容技术也都是从《山海经》里头学的,《山海经》虽然没有来得及亲自为大神们整容,但秘籍里早就体现出了整容精神。这一点,仅从《山海经》为一只怪物所做的整容手术上就能看得出来。

卷三《北山经》记载了一种吃人的怪物叫"窫窳",一开始,它的造型是"其状如牛,而赤身、人面、马足"。可是到了卷十《海内南经》和卷十八《海内经》中,窫窳的造型发生了特别大的变化,已经从"人面"变成了"龙首"。这显然是经过了一次不简单的整容手术。

把《山海经》里关于"窫窳"的前后描绘串起来一看就知道,这次大整容的方法,是置它于死地而后生。整容的全过程是这样的:窫窳先是被贰负之臣"危"杀死,再被六个巫医用不死之药救活,救活的时候不知不觉地变了种,于是,一场从"人面"变成"龙首"的整容手术就完成了。

所以说,后人为西王母、颛顼、女娲等大神所做的整容手术,都是在忽悠学秘籍《山海经》的整容精神指导下完成的。《山海经》流传下来的整容精神范围很广,并不仅仅是把神整得更漂亮,还可以把小神整成大神,把恶神整成善神。

西王母,就是一个典型的整容案例。

一开始,西王母只是个小神,也是个恶神。卷二《西山经》里记载了一个名叫陆吾的大神,他是昆仑山的主神,职务是"司天之九部及帝之囿时",是西王母的顶头上司,他的造型与西王母也差不多,都与虎的造型有关,"状虎身而九尾,人面而虎爪"。这说明西王母一开始还不是昆仑山主神,她只是管辖着昆仑山众多山脉之一的玉山,职务仅是"司天之五厉及五残",是个凶恶的死神。甚至,西王母一开始连个神人都不是,只不过是一只"其状如人"的神兽罢了。

古人为西王母做整容手术的第一步,是把她拉入道教的神仙谱系,先入伙了道教女神再说,然后又在《穆天子传》中为西王母包装了一个又红又专的出生简历,即她亲口说的"我为帝女",这样一来,西王母的身世地位就显赫多了,女性形象也固定了下来,留给老百姓的印象也就舒服多了。

但是,西王母作为怪兽的模样虽然变了,作为死神的骨子还是没变,所以还需要给她实施第二步整容手术。于是到《淮南子》中,就有了"羿请不死之药于西王母,娥窃以奔月"的故事。这个故事的作用可不得了,就像一把锋利的整容手术刀,一刀弄下去,彻底把西王母整得脱胎换骨了,本来是"司天之五厉及五残"的恶神,摇身一变成了掌握"不死之药"的善神,死神被整容成了寿神。相比之下,阎王爷可就没她这么好的福气了,一直在阴间当地方官,管了一辈子鬼事也没挪过窝,不过也好,你说哪个小鬼敢不给他送礼?

整容之后的西王母,地位高了,权力大了,性格善了,足见《山海经》秘传的整容大法之奇效。而且,你别看西王母整来整去始终是个老太太形象,她也是越来越美丽动人了,就像骊山老母那样,怎么说也是个漂亮的老太太。后来,民间传说中的王母娘娘、送子观音、无生老母等女神形象,虽不能完全等同于西王母,但她们的形象来源都与整容之后的西王母有密切关联。

把女神整容成绝色美人,最成功的一例手术恐怕要算女娲。

一说起女娲,中国人谁都知道,就像说起自己的奶奶一样亲切。很多人以为,女娲补天以及抟土造人的传说故事出自《山海经》,其实不然,这些传说故事主要来自《淮南子》等书,《山海经》里根本就没有女娲这个人。虽然"女娲"二字在卷十六《大荒西经》中出现过一次,但并非指女娲其人:"有神十人,名曰女娲之肠,化为神,处栗广之野,横道而处。"这里讲的是十个神人的事,他们皆由女娲的肠子所化。郭璞在注释中补充说:"女娲,古神女而帝者,人面蛇身,一日中七十变。"

同样被误以为出自《山海经》的大神,还有盘古和他开天辟地的传说故事,其实《山海经》里也没有盘古这个人。有人认为,卷八《海外北经》和卷十七《大荒北经》所记载的"烛阴"或"烛龙"即是盘古,因为这种东西能够"视为昼,瞑为夜,吹为冬,呼为夏,息为风",这样的描写,与盘古的身体化为日月河流山川草木的故事非常相似。后来有很多提到盘古传说的书籍,都引用三国徐整的《三五历纪》,认定那是最早记载盘古传说的书,但《三五历纪》早就失传了,所有这些说法也就云遮雾罩一般,很难再搞得清楚了。

女娲令人崇敬的伟大神格,经过一系列神话传说故事的演绎,形成的较早,诸如她炼五彩石补天、断鳌足以立四极、抟土造人、建立婚姻制度等,甚至,女娲还发明了一种叫笙簧的乐器,被奉为音乐女神。

但是,包括《淮南子》在内的上古各种书籍,描绘到女娲的容貌时,却乏善可陈。大概是因为女娲能够"一日中七十变"吧,变来变去的,容貌也没个准儿,或众口一词,说她是"人面蛇身",这个造型与传说中的盘古是一样的,只是性别不同。可见,没经过《山海经》秘法整容之前的女娲,即使神格令人崇敬,容貌是绝对谈不上漂亮的。

女娲的整容手术是个大手术,反复做过好多次,历时也很漫长。有人考证过,汉代石棺画像《伏羲女娲手举日月图》中的女娲已经做过初步整容,由"人面蛇身"整容成了"人面人身",只是腿和脚还有点像蛇。汉代画像石刻《伏羲女娲舞乐图》中的女娲,显然经过了再次整容手术,成了"人面人身人腿",只剩下脚像蛇了。到了汉武帝建元年间,对女娲的整容力度进一步加大,从当时的很多图像中可以看到,术后的女娲已经变成一位花容月貌、细腰纤腿的标准美人了。

女娲最后一次整容手术,是《封神演义》操刀的,也是最成功的一次。

明代小说《封神演义》中,女娲的艳容可谓大放异彩,无论天上人间,均堪称绝色。故事说,女娲娘娘诞辰吉日,商纣王率群臣去庙里进香祈福,"忽一阵狂风,卷起帐幔,现出女娲圣像,容貌瑞丽,瑞彩翩跹,国色天姿,宛然如蕊宫仙子临凡,月殿嫦娥下世"。就连整天泡在美人堆里的商纣王一见,也"神魂飘荡"起来,甚至"陡起淫心",一面感叹"六院三宫,并无有此艳色",一面命人速取文房四宝来,乘兴于壁上挥毫献诗一首:"凤鸾宝帐景非常,尽是泥金巧样妆,曲曲远山飞翠色,翩翩舞袖映霞裳。梨花带雨争娇艳,芍药笼烟骋媚妆,但得妖娆能举动,取回长乐侍君王。"

其实,《封神演义》中如此令人神魂颠倒的女娲,也还只是个庙里供奉的石像而已,若是真人翩翩驾临,朝歌全城的男士们岂不都要吐血晕死? 故而商纣王回宫之后,心情久久难以平静,仍然"朝暮思想,寒暑尽忘,寝食俱废;每见六院、三宫,真如土饭尘羹,不堪谛视;终朝将此事不放心怀,郁郁不乐"。

很多人以为,《封神演义》里祸国殃民的故事是狐狸精妲己引出来的,这真是冤枉了妲己,这段红颜祸水,最初其实是由女娲的美色引出来的,狐狸精只是奉了女娲娘娘之命,去收拾收拾那个好色的商纣王而已。这个故事要是放在西方传说中,恐怕也没狐狸精什么事了,女娲大神或许真的就和商纣王好了一回……

热衷于为女神整容,把她们整得越来越漂亮,想必是古人在填饱肚子以后,从功能到审美的意识进步。《封神演义》成功为女娲所做的整容手术,显然是在忽悠学秘籍《山海经》的整容精神指导下完成的,是对《山海经》秘传整容大法的继承和弘扬。时至今日,《山海经》秘传的整容大法已经弘扬到海外去了,比如韩国人今天玩的整容那套把戏,就可以追溯到中国的《山海经》。

2009 年 2 月 11 日,芜湖

变性

变个身份,变个容貌,还只能算是《山海经》秘传整容大法的基本功,若要说最上一乘功法,那可就不仅是整容了,还可以变性。

卷一《南山经》中,就记载了一种性别不明的怪兽:"有兽焉,其状如狸而有髦,其名曰类,自为牝牡,食者不妒。"这种叫作"类"的兽竟然是"自为牝牡"的,用现在的话说,它既是公的又是母的。这大概是最早关于两性同体动物的描绘,这样的怪兽在《山海经》中还不止一种。

两性同体的人,《山海经》和《搜神记》里面都有。

《搜神记》卷十四说:"昔高阳氏,有同产而为夫妇,帝放之于崆峒之野。相抱而死。神鸟以不死草覆之,七年,男女同体而生。二头,四手足,是为蒙双氏。"意思是说,远古高阳氏的时候,有两个同一母亲生下来的人成了夫妻,颛顼帝把他们流放到崆峒山边的原野上,两人互相抱着死了。仙鸟用不死之草覆盖了他们,七年后,这男女两人长在同一个身体上,又活了。两个头,四只手,四只脚,这就是蒙双氏。

《搜神记》里说的两性同体人的故事,只是发生在颛顼时代而已,真正让人吃惊的是《山海经》说的两性同体人,他可不是一般的人,正是我们的老祖宗、三皇五帝之一的颛顼。《山海经》卷十六《大荒西经》说:"有鱼偏枯,名曰鱼妇,颛顼死即复苏。风道北来,天乃大水泉,蛇乃化为鱼,是为鱼妇。颛顼死即复苏。"

你看,《山海经》这一回亲自操刀上阵,直接在我们老祖宗之一的颛顼身上演示了整容大法的最上一乘功法——变性。变性的方法,与卷三《北山经》记载的怪兽"窫窳"整容一样,也是将颛顼置于死地而后生。最后,硬是把颛顼整容成了"鱼妇",也就是从男神整容成了女神。不过,这里的"鱼妇"究竟该怎么解释,众说纷纭,尚无定论,但至少,颛顼已被整容成了一位不男不女、亦男亦女的神。

传说中的颛顼本来是男神,且娶妻女禄,但在三皇五帝的谱系中,颛顼一直是北方水帝,北方乃主阴主水之方位,本来就有女性气质,所以,《山海经》给颛顼做变性手术也不是全无道理的。

楚国老愤青屈原,显然受到这例变性手术的深刻影响。他在《离骚》的开篇即云:"帝高阳之苗裔兮,朕皇考曰伯庸。"这句诗里的高阳,一般认为是楚族的高祖妣,也就是女性。估计是母系社会的缘故,被神化了的各族姓氏远祖"高祖妣",基本上都是无夫生子的高尚女性,比如夏商周的高祖妣,分别是女娲、简狄、姜嫄。

有人说,《离骚》里的高阳即是颛顼,所以颛顼应该是女性。看来,《山海经》给颛顼做的变性手术,早在屈原那个时代就已经被老百姓广为接受了。至于泰国人今天玩的人妖把戏,想必都可以追溯到中国忽悠学秘籍《山海经》。

受《山海经》忽悠精神影响,很多后世文人也在自己的书里玩起了整容大法,但多数只是玩玩初级功法,变个身份,或变个容貌。敢于玩变性这种高级功法的书却不多见。要说玩变性玩得比较突出的,可能只有晋人干宝的《搜神记》等少数几种书。在《搜神记》的卷六与卷七中,干宝不止一次地玩起了最上一乘整容大法:变性。

不男不女的变性故事,《搜神记》里写过两则,都发生于西晋惠帝时期。一则故事说,有人一生下来就是"男女二体",长大以后"性尤好淫",而且既能和女人做爱,也能和男人做爱。另一则故事说,有个人从小是女子,后来越长越像男人,长大后成了"女体化而不尽,男体成而不彻"的阴阳人,此人竟然搞不清楚自己究竟是男是女,甚是烦恼,于是娶回一个老婆来试试,结果没有生育。故事没有说此人找个老公来试试的结果,估计也没人敢娶。

女人变成男人的故事,《搜神记》里仅有一则,发生于战国时期,故事中的女人变成男人之后,还娶了妻,生了子,古人以为这是大吉大利之事。

此外,《搜神记》里还有两则男人变成女人的故事,分别发生于西汉末年和东汉末年,其中一人嫁人生子,另一人不知所终,古人皆以为凶兆,因为这种事情一出,西汉就改朝换代了,再一出,东汉又被曹操"挟天子而令诸侯"了。

2009 年 2 月 12 日,芜湖

克隆法

细读《山海经》,读出了整容,读出了变性,若再读下去,就该读出克隆了。

一提到克隆,很多人以为是西方国家研究出来的什么高科技,其实不然,中国古代忽悠学秘籍《山海经》里早就有了克隆思想,只不过没有明说。

《山海经》的克隆思想,隐藏在整容大法里面。你看,《山海经》在为怪兽"窫窳"和我们老祖宗颛顼整容时,都有一个公开但不为后人注意的秘密,就是将他们置于死地而后生。如卷十一《海内西经》,说六个巫医"夹窫窳之尸,皆操不死之药以距之",又如卷十六《大荒西经》说颛顼"死即复苏"。可见,他们都是死了之后又活过来的,于是整容大功告成,但在他们死而复活的过程中,究竟发生过什么事呢?不得而知,《山海经》没有明说,其实,这里面隐藏着克隆大法的奥秘。

克隆,在西方人所谓的高科技中,也只是解决了身体问题,顶多是克隆出个动物的外形来,最致命的难题则是如何解决灵魂问题。比如克隆出一只羊,此羊是否彼羊还不好说,弄不好把羊的灵魂张冠李戴也未可知。

《山海经》的克隆思想就不一样了,明显高超得多。《山海经》高度重视克隆的灵魂保障问题,比如怪兽窫窳,生前与死而复活之后都不改吃人的秉性,再如老祖宗颛顼，从男变到女，或变得不男不女，他作为北方天帝的神格一点儿都没变。至于外形有些差异，毕竟不是关键，那时候的《山海经》，或许整容大法已经炉火纯青，克隆大法还没修炼到位。

但无论怎么说，西方人玩的克隆把戏限于形体，终究是缘木求鱼，不得要领，《山海经》克隆思想的精髓则在于灵魂，其档次不可同日而语。故而建议西方科学家先沐浴更衣，拈香拜读中国忽悠学秘籍《山海经》，再妄谈克隆之事，或许更靠谱一些。

《山海经》的克隆大法，为什么要把人置于死地而后生呢？

其实道理很简单，因为身体可以克隆无数个，但能招回来的灵魂只有一个。如果克隆你，你现在的身体必须先死掉，否则克隆出来一个与你一模一样的身体，你的灵魂不去，身体有何用？就像孙悟空，吹一把猴毛就可以克隆出一大群孙悟空，但只有一个孙悟空是真的，因为只有一个孙悟空是有灵魂的。

《山海经》克隆思想的本质，就是为一个灵魂找一个新的身体，或者为一个身体招一个灵魂，身体只要一个就够了，多了也是行尸走肉，浪费。所以，《山海经》所谓的死而后生，主要是指灵魂的复苏，至于灵魂在什么样的身体上复苏，并不重要。如果你死了，你的灵魂在一只猪的身上复苏，也算是把你克隆成功了，就像禅师所云"绝后再苏，欺君不得"，几人能会其奥妙？

《山海经》注重灵魂忽视外形的克隆思想，在八仙传说中得到了很好的继承。

八仙传说中的克隆故事，主人公是铁拐李。铁拐李本来可没有这么丑，而是个玉树临风、英俊倜傥的白面书生，他修仙得道后，有一次元神出窍遨游四海，将肉身留在家中，家人发现他身体一动不动，以为死了，便一阵哀哭，将他入棺下葬，等他元神回来时已无法附体了。据说元神离开身体之后，须在五时三刻之内返回，而且身体不能被挪动，现在，他的身体已经被装进棺材入了土，自然没法返回了。情急之下，白面书生发现河边躺着一具叫花子的尸体，刚断气不久，身体还有热气，于是只好附体于叫花子，等他站起来时才发现，叫花子原来是跛子，身边还有一根拐杖……，白面书生就这样变成了铁拐李。

铁拐李虽与白面书生外形不同,但却是书生本人,这是注重克隆灵魂而不注重克隆外形的经典案例,也意味着身体可死,灵魂不灭,否则克隆与塑像何异?中国民间传说中,有许多故事写到身体不死,灵魂却被鸠占鹊巢,诸如妖孽附体控制人的灵魂之类,这也说明身体不过是个臭皮囊,仅供灵魂暂居之所,这就暗合了《山海经》的克隆思想:灵魂才是死而复生的关键。

随着《山海经》克隆思想在中国文人脑子里的进一步成熟,能够在外形和灵魂两方面都克隆得一模一样的例子,也诞生了,那就是《封神演义》中的哪吒。

众所周知,哪吒曾经死过一次。他大闹龙宫,得罪了龙王一族,让老爹托塔李天王下不了台,四海龙王兴师问罪,水淹陈塘关,哪吒为了使全城百姓免遭劫难,悲愤自刎,削骨还父,削肉还母。后来,他师父太乙真人大约是认真研究了《山海经》里的克隆大法,借莲花与鲜藕为身躯,让哪吒还魂再世。

克隆出来的哪吒与原来的哪吒相比,从外形到灵魂都一模一样。可以说,太乙真人是有史记载的中国最早的克隆科学家,不过他不是提取基因,而是用荷叶和鲜藕,玩了一套招魂的把戏。其实他克隆哪吒的技术关键,正是在这"招魂"上。

佛陀说,世界必经"成住坏空"四个阶段,谁也跑不掉。现在这世道大约是"坏"的阶段了,人类灭绝是迟早的事,不过佛陀又说了,劫劫循环,灭绝了还有机会再来,关键是要人人自危,如救头燃,抓紧修行。

斯皮尔伯格的电影《人工智能》说,以后的世界没有真人,都是机器人,这真让人心灰意冷,但若按照《山海经》的暗示,又大可不必灰心丧气,因为人类迟早要走向克隆的光明大道,只要灵魂不灭,就有办法,只要善心不泯,皆可乘缘再来。不过,走这条光明大道是要付出代价的,就像窦胤、颛顼、铁拐李、哪吒付出的代价一样,置于死地而后生。

克隆大法兴起以后,人类世界会是啥样呢?

首先肯定要为克隆立法。为避免伦理灾难,各国政府联合成立世界克隆监督委员会,就像证监会那样简称"克监会",并承认克隆技术源自中国的《山海经》。

《克隆法》规定,当儿童该长的地方都长齐全了,就给他克隆一个一模一样的身体,用最先进的保鲜技术保存起来,等他一死就启动招魂大法,让他的灵魂在克隆的身体上复活。原则上,克隆面前人人平等,但独裁等造恶业者不享受克隆待遇,死后只能入饿鬼道劳动改造,自然轮回,劳教期满之前不得投胎为人。

《克隆法》规定一夫一妻制,灵魂好比老公,身体好比老婆。一个灵魂不能同时有两个身体,身体旧了如果不想做鬼,就暂时死一次,克隆一个新身体,招魂复活。一个灵魂始终只给他克隆一个身体,别人的身体是有专利的,严禁仿照,否则克隆成人家老公或老婆的模样,就会惹大麻烦,一旦检验出真伪,处以极刑。

但出于人性化考虑,《克隆法》还规定,若有人对原来的模样不太满意,克隆时也可以适当修改,只要不模仿人家老婆老公即可。也许有人说,这样也存在伦理问题,没关系,中国传说中的阴间有奈何桥,还有孟婆汤,只要把中国阴间奈何桥公司制造的孟婆汤作为克隆指定产品,像军转民用一样阴转阳用,喝了汤过了桥,一切都忘了,重新再来,以前的恩恩怨怨都化作缘力、业力、愿力,继续影响新的一生。

这,大约就是《山海经》暗示的未来克隆人世界。

2009 年 2 月 14 日,芜湖

无史可录

读罢《山海经》,满纸忽悠言。

某个午后,掩卷再思,把其中大大小小的忽悠仔细梳理一遍,猛又觉得它用心良苦。何故?就是它从头至尾描绘的"神谱"以及处处流露的祭祀意识。我这么一说,估计你会发笑,一部说神说鬼的上古天书,当然有祭祀意识,何必大惊小怪?其实,《山海经》里看似最忽悠人的神谱,恰恰是不忽悠的。

《山海经》的祭祀意识,的确不足为奇,但关键在于:祭祖在先、拜神在后。

我们从《山海经》里看出来的"神谱"崇拜,貌似很忽悠,其实这是最平常不过的"家谱"崇拜。拂去史话干扰的神谱,看清无史可录的家谱,这一点,正是天书《山海经》潜藏在大忽悠中的不忽悠,是《山海经》所揭示的民族根性与生命真相,也是《山海经》给我们后世子孙的真正教育。可惜后世中国人,没能识破《山海经》这番警示和苦心,所以拜神之风始终盛于祭祖之风,受其祸害数千年矣!

需要举个例子吗?看看中国历代皇帝,此即是"拜神盛于祭祖"的典型。自从有了皇帝,史话干扰的"神谱"就遮蔽住了无史可录的"家谱"。而在此之前并不是这样的,比如商朝崇拜鬼神,但要知道,商朝把祭祀的鬼神分为天神、地祇、人鬼三类,其中最重要的祭祀对象并不是天神和地祇,而是人鬼,即祖先。也就是祭祖在先、拜神在后。这就是《山海经》里不忽悠的精神遗产。

若不是《山海经》记录了老祖宗黄帝的谱系,我们还真不清楚自己是怎么来的。《山海经》记录神谱(家谱)的内容,大约有三十多条,绝大多数在《大荒经》中,只有少数几条在《海内经》中。不过,《海内经》记录虽少,却对神谱做了一番大盘点:

"黄帝生骆明,骆明生白马,白马是为鲧。帝俊生禺号,禺号生淫梁,淫梁生番禺,是始为舟。番禺生奚仲,奚仲生吉光,吉光是始以木为车。少皞生般,般是始为弓矢。帝俊赐羿彤弓素矰,以扶下国,羿是始去恤下地之百艰。帝俊生晏龙,晏龙是为琴瑟。帝俊有子八人,是始为歌舞。帝俊生三身,三身生义均,义均是始为巧倕,是始作下民百巧。后稷是播百谷。稷之孙曰叔均,是始作牛耕。大比赤阴,是始为国。禹、鲧是始布土,均定九州。炎帝之妻,赤水之子听訞得丰美訞生炎居,炎居生节并,节并生戏器,戏器生祝融,祝融降处于江水,生共工。共工生术器,术器首方颠,是复土壤,以处江水。共工生后土,后土生噎鸣,噎鸣生岁十有二。洪水滔天,鲧窃帝之息壤以堙洪水,不待帝命。帝令祝融杀鲧于羽郊。鲧复生禹。帝乃命禹卒布土以定九州。"

这番大盘点,可谓气势恢宏,既是神谱,更是家谱,要想梳理出一个清晰的头绪实在不易。后世关于祖先的各种各样的传说,基本都源于这次盘点。

"百行孝为先",众所周知,祭祖最基本的一个出发点是"孝",天经地义,人人习以为常,正如《易经》所谓"先祖者,类之本也"。但是,正因为我们对祭祖这种行为太习以为常了,反倒看不清祭祖在"孝"之外还有更深层的意义,也就识破不了我们被观念遮蔽、被史话干扰的生命真相。

关于"孝",东汉时流传着一个著名的故事——孝子丁兰"刻木事亲"。这个故事有几个版本,其中见于《二十四孝》中的版本最简短,也最传神:"丁兰,幼丧父母,未得奉养,而思念劬劳之恩,刻木为像,事之如生。其妻久而不敬,以针戏刺其指,血出。木像见兰,眼中垂泪。因询得其情,即将妻弃之。"

另一个版本,据说是中国人祭祖习俗的由来。故事说丁兰平日里砍柴为生,因母亲未能按时给他送饭而不满,有一天在山中,他偶然看见一只小乌鸦给一只老乌鸦喂食,此即《本草纲目》记载的乌鸦反哺的情景,丁兰深受感动,再次看见母亲送饭来时,便放下柴刀主动去迎接,母亲被他的意外举动惊呆了,一时不慎落水淹死。丁兰后悔莫及,就把一根木头当作母亲,日夜祭拜。丁兰拜祭木头的孝举,后流传民间,形成祭祖习俗。

这个故事,反映了中国民间"孝"的传统。而关于"孝"的教义,也是释道儒三教所共奉的。儒家《孝经》云:"夫孝,天之经也,地之义也,人之行也。"佛教云门宗禅师契嵩的《孝论》也说:"夫孝,诸教皆尊之,而佛教殊尊也。"道教也有一个教派叫净明道,奉许逊为祖师,以"孝"为核心教义。

今日社会,我们提倡祭祖,其内涵已不仅是"孝",已不仅限于怀念祖先或祈求神灵庇护,更在于识破被观念遮蔽、被史话干扰的生命真相,事实上,中国的老百姓不是被《山海经》忽悠得太久了,而是被皇帝们忽悠得太久了。

梁小斌曾在一篇关于我的诗评中说到"亲情大同的文明史",他说:"中国文明说到底,仍然是一个祭祀文明。祭祀不仅限于仪轨,它大概囊括了中国人心灵的全部。中国人最真实的生命状态就是祭祖,而不是祭什么有辉煌业绩、有传奇故事的神或大救星。甚至可以说,祭祖先于祭佛、祭孔、祭屈原。中国以祖为人,以生生不息的家谱延续构成中国民族大家庭的亲情大同。"

如此,你能否体会《山海经》的良苦用心?所以说,读忽悠学秘籍《山海经》,应剥去神谱的外衣,还原家谱的骨头,这才无愧于古人为我们留下这部天书。剥去神谱的外衣,就是剥去老百姓日常生活中的史话干扰;还原家谱的骨头,即是还原老百姓无史可录的生命真相。呜呼!满纸忽悠言,一把家谱泪,都云此经邪,谁解其中味?

辑五：小人国

引子
东方女人,西方小人？
妖精味
"无狐魅,不成村"
三部英国小说和一把猴毛
童子功
小鬼当家
侏儒的法界
斯威夫特、纪晓岚与邋遢书生
从红榴娃到小官人
尾声

引子

入冬无雪,心情烦闷。红尘未破之人,俗缘未了之身,哪里逃?再说眼下世道,已无世外桃源可访,或有一两处,已成开发区。于是乎暂避闲书,一边等雪,一边寻几处云里雾里的小人国游逛一番,以慰身心。故而,本人妄谈的小人国,纯属娱乐,或曰伪学术,但是真文学。

说起"小人",你是否警觉地想到君子?这也难怪,毕竟很多中国古籍中的"小人"称谓有卑鄙之意,《易经》里就有。还有一些古籍中的"小人"意指贱民,《尚书》里就有。

但本文所谓的"小人"仅指民间传说或文学作品中描绘的身材矮小的人,包括身高仅有几寸的神秘小人儿,既无卑鄙之意,亦非贱民。

古籍中的小人国,或许仅有宋代《太平广记》在描述"鹤民国"时,作了正人君子与卑鄙小人的区别,但区别也不大,仅限于智商高低,没有上纲上线到德行的高度。鹤民国人身高仅几寸,正人君子只是比卑鄙小人聪明一些而已。君子会用木头制作自己的形状,丢在沙滩上诱骗海鹄吞吃,结果海鹄被活活卡死,久而久之,海鹄见到真的鹤民国小人也不敢吞吃了。鹤民国的卑鄙小人其实也不卑鄙,只是笨一些,不会制作木头人,所以惧怕海鹄来袭而不敢独行。

欲识小人儿真面目?放下邪念,且随我来……

2009年1月15日,芜湖

东方女子,西方小人?

民间传说或文学作品,无论东方的还是西方的,凡写到怪异之人,往往引人入胜。如野人、阉人、人妖、侏儒、巨人、克隆人、僵尸、吸血鬼、狐狸精、木偶人、小纸人、小泥人,等等。其中,以小人儿或小人国故事最有趣意。

首先有必要区别一下:"小人儿"与"小人国"是两类不同的故事。只有描绘成群结队的小人儿,以及他们的生活情趣甚至集体文化,才能算是小人国故事,否则只能算是小人儿故事。若想身临其境游逛小人国,先得去逛逛千奇百怪的小人儿世界。

细数中外传说与文学作品中的小人儿故事,约有四大套路:精灵、侏儒、童子、鬼怪。这四大套路经常互相交叉混合,总的来说,西方文学中的小人儿多数是精灵类或侏儒类的,中国文学中的小人儿多数是童子类或鬼怪类的。至于小人国故事,写得最出色的高手莫过于爱尔兰人斯威夫特、中国清代邋遢书生宣鼎和蒲松龄了。

一般认为,西方这类故事比中国的丰富,如斯威夫特的《格列弗游记》,里面有两个互相打仗的小人国;格林童话《白雪公主》里有七个善良的小矮人;托尔金的《魔戒》里有矮小而神秘的霍比特人。这些小人儿或小人国故事,或诙谐生动,或离奇深刻,读起来过瘾。所以有人说,写女人是中国文人的拿手好戏,写小人儿则是西方文人的专长。

其实未必如此。

西方的小人国故事之所以著名,一是因为多数翻译成了中国儿童读物,国人从小就读,名气大了,给人以经典的直觉。如《格列弗游记》、《白雪公主》、《地板下的小人》、《大拇指汤姆》、《阿丽思漫游奇境》等;二是西方有几部专门写此类故事的作品,远比中国的同类故事篇幅长,结构也复杂得多,给人以专著的直觉。如意大利作家卡尔洛的《木偶奇遇记》,蜚声世界。再如瑞典作家拉格洛芙的尼尔斯《骑鹅旅行记》,这部以小人儿为主题的小说篇幅很长,还获得了诺贝尔文学奖。

其实,中国文人笔下也有不少经典的小人国故事,写到小人儿或小人国的中国古籍也远比西方的多,只不过零零星星,散落于各类闲书或笔记之中,尚未系统开发出来,名气小了一些。

早在《山海经》中,即描绘过小人国与巨人国,只不过描绘得比较简单。如卷十四《大荒东经》,仅有一句"有小人国名靖人",卷十五《大荒南经》也只是顺便提及"有小人,名曰菌人",皆一笔带过,仿佛不屑于多说。

但从仅存的几个字眼去揣摩,还是可以窥其一斑的。如卷六《海外南经》提到的小人"冠带",既戴帽子,又系腰带。卷十五《大荒南经》提到的小人国"几姓,嘉谷是食",他们竟然还有姓氏,吃的是上等五谷。由此可见,《山海经》里的小人国,似乎国民生活富足,而且很有文化修养,既非卑鄙之人,亦非贱民。

中国人十分熟悉的道家典籍《庄子》、《淮南子》和《列子》,也都写到过小人国。其中要算《庄子》写得最邪乎:"有国于蜗之左角者,曰触氏,有国于蜗之右角者,曰蛮氏。"想想看,连蜗牛的两只角上都有两个国家,双方还经常打仗,多邪乎啊!可见,古今中外所有关于小人国的描绘,除了佛陀释迦牟尼宣称的"一粒沙中有三千大千世界"之外,庄子笔下的小人国恐怕是最小的了,他描绘的小人儿也是体格最小的品种,大约属于细菌类。

唐代著名和尚道世,在编辑《法苑珠林》时也引用过《山海经》里的小人国记载，并进一步发挥想象力，更加生动地把他们描绘成"迎风则偃，背风则伏，眉目具足，但野宿"。晋代道士葛洪在其名著《抱朴子》中，也记载过"山中有小人乘车马"的情景，写得诡异奇巧，栩栩如生。

此外，几乎在所有的中国古代志怪小说集里，都能找到活泼泼的小人儿形象。如《神异经》、《述异记》、《封神演义》、《洞冥记》、《搜神记》、《太平广记》、《八仙列传》、《聊斋志异》、《西游记》，等等。就连正儿八经的官方图书《国语》和《史记》，以及大宋皇帝亲自阅读的书《太平御览》，也都提及了小人国。至于清代文人笔记，如《子不语》等书中，小人儿或小人国的故事就更多了。

即便如此，中国的小人国故事还是给人以随笔的印象，不像西方那样弄出了经典，写成了气候。其实，能算得上小人国专著的中国小说也有一些，比如《聊斋志异》中的《小官人》堪称代表，只可惜篇幅太短，虽也情趣生动，但情节似未展开。相对来说，篇幅较长且描绘生动的中国小人国故事，主要不在正儿八经的小说中，而见于清代文人笔记《阅微草堂笔记》和《夜雨秋灯录》。

2009年1月15日，芜湖

妖精味

前文说了,精灵、侏儒、童子、鬼怪,是古今中外小人儿故事的四大套路。"精灵"这个称谓,主要源自西方民间传说或文学作品,中国人一般称之为妖精或精怪。也就是说,西方人所谓的精灵大约就是中国人所谓的妖精。但细细品味,味道又不同。相对来说,中国文学中的妖精形象绝大多数是邪恶的,西方文学中的精灵则与魔鬼有迥然不同的"分工",魔鬼肯定代表邪恶,精灵却未必邪恶,绝大多数情况下精灵是很美妙的。

西方文学中的精灵,是一种既谈不上善良也谈不上邪恶的形象,或者说,精灵的心态很不好捉摸,一会儿善,一会儿恶。西方文学作品也很少给精灵定什么道德标准,大多数情况下,他们仅是嬉戏玩乐的一族。

在不同的文化背景下,精灵的形象被传说成各种各样,五花八门,最常见的形象好像是古树精灵和动物精灵,如果走进西方故事《纳尼亚传奇》、《魔戒》或《哈利波特》中,即可经常遇到古树或动物造型的精灵。

中国人有一个基本观念:无论啥东西,年深日久了便有可能成精。《西游记》里的妖精特别多,其中动物精灵随处可见,飞禽走兽,大到黄狮白象,小到蜘蛛老鼠,甚至水里的鱼虾蟹蚌,啥都有,多数描绘得栩栩如生。包括主人公孙悟空猪八戒沙和尚,也清一色是精怪出生。此外,《聊斋志异》里的狐狸精,《白蛇传》里的蛇精,妖精形象也很鲜明。

相对来说,中国民间传说中的植物精灵,形象鲜明而能让人经常谈论起来的比较少,不过,中国文学中的植物精灵,绝大多数是善的,至少是不善不恶的。《牛郎织女》(又名《天仙配》)中的槐荫树或许可以算一个,东北传说中的人参娃娃也可以算一个,葫芦娃当然也算,此外,容易被想起来的植物精灵还有八仙之一的荷仙姑,不过这是个误会,因为荷仙姑并非荷花精灵。《聊斋志异》中虽也有一些植物精灵,但其生动性远远不能和狐狸鬼怪相提并论。

中国文学作品中,植物精灵集体登场的好戏,见于《西游记》。虽然在孙悟空眼里这些植物精灵都是蛊惑师父的妖怪,但实际上,他们也是谈不上善良也谈不上邪恶的形象。

在"荆棘岭悟能努力,木仙庵三藏谈诗"那一回,吴承恩描绘了五个古树精灵。前四个出场的分别是:松树精灵劲节公、柏树精灵孤直公、桧树精灵凌空子、竹子精灵拂云叟。它们都已修行千年,化身为人,翩翩儒雅,知书达礼,与唐僧一起赏月吟诗,品禅论道,甚有风度。特别是后来现身的女树精"杏仙",更是能歌善舞,才色俱佳,我曾在一首极短的诗《绝句》里写到这个"杏仙",把她想象成掌上起舞的小人儿:

今夜,你在我掌心起舞
像小小的杏仙

天色未亮,我吹一口俗气
带你回人间的草棚

在"荆棘岭"这一回,吴承恩还写到三个作为配角出场的植物精灵,一个是赤身鬼使,即丹枫精灵;另有两个青衣女童,分别是腊梅精灵与丹桂精灵。如此算来,这一回共写了八个植物精灵,其实不止,若仔细阅读会发现,那荆棘岭的木仙庵旁边,是有"二株腊梅,二株丹桂"的,也就是说,还有一个腊梅精灵与一个丹桂精灵没有现身,或许是尚未修炼成人形吧,因此,《西游记》这一回里写到的植物精灵实际上共有十个。

在中国人的传统观念中,最有神秘感的植物应该是桃树和人参,因为桃树制鬼通神,人参却病延年,但《西游记》这一回精彩的植物精灵大戏却没有提到它们。不过,在大闹天宫和五庄观的情节中,《西游记》倒是分别写到了两处充满灵性的植物园,一处是王母娘娘的蟠桃园,一处是镇元大仙的人参果树,但这里的蟠桃树和人参果树并没有幻化为人形,莫非这么牛的植物也未修炼成精?

相对而言,西方的精灵传说比中国的妖精传说更加系统和深入。

西方的精灵形象,据说最早源于北欧神话。大约从中世纪开始,精灵就已经是西方文学中很常见的形象了,但要注意,西方传说中的精灵或侏儒,并不是某种特殊的"人",而是独立于人类之外的另一族生灵,他们具有自己鲜明的族群性格,有自己独立的世界。精灵一族甚至还有自己的语言和文字,即所谓的"精灵语"或"精灵文",可不像中国传说中的那样,精灵或侏儒经常与人类混为一谈,甚至干脆把他们理解为某种特殊的"人"。

故而,西方的精灵们是有鲜明的族群性格可循的。

有研究者总结过,西方传说中的精灵一族,性格大致可以归纳如下:自然单纯;自娱自乐;遇到新鲜事很好奇但不像人类那么贪婪;寿命长;能以宽广的视角看待人世间的一切事物。他们的行为往往与诗歌、舞蹈、说唱、魔法有关。对自己喜欢的或承诺的事情能专心一意。与他们交朋友或成为敌人都需要很长时间。他们不太在意轻微的冒犯,但对严重的侮辱会采取强烈报复。

有了上述具体而鲜明的族群性格之后,西方的精灵传说又进一步衍生,渐渐出现了一些功能比较固定的精灵形象,他们的脱颖而出是自然而然的事,比如高等精灵、木精灵、黑暗精灵、日精灵、翼精灵,等等。他们的功能也越来越具体化,在精灵世界里各司其职,俨然就像中国古代传说中的某一类神谱,或宗教里的神团体系。在现当代西方文学作品中,如果写到上述这些形象比较固定的精灵,作家一般不会随意改变他们已经定型的性格或功能,用中国话说,不会随意改变妖精的味道。

2009年1月16日,芜湖

"无狐魅,不成村"

西方传说中的精灵一族,有相对固定、比较鲜明的性格特征,但在中国民间传说中,功能与性格很固定的某一类妖精并不多见。除了龙、凤、麒麟之类的虚构"神物"之外,中国大约仅有一种妖精形象算是真正深入了人心,那就是狐狸精。不过要注意,狐和狸是两种动物,中国的狐狸精指的是狐,并不是狸。

中国的狐狸精形象可谓源远流长。早在先秦时期,古歌谣《涂山歌》就唱到:"绥绥白狐,九尾庞庞;成于家室,我都攸昌。"这个歌谣传下来多种版本,这是最简短的一种,似乎也是最正宗的版本。其实,狐狸精形象的形成比先秦还要早,据《河图》说,"黄帝生,先致白狐",若按此说法,早在黄帝那时候白狐就被尊为神物了。

上古天书《山海经》也多次提到狐。《南山经》说"青丘之山,有兽焉,其状如狐而九尾,其音如婴儿,能食人,食者不蛊"。《海外东经》说"青丘国在其北,其狐四足九尾"。《大荒东经》也说"有青碧之国,有狐,九尾"。从这些简略的描绘中可以看出,著名的九尾狐形象并不是一开始就是很迷人的,她是经历了从"食人兽"到象征王者子孙兴旺的"瑞兽"的形象演变,直到《白虎通》

里才吉祥如意起来的。

唐代张鷟的《朝野佥载》说,狐仙在唐宋时已广为民间崇拜,各地供奉狐仙的庙很多,差不多就像"家家弥陀佛,户户观世音"那样流行。当时甚至有这样一则谚语:"无狐魅,不成村。"可见狐狸精已差不多与中国人的生活水乳交融了。这种狐仙崇拜的风气不断演变,至明清小说中,狐的精灵形象变得更加生动丰富,《封神演义》中的狐精妲己便是最著名的一个,当然,狐精形象的极大丰富更得益于蒲松龄老先生对"狐文化"的大力弘扬。

有人统计,《聊斋志异》中的故事,写到狐狸精的有83篇之多。狐狸精已成为中国人心目中习以为常的精灵形象,就像西方人习以为常的吸血鬼形象一样。喜欢看外国电影的人经常可以看到吸血鬼的故事,但中国人往往对吸血鬼不以为然,因为找不到心理感觉,甚至觉得有点牵强附会。其实,西方人看到中国的狐狸精故事也一样会觉得牵强附会,找不到心理感觉,这是文化心理积淀不同导致的结果。

狐的形象,一开始就是神秘兮兮的,从《说文解字》把"狐"解释为"祅兽也,鬼所乘之"可见一斑。作为中国精灵形象的典型代表,狐狸精当然也有相对固定的族群性格,用一个字概括,就是"媚",这是核心。值得注意的是,西方民间传说中也有狐狸精,只不过不是很典型的精灵形象,而且,中国的狐狸精都是女性形象,西方不仅有女狐狸精,还有男狐狸精,只可惜找不到很生动的狐狸精故事。

在"媚"的基础上,若再仔细考察还会发现,狐狸精具有善良、聪明(心灵手巧)、重情义(报恩)、美丽(风骚魅惑)等族群特征。最重要的一点,是她们具有独立性,就像西方民间比较成熟的精灵传说系统那样,狐狸精并不是某种特殊的"人",而是有自己的世界和行为法则。

狐狸精有善的一面,也有恶的一面。狐狸精之善恶,主要体现在两点:一是因为狐仙修炼之需,要不断地吸取人的阳神,而且必须吸取"好人"的阳神才有效,这就难免要害人了,而且必须害"好人"。二是面对坏人的时候,狐狸精往往会变得更坏,面对好人的时候,狐狸精也许就会变好。狐狸精的这个特点,弄得中国文人心里头很痒痒,大凡梦想着艳遇狐狸精的文人,其实骨子里不仅是好色意淫，更是把自己当做一个好人了。

这种"遇好人变好、遇坏人更坏"的族群性格的形成，与佛家讲的"三界唯心，万法唯识"有一定联系，人心善就见到善境，人心恶就见到恶境，天堂地狱皆由心造，狐狸精之善恶自然也是人心所造。

说到这里，不得不想起《封神演义》里的妲己。这个著名的美丽狐狸精，一直被中国人看作是阴险的妖怪形象。如果细读《封神演义》开篇你就会发现，这多少有点冤枉了她。狐狸精妲己完全是在遵循大神女娲的指令行事，搞垮朝歌这件事儿，一是为了修成正果，二是为了铲除人间恶势力商纣。即使她不是为了这些，一个小小的狐狸精岂能违抗女娲的指令？

除了狐狸精之外，勉强还能算是比较固定的中国精灵形象，只有蛇精了。这得益于民间故事《白蛇传》的广泛流传，不过，要像归纳狐狸精那样准确地归纳蛇精的族群性格，还有些困难。除了《白蛇传》里的白素贞和小青，几乎所有的蛇精形象都是"恶"的，比如《西游记》、《聊斋志异》和《葫芦娃》里的蛇精。

中国的其他精灵形象，如黑鱼精、黄鼠狼精或夜叉之类，虽然也经常出没在民间传说中，但角色并不鲜明，几乎全是配角或者不太重要，形象也就不是很固定了。大约仅有西湖的传说中，能找到关于黑鱼精的比较生动的描绘。

此外，特别值得一提的还有猴精。中国有一个家喻户晓的著名猴精孙悟空，但由于仅限一个孙悟空，猴精也没有形成鲜明的族群性格，我们关于猴精的性格联想，只是与动物猴子差不多而已。而且除了《西游记》之外，中国其他传说中也找不到猴精的"同类产品"，所以猴精算不上是中国文学中固定的精灵形象。同理，印度史诗《罗摩衍那》虽然生动地描绘了流亡猴王须羯哩婆，还描绘了一个类似于孙悟空的著名神猴哈奴曼，但猴精也算不上是印度文学中固定的精灵形象。

2009 年 1 月 17 日，芜湖

三部英国小说和一把猴毛

一

西方文学中描绘的精灵,很多是小人儿形象的。但正如前文所说,西方传说中的精灵并不是某种特殊的"人",而是独立于人类之外的另一族生灵,他们具有自己鲜明的族群性格,有自己独立的世界。

北欧神话里,就经常描绘到一种耳朵又尖又长、类似人形的美丽生灵,还有一种背上长出昆虫翅膀的、身材瘦小的小妖精,他们就是小人儿形象的精灵。小人儿形象的精灵往往具备三种最基本的形象特征,无论是西方传说还是中国传说都是一致的:一是聪明,二是自由,三是会飞。

说到小人儿形象的精灵,想起很多年前的一部电视连续剧,大约是一则北欧神话故事:一个幸运的人获得了一只神奇的袋子,什么东西都能装得进去,类似于中国神话中弥勒菩萨的布袋。有一天,一大群长相稀奇古怪的小人儿来找他,这些小人儿个个都长着翅膀,红皮肤,眼睛里射出金黄色的光,满屋子乱飞,估计是从死神身边飞来的精灵们。这个幸运的人和精灵们赌博,赌了整整一个通宵,赢了一大堆金币。精灵们都输光了,很不服气,想要赖,还威胁要杀死他,于是他拿出袋子,念动咒语,只听呼啦一下,精灵们全都被装进了袋子里,纷纷求饶。等他解开袋子的时候,精灵们争相逃窜,慌不择路,有一个精灵跑得慢了一点,被他一伸手掰断一只脚趾。事后他把精灵的脚趾种在窗台上的花盆里,开出了黑色花瓣。

在现当代西方文学中,描写小人儿形象的精灵,恐怕要数英国作家最牛。因为最有名的精灵描写见于三部英国人的小说:《纳尼亚传奇》、《魔戒》和《哈利·波特》。

英国作家刘易斯在《纳尼亚传奇》里描绘的精灵,主要是动物形状,都活泼生动无比。在《纳尼亚传奇》第一部中,刘易斯笔下的动物精灵也有人形的,比如有一个羊精灵,就是头上长出羊角、身上裹着羊皮、光着羊蹄子在雪地里跑来跑去的人,只不过他不是那种体格很小的小人儿。中国的《山海经》里,也写到一些羊身人面的形象,不过它们不是精灵,而是山神。卷二《西山经》说:"崇吾之山至于翼望之山,凡二十三山,六千七百四十四里。其神状皆羊身人面。其祠之礼,用一吉玉瘗,糈用稷米。"还有卷三《北山经》记述的吃人怪物"狍鸮",也是"羊身人面"。

在《纳尼亚传奇》第二部中,小人儿形象的精灵就出现了。那些看上去饱经沧桑、一脸苦大仇深的小矮人们,则是精灵和侏儒的形象混合体。

小说《魔戒》的作者托尔金也是英国人,他笔下有数不清的精灵、矮人或侏儒,个个都很神秘。《魔戒》描绘了"精灵王"葛罗芬戴尔,他来自"中土世界",那里的精灵形象也是各种各样的,有坐在树上唱歌的傻子精灵,有能够用魔法控制邪恶力量的精灵,他们是黑暗势力的克星,还有艺术家或学者型的精灵,他们是善良势力的保护者。总的来说,《魔戒》里的精灵属于高雅、美丽、仁慈、并带有宗教色彩的奇异生物。

英国女作家罗琳的小说《哈利·波特》拍成电影后,风靡全球。那里面的精灵是典型的小人儿形象,甚是可爱,显然都是源自北欧神话,比如十分友善的"家庭小精灵"。他们身型矮小,耳朵又尖又长,相貌奇怪,类似人形。他们乐于做有钱人家的奴仆,在中国人看来似乎更像高级宠物。这种精灵对主人忠心耿耿,也不是很计较利益得失,如果主人解聘它,只需给他一件像样的衣物就成了。

二

这种小人儿形象的精灵,中国文学里也有。

早在汉代,郭宪就在《洞冥记》中描绘了一个"勒毕国"。这个国家的人,身高仅有三寸,他们善言语,好嬉笑,可见极其聪明;他们喜欢喝露水,还长了翅膀在树林里飞来飞去,可见极其自由。这大概是中国文学里最早的小人儿形象的精灵之一。

汉代奇人东方朔,在《神异经·西荒经》中讲到身长七寸的"鹄国小人",这就更是精灵形象了。鹄国小人寿命高达三百岁,走起路来比飞还快,怪兽们都很害怕他们,只有海鹄不怕,还敢吞食他们,但是,即使被海鹄吞下肚子,他们也能在其腹中不死。有意思的是,鹄国小人都很讲礼貌,甚至还"好经纶拜跪",似乎是一种宗教信仰,可见其国文明程度很高。

明清小说里面,也有这种小人儿形象的精灵。

蒲松龄的《聊斋志异》里有一则《木雕美人》的故事,说其人"高尺余,手自转动,艳妆如生",这显然是个小精灵形象。此外,在《聊斋志异》与王渔洋的《池北偶谈》中,各有一则名字相同的故事叫《小猎犬》,两则故事虽然主要写犬,也写到了生动的小人儿,都是典型的精灵形象。

若说《西游记》里的精灵形象,那就更多了。但要说小人儿形象的精灵,基本都是来自孙悟空的"一把猴毛"。

孙悟空动不动就吹一把猴毛,变成一地的小人儿,打打闹闹。从大闹天宫到西天取回真经,若要总结一下孙悟空变成小人儿的情节,大约如下:最常见的花样是钻入妖怪洞府里去救唐僧。最搞笑的一次,是在花果山下的战斗中戏耍巨灵神。最痛快的一次,是大闹天宫时弄坏了托塔李天王的宝塔。最不知天高地厚的一次,是跳到了如来佛祖的手掌中。最浪漫的一次,是睡在蟠桃园的大蟠桃上。最精彩的一次,是钻到了铁扇公主的肚子里。钻进妖怪肚子里,是孙悟空的惯用伎俩了。他至少有两次钻进了女人的肚子,一次是铁扇公主,一次是白毛老鼠精。此外,男人的肚子他也钻,比如钻进那个偷袈裟的黑熊精肚子里。

但这些还不算最奇怪的。孙悟空变成小人儿,最奇怪的是在"乌鸡国除妖"那一回。一个邪恶的全真道士谋害了乌鸡国王之后,将国王尸体沉于后花园井底,自己变成国王模样鸠占鹊巢。冤死的乌鸡国王幸遇井龙王帮忙,得以保住尸体不腐,后托梦向唐僧求救。孙悟空为了说服乌鸡国太子相信此事,变成一个叫"立地货"的小人儿,从盒子里蹦出来,宣称会预测凶吉,能知过去未来。孙悟空这一次所变的小人儿与之前大不相同,之前是为了战斗而变大变小,有些猴趣罢了,这次则有了神性。"立地货"究竟是啥玩意儿?不得而知,但"立地货"正是一个典型的小人儿形象的精灵。

2009 年 1 月 17 日,芜湖

童子功

一

中国民间传说或文学中的小人儿形象,大多数并非精灵类,而是童子或鬼怪类。

童子类的小人儿,多数是神仙形象。比如很多求仙访道一类的故事,经常写求仙者在山下遇童子,这童子往往就是神仙派来的引路人。童子或唱歌,或骑牛,或吹笛,此即是最常见的童子类神仙形象。

要说中国人心目中最熟悉的童子类神仙,大约是观世音菩萨身边的善财童子,或者是道教大神仙身边的道童们,不过,这些童子形象往往描绘得缺乏个性,属于典型的配角,或者在后来不断的传说中,这些童子形象被误解或篡改得五花八门,乱了套,虽然说起来人人皆知,却又说不出个所以然来。

比如善财童子的形象,就被传说得乱了套。

在中国,善财童子几乎无人不知无人不晓,但很多人都以为,传说中的善财童子是一大群小人儿,其实不然,按照佛经里的说法,观世音菩萨座前的侍者仅有两个人,在寺庙里经常可以见到他们的塑像。右侍者是婆竭罗龙王的女儿,名叫龙女,左侍者即是善财童子。也就是说,佛经里的善财童子并非一群人,仅是一个人而已。

善财童子这个形象,有明确来历。佛经说他生于福城的一位长者之家,出生时因"种种珍宝从地下涌出"而得名。文殊菩萨在福城东庄严幢婆罗林说法时,善财童子曾专程前去请教,后来,他又陆陆续续地向五十多位善知识请教,这就是佛经中"善财童子五十三参"的故事。可能是受这个故事影响,很多人误以为善财童子有五十多个,甚至更多。

西安的慈恩寺,即有"善财童子五十三参"的壁画,墙壁上画着包括文殊菩萨在内的五十三位善知识,每一位善知识的脚下都画着一个跪拜求教的善财童子,一共画了五十三个善财童子,这样的壁画极容易被香客们误解。此外,《西游记》中写到红孩儿被降伏后,作了观世音菩萨的善财童子,这种小说家言与佛教传说其实毫不相干,但由于《西游记》的影响太大,使人们误以为善财童子是"不断添加中"的。

民间对善财童子的信仰,也基本是望文生义的,与善财童子的神格几乎扯不上边。你若去寺庙里,问问给善财童子敬香的人求个什么,他们的回答无非是两种:一是妇女拜他便能生个儿子,因为善财童子是"童子",其实,善财童子根本就没有这种"功能",他只是为了方便协助观世音菩萨普度众生,从菩萨化身为童子而已。二是男人拜他便能招财,且善于理财,因为善财童子很"善财",殊不知,善财童子的神格是视钱财如粪土的。

《搜神记》里也写到一个童子类的神仙形象,比较有意思。

这是一个能预知未来的神秘小人儿,他不知从何而来,突然就出现在一群戏耍的儿童中间,并预测说,曹魏政权很快会落入司马氏家族之手。这种附会的小故事虽然谈不上生动,但这个小人儿却是典型的童子类神仙形象,他还自称是"荧惑星",仿佛是外星人。特别是他临走的时候,竟然"耸身而跃,即以化矣。仰而视之,若曳一疋练以登天。大人来者,犹及见焉。飘飘渐高,有顷而没"。那架势,真有点像日本动画小人儿铁臂阿童木。

二

中国民间传说中的童子,为神为怪,虽都是娃娃形象,却个个功夫了得。比如《西游记》里的圣婴大王红孩儿,不过是牛魔王与铁扇公主乳臭未干的小儿子,却连孙悟空都斗不过他。还有人参娃娃、葫芦娃、哪吒、沉香等,个个都是童子功了得。

最生动的童子类神仙故事,大约就是人参娃娃和葫芦娃。

人参这玩意儿,是很容易走进中国神话传说的,因为中国古人相信吃了人参可以延年益寿,甚至长生不老。西方人是没有人参传说的,这大约是因为西方人不太清楚人参与萝卜的伟大区别。

中国传说中的人参娃娃,是有标准形象的——肚子上系着红兜兜的白胖小孩。人参娃娃故事的套路也有标准,一般有两种:一是人参娃娃用人参汤治病救人,好人或穷人快要断气的时候,忽然跑来一个小娃娃,给他灌下去一碗汤,马上又活了过来,那汤便是人参汤;二是人参娃娃为了躲避恶人挖人参,可以像穿山甲一样在山里到处跑动,甚至一个晚上能跑遍九个山头。在长白山和沂蒙山等地的传说中,人参娃娃还有一男一女成双成对的,还有人参姑娘带着一群人参娃娃满山坡戏耍的。

葫芦娃的传说,比人参娃娃的影响范围更广。传说一只穿山甲在钻山打洞时,不小心将葫芦山里关押着的蝎子精和蛇精放了出来,到处危害百姓。穿山甲为了挽回自己犯下的错误,帮助一位老爷爷弄来了能够降妖伏魔的葫芦籽。老爷爷种下葫芦籽,不久便结出了红、橙、黄、绿、青、篮、紫七个大葫芦。蝎子精和蛇精一看不妙,赶紧想办法除掉葫芦,但想尽了办法也摧毁不了这七色宝葫芦,于是将老爷爷抓了去。为了救老爷爷,七个彩色的宝葫芦变成七个小男孩,施展各种本领除妖,救出老爷爷。传说中的七个葫芦娃各有绝活:红娃力大如牛,能变大变小;橙娃是千里眼和顺风耳;黄娃铜头铁臂刀枪不入;绿娃能像龙王一样吐水吸水;青娃能像火神一样吐火吸火;蓝娃会隐身术;紫娃有个神奇的兵器宝葫芦。

但是，中国传说中最著名的童子类神仙，并非葫芦娃，而是哪吒和沉香。

哪吒比他父亲托塔李天王的名气大多了，比他师父太乙真人的神格也鲜明多了。哪吒传说的精彩之处，概括起来大约有四个方面：一是身世离奇，他出生的时候是个怪怪的肉球，差点被父亲扔出去喂狗。四海龙王水淹陈塘关时，哪吒为了使全城百姓免遭劫难而悲愤自刎，削骨还父，削肉还母。后来在师父太乙真人的帮助下，借莲花与鲜藕为身躯，才得以还魂再世。二是形象十分可爱，是个白嫩嫩的大胖小子，还能变成三头六臂。三是他敢于闹龙宫，还敢于剥龙皮、抽龙筋，和孙悟空大闹天宫一样痛快。四是他的兵器特别有意思，手持火尖枪、脚踏风火轮、脖子上套着乾坤圈，腰上系着浑天绫。

沉香的形象，就没有哪吒的形象鲜明了。沉香劈山救母的传说，其实是在三个更为著名的传说烘托下才得以广泛流传的：一是三圣母与刘玺的人神爱情传说；二是师父孙悟空或吕洞宾的传说；三是他舅舅二郎神劈桃山救母的传说。

在哪吒传说中，哪吒是主角，托塔天王、太乙真人、四海龙王是明显的配角，但在沉香传说里，沉香似乎是三圣母与二郎神的配角。但总的来说，沉香传说也有三个非常经典之处：一是他敢于到华山劈山救母的气概和孝心；二是他的师父到底是谁？有的说是吕洞宾，有的说是孙悟空；三是他手里的兵器月牙斧的来历，有的说是太上老君炼丹时劈柴的斧子，有的说是在孙悟空指点下，把准备用来雕刻二郎神像的巨石推入火湖炼化而成。

可见，哪吒和沉香，同为中国著名的童子类神仙形象，区别大矣。

2009 年 1 月 19 日，芜湖

小鬼当家

一

总体上看,中国传说或文学中的小人儿形象,还是鬼怪类居多,可谓小鬼当家。

前文说的童子类小人儿,多数是神仙形象,但也有一些是妖怪形象的。比如道教大神仙身边的"道童",这种童子类神仙形象实在太多,往往写得千篇一律,没有特色,以"道童"为中心展开的故事极少。或许,《西游记》里的金角大王与银角大王是唯一以"道童"为中心展开的故事,他俩就是妖怪形象,是太上老君的道童偷偷来凡间做妖怪的。此外,五庄观里面有两个看守人参果的道童,也算是比较生动的,但他们不是故事的主角。

《西游记》里作为鬼怪出场的童子类小人儿,最值得一提的是圣婴大王红孩儿,他是牛魔王和铁扇公主的儿子。仅从形象上看,红孩儿那一伙是十分可爱的儿童形象,但他们与人参娃娃、葫芦娃、哪吒、沉香等正面形象均不同,红孩儿那一伙是吃人的妖怪,是典型的占山为王、打家劫舍的盗贼,也是典型的鬼怪类小人儿形象。

按照《西游记》的描绘,红孩儿出生于妖怪世家。有意思的是,在红孩儿这个很有势力的妖怪世家里面,只有形象可爱的红孩儿妖气最重。其父牛魔王虽然法术厉害,但没干过什么坏事,只是稍稍风流了些,娶了个媚人的狐狸精做二奶。其母铁扇公主则是个自由而寂寞的世外女仙,由于夫妻感情没处理好,被第三者插了一足,属于典型的仙界贤妻良母。还有在西梁女儿国那一回里出现的红孩儿的叔叔,也只是一个看守井水的小神,也谈不上有多坏。

红孩儿的法术可真不得了,竟然能像太上老君一样使用三昧真火,而且似乎比太上老君还要厉害几分,因为孙悟空不怕太上老君的三昧真火烧炼,却被红孩儿的三昧真火烧昏过去了,这大概是孙悟空唯一一次被妖怪打昏过去。

不过,《西游记》最后还是给红孩儿安排了一个不错的收场,并未死于猴子棒下,而是被观世音菩萨收了去,充了善财童子的数,改邪归正了。后来,由此事引发的恩恩怨怨也很有意思,且不说孙悟空牛魔王这对老兄弟翻了脸,在女儿国那一回,唐僧一伙误喝招胎泉水怀孕,孙悟空找红孩儿的叔叔借安胎水借不到,与此有关。特别是火焰山那一回,孙悟空借芭蕉扇,铁扇公主死也不肯借,亦与此有关。

二

小时候,看过一本讲鬼故事的小人书。大意是说,一户人家晚上老是听见庭院里嬉戏作响,怀疑是贼,主人夜间起身从窗户里向外窥视,竟发现月光下有几个小纸人,或是小木头人。它们走来走去,一会儿变大,一会儿变小,还交头接耳地小声说话,原来是鬼作怪,后请道士降服。

后来翻阅《太平广记》,看里面讲到一些小人儿形状的勾魂妖怪,估计正是小时候看过的小人书内容:"永淳初,同州司功元邃,其母白日在堂坐,忽见屏外有小人骑小马入来,人长二三尺,马亦相称,衣甲具装,光彩辉日,于庭内巡墙驰走,良久方灭。此后每常欲自杀,合家守之,经年稍息。母夜卧,以衣置被中自代,便即走出。侍者觉之,分觅,以投于井,比及出之,殆亦绝矣。"

在中国某些地区的乡间,还流传着"小白人"的鬼故事。

小白人,即是小人儿形象的"鬼"。在东方人的想象中,鬼的形象具体化以后,大约会是什么样子呢?不知道是否有人总结过,但可以感觉得到,鬼形象与妖魔形象是不一样的,如果从"色彩"上去联想,鬼形象应该是以黑与白为色彩基调的。这源于中国人对经典鬼形象"黑白无常"的想象,还有死人面如白纸的想象,以及披麻戴孝、清明吊子之类的白色联想。所以在许多影视剧中,鬼出场往往是白衣形象居多,在有关聊斋的系列电视剧中,女鬼出场往往都是白色丝带飘飘,她们住的地方也是白色帷幔飘飘,甚是凄美。这种白色,非常符合中国文人的"审鬼心理"。也就是说,小白人是具有代表性的东方鬼形象之一。

传说中的小白人,大多数是在晚间才能见到的。有时候,是一个小白人单独行动,也有两三个甚至成群结队的。凡是见到小白人的人,或死亡,或大病。有时候,小白人之间还持刀互相打斗,若见此情形,即预示着更大的凶兆。由此想起日本恐怖电影《咒怨》,那里面的小鬼即是一个小白人。

清代文人笔记如《子不语》等,里面写到的小人儿形象,绝大多数也是鬼怪。但总的来说,写鬼怪形象的小人儿,最著名的清人文学作品当属蒲松龄的《聊斋志异》。

比如《耳中人》,写一个修道的人,某日忽然听到自己耳朵里有小人儿说话的声音,以为修丹有成,即道家所谓的出元神,心中窃喜,可是等小人儿从耳朵里跳出来一看,原来是个吓人一跳的小鬼:"小人长三寸许,貌狰恶,如夜叉状,旋转地上。"

再如《小人》,写得就更恐怖了,说一个江湖术士,用邪恶药物将人家的读书童子谋害成肢体萎缩的小人儿,然后带着他到处装神弄鬼,招摇撞骗。最后,江湖术士的把戏被揭穿,官府将其处死:"……细审小人出处。初不敢言,固诘之,方自述其乡族。盖读书童子,自塾中归,为术人所迷,复投以药,四体暴缩,彼遂携之,以为戏具。宰怒,杖杀术人。"

《聊斋志异》里最有意思的鬼怪类小人儿故事,可能要算《瞳人语》了。记得《庄子》里面有故事说,蜗牛的两只角上有两个国家,经常互相打仗。蒲松龄的《瞳人语》则说,一个人的两只眼睛里分别有一个小人儿,互相聊天,还经常从人的鼻孔里出入。这两个小人儿都是小鬼,是来惩罚一个好色之徒的。要说这个好色之徒,也真是太倒霉了,就是因为在路上多看了几眼美女,还傻乎乎地跟着那美女后面走了一段路,可那个美女恰恰不是人,而是一个什么鬼神的小老婆。好色之徒回家后,眼睛里就开始长东西,极其难受,可怎么治疗都治不好,最后硬是活生生地长出两个小鬼来。诸位若有喜欢在大街上看美女的,要注意,一定要先看清楚那美女是人是鬼,再跟踪不迟……

2009年1月21日,芜湖

侏儒的法界

一

在西方传说或文学作品中,侏儒类的小人儿故事明显比中国的多,也更生动。西方人往往能赋予侏儒形象以天才的想象力,从而创造出令人惊奇的"侏儒法界"。

北欧神话中,描绘过两个侏儒之国,一曰斯瓦塔尔法海姆,一曰尼德威阿尔。大家熟悉的美国电影《星战前传》里,有一个造型奇异的尤达大师,这个富有智慧和正义感的、令人敬畏的角色就是个侏儒。西班牙民间故事《小客栈的侏儒》,写了一个嗓门巨大的侏儒,他一说话,窗户玻璃就被震碎了,后来德国作家格拉斯写《铁皮鼓》,主人公奥斯卡也有喊碎玻璃的特异功能,估计是受此故事影响。此外,还有俄罗斯的《侏儒与巨人》、德国的《童话月球的孩子们》等,这些很有意思的侏儒故事,西方不仅很多,而且产生了世界影响。

说到西方文学中的侏儒,有一幅生动的画面,一直深刻地留在我小时候的脑海里,那是一部根据欧洲民间故事改编的电视剧,名字记不清楚了,大致情节是:一个小男孩正在房间玩耍,他猛一抬头,看见房门上方的摇头窗上有一张老人的脸,正在指手划脚地跟他说些什么,小男孩小心翼翼地拉开房门一看,差点吓晕过去,原来那个老人极其矮小,站在一个很高很高的凳子上跟他说话……

从那一刻起,小矮人的形象在我心中挥之不去。后来,我曾在《深度回忆》那首诗中写到一个想象中的小矮人:

> 那疾走的小矮人
> 在河滩上,他心中有汹涌的花朵
> 有惊慌的事
> 整整一个下午,落叶纷飞
> 覆盖他小小的脚印
> ……

值得注意的是,西方传说中的侏儒形象,一开始并非身材矮小的人。在西方早期神话传说中,侏儒的身高和正常人是差不多的,有的侏儒甚至被描绘得很高大,但不知为何,到了十三世纪以后的西方文学作品中,侏儒形象就渐渐被矮化了,乃至于今天一说到侏儒,我们联想到的首要特征就是"矮"。

侏儒和精灵一样,都是西方传说中的某一族特殊生灵,并非人类。侏儒一族拥有自己完整、独立而神秘的"侏儒法界"。

在长期演化的西方传说中,侏儒渐渐有了鲜明的族群特征,比如:他们的标准形象一般都是皮肤苍白,有黑色的或花白的长胡须,大多数很长寿。他们标准的居住地一般是在长满奇怪树木的丘陵之下,或洞穴中,或地底下,或矿井里。他们的标准爱好或职业,一般是开采矿石和冶金。他们往往是宝藏的守护者,而且具有高超的工艺技巧,是许多神器的制造者,他们制造出来的任何饰品或武器,都带有很高的魔力。此外,他们一般还擅长预言、魔法以及人类看不懂的卢恩文字。

中国古代传说中,虽也有《侏儒梦灶》或《东方朔索米长安》之类的小故事,皆与侏儒有关,但基本都是篇幅极其短小的寓言,其中的侏儒形象仅是一个用作比喻的角色,是一个最简单不过的道具而已。小说《水浒传》里虽也有武大郎、矮脚虎王英之类的侏儒角色,但与西方文学中的侏儒形象相比,实在乏善可陈,几乎不能称之为侏儒故事。因为武大郎、矮脚虎王英等角色仅仅具备了侏儒最浅显的特征——矮,丝毫没有侏儒族群的性格特征,何况在十三世纪以前的西方文学中,"矮"也算不上是侏儒特征。

此外,中国人对侏儒的印象比较单一,往往仅流于简单的贬义,西方人则不一样,西方人对侏儒的印象丰富多了,即使有时候也有贬义,总是趣味大于贬义的。侏儒作为一种文化传说,已经广泛地深入到西方人的大众生活中,比如在埃及首都开罗,就有一家"侏儒咖啡馆",那里的桌椅和沙发都是按照侏儒的身材比例订做的,服务生也是清一色的侏儒,生意非常红火。

西方文学中最著名的侏儒故事,莫过于格林兄弟在《白雪公主》中描绘的七个小矮人。

白雪公主因为美丽得太过分了,惹下祸根,遭继母王后的嫉妒和追杀,她在逃亡途中偶遇七个小矮人,并得到他们的帮助。值得注意的是,故事中的七个小矮人不仅身材矮小,而且完全具备了西方文学中的侏儒族群特征:他们居住的地方是森林,性格特征是智慧而善良,生活特征是能够与动物们和睦相处,职业是开矿,至于开什么矿,开采矿石做什么,这是个神秘的问题,是凡人不能清楚了解的。

特别是当白雪公主吃下毒苹果昏死过去后,七个悲伤的小矮人把她安放在一只水晶棺材里。这个水晶棺材,显然是具有高超工艺技巧的侏儒们所制造,可以看作只有"侏儒法界"里才能找到的魔力神器。

二

翻开现当代西方文学作品,也有很多堪称经典的侏儒故事,但与《白雪公主》中七个小矮人的故事套路相比,已经有了很大不同。最关键的不同是:今天的侏儒故事多数是沉重的,主题基本都与现代社会"人的异化"有关,这种侏儒故事在深刻性提高的同时,少了很多幽默感或唯美神秘的气息。

当然,与"人的异化"有关的侏儒故事主题,应一分为二地看待。有时候,侏儒代表的是沦为异化的人；有时候，侏儒代表的是战胜了异化的人。我们不妨考察几种西方现当代文学作品中影响较大的侏儒形象：比如格拉斯的小说《铁皮鼓》中的侏儒奥斯卡，霍夫曼短篇小说《侏儒查赫斯》中的奇丑怪胎，托尔金小说《魔戒》中的矮人一族霍比特人，还有芬兰女作家图韦·杨松在其系列童话故事中塑造的"木民矮子精"。

格拉斯和霍夫曼笔下的侏儒，就是异化的人。

德国作家格拉斯的小说《铁皮鼓》已蜚声全球，与他的另外两部小说《猫与鼠》、《狗年月》并称"但泽三部曲"。《铁皮鼓》中的奥斯卡·马策拉特，是一个经历坎坷的三岁儿童形象，不可思议的是，奥斯卡的儿童形象保持了二十年之久，一直保持到二战结束。之后，奥斯卡才开始渐渐长大，却又变成一个鸡胸驼背、发育不良的畸形侏儒形象，终日傻乎乎地与一只铁皮鼓为伴，而且还像西班牙故事《小客栈的侏儒》里那个嗓门巨大的侏儒一样，有"喊碎玻璃"的特异功能。有人研究认为，格拉斯对奥斯卡·马策拉特这个人物的奇特安排，反映了人的"战时神化"和"战后异化"的现象。这种分析很深刻。

另一位德国作家霍夫曼，比格拉斯早出生一百五十年，他很早就写过一部经典的短篇小说《侏儒查赫斯》。霍夫曼作为一位思想极其自由的德国后期浪漫派作家，惯于用内心独白、夸张讽刺、荒诞以及多维结构等手法。他在小说《侏儒查赫斯》中描绘的奇丑怪胎，靠魔法招摇撞骗而混上国王宠臣的地位。这个侏儒形象曾得到过马克思的高度赞赏。其实，霍夫曼的《侏儒查赫斯》和格拉斯的《铁皮鼓》一样，所揭示的也是一种"人的异化"，具体来说，是一种人际关系的异化。

托尔金和图韦·杨松笔下的侏儒，则是战胜了异化的人。

英国作家托尔金的《魔戒》因为拍成了电影，影响已超越了文学界。据说《魔戒》的成书很偶然，源于托尔金给他儿子瞎编的故事，后来故事越编越长，一发不可收拾，竟一不小心弄出个世界名著来，真是个大天才。

《魔戒》讲述了"中土世界"的自由人民与黑暗势力君王索伦的斗争故事。故事的焦点落在一枚具有无比强大的邪恶力量的魔戒上，如果这枚魔戒落在魔王索伦手里，中土世界的人民就要惨遭厄运，因此，必须设法将魔戒销毁，而能销毁魔戒的地方只有索伦势力控制下的末日火山。正义的巫师甘道夫将销毁魔戒的伟大使命托付给了一群小矮人——霍比特人。几个霍比特人在将魔戒送往末日火山的途中，必须要和三种东西作斗争：一是类似于《西游记》中的险山恶水和妖魔鬼怪；二是和索伦的邪恶势力做斗争，防止被他们追杀；三是和自己心中的邪恶欲念作斗争，防止被异化；由此，引发出无数个精彩的小故事来……

值得注意的是，在西方传说中，小矮人的故事并非就等于侏儒故事。前文说过，西方传说中的侏儒或精灵之类，就像中国传说中的狐狸精，都是具有某些固定特征的特殊生灵，他们虽有人的形状，但并不是人类。所以《魔戒》中的霍比特人虽然身材矮小，但并非侏儒，而是人类的一种，或曰"矮人族"。当然，人们在品评文学作品中的矮人或侏儒故事时，习惯于将两者混为一谈，也未尝不可。

在《魔戒》中，身材矮小的霍比特人充满神秘色彩。故事从矮人比尔博·巴金斯的111岁生日宴会开始讲述，他是一个富有探险精神和艺术天赋的霍比特人，也是魔戒的拥有者之一。正是他，秘密地保存了魔戒，并传递给侄儿弗罗多继承。

魔戒的另一个拥有者斯米戈尔也是霍比特人，他因深受魔戒邪恶力量引诱，心生贪欲，遭到诅咒，变成了人不人鬼不鬼的咕噜，斯米戈尔和咕噜是同一个人，只是因为心灵善恶不同而有了两种截然不同的形象，咕噜是弗罗多前往末日火山的带路人，也是一个时刻想伺机夺回魔戒的人。在小说中，比尔博·巴金斯和咕噜这两个形象，分别代表了弗罗多内心世界的善恶两面，正是这种两面性，决定了弗罗多在将魔戒送往末日火山销毁的途中，心中始终充满了矛盾，他随时有可能被异化。

肩负销毁魔戒使命的弗罗多，显然是《魔戒》故事的核心人物。他虽然身材矮小，而且面对魔戒的邪恶诱惑时心里也充满矛盾煎熬，随时可能异化堕落，但正义的巫师甘道夫坚持认为，看起来最不起眼的人，往往可能拥有改变世界的能力，所以弗罗多最终肩负起了销毁魔戒的重任，就像《西游记》里的唐僧肩负起了取经的重任一样。

故事中还有一个不可或缺的、特别重要的霍比特矮人，就是山姆，他是弗罗多的得力助手,一直陪伴弗罗多将魔戒安全地送往末日火山销毁。山姆是一个心地单纯而信念坚定的小矮人,如果没有他的鼓励和协助,弗罗多很难完成销毁魔戒的使命,山姆正是防止弗罗多异化的关键人物。如果把弗罗多比喻成唐僧,山姆就是孙悟空或猪八戒,当然,从山姆一心不移的单纯性格来看,他更像沙和尚。此外,弗罗多的两个表侄儿皮聘和梅里,也是《魔戒》故事中很有意思的霍比特矮人。

当代西方文学作品中的矮人或侏儒,值得一提的还有芬兰女作家图韦·杨松笔下的童话人物"木民矮子精"。图韦·杨松在多种儿童文学故事中描绘了这个侏儒形象,已产生世界影响。有研究者认为,"木民矮子精"的原型来自北欧传说中的神秘人物"特罗尔",他本来是一个森林中的妖精形象,后来从凶恶的巨人变成了善良的侏儒。很显然,这个"木民矮子精"正是一个典型的战胜了异化的侏儒形象。

坦率地说,我并不怎么喜欢西方的神话或传说。我私下以为,西方人对恐怖或喜悦的体会与中国人大不相同,他们对鬼神的认识似乎比较肤浅,但我非常喜欢托尔金的小说《魔戒》,或许受其影响,在《桃木拐杖》那首诗中。我不由自主地写到一个想象中的侏儒,而且洋溢着一股西化的味道:

>　……
>　一丝重生的气质忽然掠过
>　他居住的地方堆着金币
>　出奇地安静
>　几只灵感的老鼠自由出没
>　光线带着芳香
>　从狭窄的窗户里漏出来
>　六十年,他使用过的小小的器皿
>　沾着童话的血迹
>　令人不安
>　时间很矮小

一根桃木拐杖在他的手里

长出叶子

2009年1月24日,芜湖

斯威夫特、纪晓岚与邋遢书生

说起小人国,几乎人人都会联想到斯威夫特的名著《格列弗游记》。值得一问的是:《格列弗游记》究竟算不算世界上最棒的小人国故事呢?若从名气上看,的确是最棒的,若从故事的构思和创作手法上看,恐怕就靠不住了。

翻开中国清代文人纪晓岚的《阅微草堂笔记》和宣鼎的《夜雨秋灯录》,这两本笔记小说里,分别有一篇名气不大却甚是精彩的小人国故事,我们先来比较阅读一下这几个经典的中西文本。

英国作家斯威夫特的《格列弗游记》,大约写于1720—1726年间,那时候,中国清代的大作家纪晓岚刚刚出生,所以,纪晓岚在《阅微草堂笔记》中关于乌鲁木齐小人儿"红榴娃"的描写,应该比斯威夫特晚不了多少。

纪晓岚笔下的小人儿叫"红榴娃",身高一尺左右,能歌善舞,声音婉转动听,他们穿行于山谷中,还经常跑到清兵的军营厨房里偷东西吃,所以就经常被清兵抓获,但清兵始终找不到他们的居所。《阅微草堂笔记》中,清兵把抓来的"红榴娃"放走并看着他们逃跑的那一段,纪晓岚写的惟妙惟肖,特别传神,已非斯威夫特所能比:

"乌鲁木齐深山中,牧马者恒见小人高尺许,男女老幼,一一皆备。遇红柳吐花时,辄折柳盘为小圈,著顶上,作队跃舞,音呦呦如度曲。或至行帐窃食,为人所掩,则跪而泣。系之,则不食而死。纵之,初不敢遽行,行数尺辄回顾。或追叱之,仍跪泣。去人稍远,度不能追,始骞涧越山去。然其巢穴栖止处,终不可得。"

看得出,纪晓岚笔下的小人儿"红榴娃"非常聪明,清兵放他们逃走,目的是想跟踪他们,看他们究竟住在什么地方,聪明的"红榴娃"显然也意识到了这一点,所以他们一开始不敢快跑,而是一边走一边回头看,如果发现有清兵追来,就跪在地上哭,如果发现没有清兵跟踪,他们也会慢慢地走出很远,估计清兵想追也追不上的时候,才突然加速奔跑,瞬间隐入树林……

不过,纪晓岚笔下的小人国故事毕竟不太像小说,而像纪实。

清末,安徽天长县出了一个大才子,叫宣鼎,此人名字比较多,号瘦梅,又叫金石书画丐,最酷的一个名字叫邋遢书生。他在笔记小说《夜雨秋灯录》中描写的小人国,与《格列弗游记》很有一拼,因为宣鼎描述的小人国故事不仅像一部充满想象力的小说,而且篇幅也不短,若从叙述语言的生动性和故事构思的精彩程度上比较,超过了《格列弗游记》。

从成书时间上看,《夜雨秋灯录》虽然比《格列弗游记》晚了一百多年,但那时候,《格列弗游记》应该还没有中译本,宣鼎不可能看到斯威夫特笔下的小人国,东西方两个作家关于小人国的想象,可谓不谋而合,有着惊人的相似。

首先,两个故事的起因是一样的。

斯威夫特笔下的格列弗,出海航行遇到风暴,他抓紧一块木板,漂到一个不知名的地方,遭遇了小人国。宣鼎的《夜雨秋灯录》则写广东商人仇端出海经商,遇到台风,船被海水冲到一个不知名的岛上,遭遇小人国。

有意思的是,两个人笔下的小人国都有自己的小城堡,国民都有文化,行事有组织有纪律,都有首领指挥。斯威夫特笔下的小人国城堡是王宫,国民训练有素,在国王的指挥下有组织地把格列弗绑起来运回王宫。宣鼎笔下的小人国则"知礼仪,懂廉耻",城堡"高可及膝,皆黑石砌就",首领是一个"面目端正,束发紫金冠"的年轻小人。两个人所描写的最大不同在于:斯威夫特笔下的小人国民能和格列弗语言沟通，双方很友好。宣鼎笔下的小人国民，说话则是"口喃喃不知做何语"，仇端根本听不懂，双方很敌对。

两本书都写到了小人国打仗的场面。

斯威夫特写的是两个小人国之间的战争，格列弗帮助一个小人国击退另一个小人国的进攻，他采用的方法是：制作一批带有钩子的大绳子，把敌国的船只一一钩住，拉到城堡里。然后，格列弗又出来做和事佬，让两国修好。但就战争场面来说，斯威夫特写得不如宣鼎生动热闹。

宣鼎写小人国打仗，是针对不速之客仇端的战争，一共打了两次。第一次是仇端登岛时打了一场，小人国"城门大启，小人约千余联臂而出，摇旗一呼，各树孔中皆有小人出迎，拱听号令"，他们挥舞着"小箭、小枪、小刀、小戈矛"等武器，场面壮观，结果，小人国首领被仇端用烟筒打死。第二次打仗，是因为仇端偷偷捉了睡在树孔中的一家小人儿，正欲离去，忽然"岸上小人如蚂蚁无数，口喃喃像是恶骂，且小箭如雨"，真有点像《荷马史诗》中特洛伊海战的缩小版，但仇端因为已经捉到几个小人儿在手，不想再伤及他们，就懒得和他们纠缠，解开船的缆绳跑了。

故事写到这里，斯威夫特的《格列弗游记》就打算结尾了，但宣鼎的小人国故事却有更精彩的下文。

斯威夫特的结尾是喜剧式的，格利佛在沙滩上发现了一只破船，他在小人国国王的帮助下修好了船，愉快地回英国去了。宣鼎的结尾则是悲剧式的，仇端回到广东，积极研究查找小人国的来历。他问中国人，中国人跟《山海经》里说的一样，说小人国即是僬侥国人。他问洋人，洋人则说这些小人儿可以当肉吃，味道甘甜。幸好仇端没有吃掉他们，但他把捉回来的小人儿装在嵌了水芯片的透明盒子里，拿到闹市上让人观赏，赚了很多钱。故事写到最后，仇端将这些小人儿转卖他人，不知所终。

2009 年 1 月 26 日，芜湖

从红榴娃到小官人

除了《阅微草堂笔记》和《夜雨秋灯录》,中国其他文学名著也曾写到各色小人国,比如《西游记》、《述异记》等书,里面都有相关描写,但要说它写的是小人国故事,有些牵强。若说写的味道"正宗"且比较出色的,继纪晓岚的红榴娃、宣鼎的小人国之后,恐怕要算蒲松龄的《小官人》了。

《西游记》里大约有两个类似小人国的地方。一个在洞中,一个在树上。洞中的小人国就是圣婴大王红孩儿那一伙。树上的小人国就是五庄观那一回写到的人参果树,那些果子充满灵性,是千年人参幻化而成的小人儿形状,吃了即可长生不老。

把这类描写当做小人国故事,虽说牵强,但要看读者以什么样的"心气"来读它,所谓什么样的眼睛看出什么样的结果。最关键的是,这类人参果的传说属于中国独有,外国是没有的,其渊源与中国民间的人参娃娃传说有关,前文说到晋代道士葛洪在《抱朴子》中所写的"山中有小人乘车马",亦是指千年人参所化之人形。所以,把这类描写理解为最独特的中国式小人国故事,也不为过。

照此思路,《述异记》里有一则故事,也可以理解为树上的小人国,也与人参果传说有关,但比《西游记》里的还要生动邪乎。《述异记》里那些神奇的果子,不仅是小人儿的形状,见了人还会笑,让人不忍心把它们从树枝上摘下来,因为一摘下来果子就死了:"大食王国,在西海中。有一方石,石上多树干,赤叶青枝。上总生小儿,长六七寸,见人皆笑,动其手足,头着树枝。使摘一枝,小儿便死。"

也许你会说,《格列弗游记》描绘的小人国是一个完整的文明国家,虽然国民的体格微小,但该国具备了一个文明国家的全部元素,诸如礼仪、法律、宫殿、军队、文化、外交等,而《阅微草堂笔记》和《夜雨秋灯录》中的小人国不过是山间野人罢了,《阅微草堂笔记》中的红榴娃无非有些唱歌跳舞的艺术天赋而已,《夜雨秋灯录》中的小人国虽有小城池和小军队,也顶多是小人群,不能称之为小人国。

此言也有道理。不过,中国的小人国故事富有中国文化特色,与西方的迥然不同。把小人国当作一个完整的文明国家来描写的,中国文学作品里也有,《聊斋志异》中的《小官人》即是代表,只可惜该故事篇幅太短,蒲松龄老先生要是把篇幅拉长一点,故事展开一点,《小官人》绝对可以与《格列弗游记》双星闪耀,那真的是东有小官人,西有格列弗了。

《小官人》非常传神地描写了一个礼仪儒雅的中国式小人国,尽管惜墨如金,还是可以从字里行间窥见一个完整的东方文明国度,一个生动的礼仪之邦。如果说《格列弗游记》中的小人国是西方文明国度的缩小版,《小官人》中的小人国则是东方文明国度的缩小版。

《小官人》中的小人儿是骑着高头大马亮相的,不过在常人眼中,仅是"马大如蛙,人细如指"。小官人的造型既儒雅又威仪,"冠皂纱,着绣襆,乘肩舆",还有一路吹吹打打的"小仪仗以数十队",俨然是个级别不低于四五品的大官。故事中最能体现礼仪之邦的描写,是小官人派下属给太史送来礼物,礼物装了整整一个大包裹,把送礼的小人儿背得气喘吁吁,不过在常人眼中看来,那个巨大的包裹也只有正常人的拳头那么大,甚是有趣。

其实早在汉代,东方朔就在《神异经》中描绘过一个礼仪儒雅的中国式小人国:"西北荒中有小人,长一分。其君朱衣玄冠,乘辂车马,引为威仪。居人遇其乘车,抓而食之,其味辛……"这个小人国的男人们"朱衣玄冠",穿红衣服,戴黑帽子,出门以"乘辂车马"显示体面,可见文明程度很高,只是生活环境有点吓人,有被人"抓而食之"的危险。想必蒲松龄应该读过东方朔的《神异经》。

蒲松龄的《小官人》故事,仅一百五十字左右,全文录如下:太史某翁,忘其姓氏,昼卧斋中,忽有小卤簿,出自堂陬。马大如蛙,人细如指。小仪仗以数十队。一官冠皂纱,着绣襮,乘肩舆,纷纷出门而去。公心异之,窃疑睡眼之讹。顿见一小人返入舍,携一毡包大如拳,竟造床下。白言:"家主人有不腆之仪,敬献太史。"言已,对立,即又不陈其物。少间又自笑曰:"戋戋微物,想太史亦无所用,不如即赐小人。"太史颔之。欣然携之而去。后不复见。惜太史中馁,不曾诘所来。

2009 年 1 月 26 日,芜湖

尾声

冬日蛰居闲书,一边等雪,一边游逛小人国,恍兮惚兮,身心甚慰。常思究竟是做大人好,还是做小人儿好?若从《纳尼亚传奇》、《魔戒》、《格列佛游记》、《夜雨秋灯录》的故事里看,小人儿世界也有警惕的人心,常被邪恶涂炭、战争充满。

若从柳宗元的诗里看,似乎还是做小人儿好,因为像夸父那么牛气哄哄的大人物,最终也只落得个"须臾力尽道渴死,狐鼠蜂蚁争噬吞"的下场,而那些很不起眼的小人儿,却依然能够"开口抵掌更笑喧",究其原因,大约是小人儿更容易知足常乐,能够"啾啾饮食滴与粒,生死亦足终天年",大人们却常常欲望膨胀又自不量力,虽英雄本色儿女情长,最后往往以"儿女相悲怜"收场。

近年闻说有小人国之考古发现者,皆无趣之谈耳。地球上若真有小人国,也千万别去找他们,万一找到又成了开发区,甚至出现小人儿人工培育基地,高档酒店说不定还开发出一道清蒸小人儿的大菜来。毕竟,末法年代久矣。

逛小人国,一如梦游,终究还是要醒的,故而闲话到此,赶紧打住,以柳宗元的诗《行路难》结束本文:

君不见,夸父逐日窥虞渊,跳踉北海超昆仑。

披霄决汉出沆漭,瞥裂左右遗星辰。

须臾力尽道渴死,狐鼠蜂蚁争噬吞。

北方踔人长九寸,开口抵掌更笑喧。

啾啾饮食滴与粒,生死亦足终天年。

睢盱大志小成遂,坐使儿女相悲怜。

2009年1月26日,芜湖